不安地行走
记

胡志恒

著

后浪出版公司

老虎与不夜城

陈志炜 著

四川文艺出版社

编选说明

　　本书收录作者 2009 年到 2017 年创作的 81 篇作品，以极短篇小说为主。多数写于 2010 年到 2014 年。2016 年起，极短篇的创作比重减少。收录作品以创作及构思顺序综合排列。

　　另有《造飞机的工厂》《我们为什么是烟?》《火锅二》等构思于 2012 年前后，未成稿，有待作者日后补写。

目　录

蒸馏水少年

　　那是二十世纪九十年代末的事情了。这句话的意思是，现在我已经长大，变成一个让自己很是满意的成年人。当时我大约四年级，也有可能是五年级，在炼油厂子弟小学混着日子。每天，我都和班里最坏的朋友们一起逃掉几节课，去教学楼后面的水泥乒乓球台边拍纸牌。我很胆小，真的。但我更害怕被人看出我的胆小。我要沉静下来，沉到呼吸停止，静得像一个铁块。要告诉自己，恶劣是我天生的品质。我很坏，我非常坏，坏得暂时失去了声音。要在最讨厌的老师的课上憋很久的屁。把眼神投射出去，让它的脖颈伸长，让它的下巴搁在窗外几株热烈茁壮的植物上，听眼神在树叶中窸窸窣窣地摩擦。有什么声音是独自来往的，空空荡荡。那是海潮的虚影。等大量气体在我大肠里来回冲撞并发出声响的时候，坏的极致到来了。作为一个刺痛的尖端，那些无处诉说的气体从我身下滚滚而出，腾起一阵无所谓的轻烟。我顿时如释重负，扬起微笑。嘴里却像是含了什么。我又与坏朋友们有了一次不算太妙的、绝妙的同行。当时我挺瘦，真不知是如何制造出这样饱具肥胖感的气体的。可能我有一个浮肿的灵魂。总之，难闻的气味一波挨着一波，迅速在教室里扩散开来。老师的脸色变得难看，甚至她的轮廓也开始波动，还有轮廓外的空气。身影在讲台前变得恍惚，直到怅然若失。粉笔在黑板上停住，说话逐渐变慢。不知是忍受不了这味道，还是在为此生气，似乎又不好发作。我们是文明学校，我们的学生们都很文明，老师当然更是以身作则。同学们捂着鼻子在课桌底下窃窃私语。我于是像另一个我似的，肆无忌惮地哈哈大笑起来，剧烈的笑快把脸颊震到脱落。

学校离我家很近，就在不到十分钟步程的地方。我每天上午步行去学校，中午步行回来；吃完午饭步行去学校，下午再步行回来。这条往返的路，由居民小区的樟树、漆了绿漆的小区栅栏、踏着自行车去上班的职工们组成。它们已挂在我的眼帘上。满目惯常的景致，相仿的喑哑无声，每天没有哪怕一点点的不同。挂钩都已生锈。画面又宽又阔，如同马路，平稳地垂铺下来，让人气馁。在这样的熟悉之中，一切缓慢，一切闪烁。我从容地穿过自行车流，穿过一场热汗，我知道他们每一辆车的行进轨迹，他们在我眼中凝滞如静止。每天往返的这半个多小时，是我一天里最安静的时间。

由此，我感到自己的生活充满了疯狂，也充满了失望。我把自己抛得很高很远，最后仍是落地。同时，我怀疑被抛到更高处的意义所在。胆怯的力量只够把我推到一个固定的高度。也许吧。或者其他。上课的时候我总是会想，要是我突然站起来，对老师大声表白，在被老师怒斥以后，满不在乎，又连着给她写几个月的情书；或者骂一句脏话，骂成一串口齿不清的电话，一边骂一边走出教室，走到操场另一头，找个地方若无其事地坐下来……那会是什么结果。我敢这样做吗？若只是出于畸形的胆小，我当然敢这样做。但这些事情我是肯定不会去做的。有别的力量在起作用。我不清楚这些事情与上课放屁的本质区别，但我知道自己不该如此。我害怕的甚至不是结果，是比结果更严重的事物。想到这里，我开始对地心引力充满感激。我害怕身处一个真正失重的空间。有很多事情是我可以做的，也有很多事情是我不能做的。不能做的事情与可以做的事情摆在一起，构成了我的个人世界，也构成了完整的人类世界。当然，这都是我后来想到的。当时我只是有那么一点模糊的感觉，觉得自己隐约触到了自己不该触碰的界限。摸到一层透明的屏障。在有限的范围内，我可以假装自由，可一旦超出界限，也许就是彻彻底底的毁灭。

说了这么多，地心引力再次起了作用。落回地面，此处我真正的意思是，我渴望拥有一辆自行车，而且这个愿望越来越强烈。

在炼油厂的有限之中，我想要一辆自己的自行车。

我不知道自己是怎么想的，但每次站在路上，看见炼油厂的职工们踏着自行车，看他们仿佛无中生有，源源不断地骑向厂区，内心总会在一瞬间映现一幅速写。这幅速写清晰通透，像包含了整个炼油厂的结构，包含了炼油厂所有的人、所有事物。是凭空横置的海。我在这瞬间中呼吸，自行车沿着画面涌上心头。

那条马路正泛着白光：在温热的空气里，在懒洋洋的……带着羞愧又欣喜的视线中，我看到自行车缓缓骑过，自行车把马路压弯了……不要了，不要再蹬了……你们把马路压得又矮又驼，马路越沉越低……而景象，在逐渐升起，是一层层的灼眼幻觉。

我还看到一条鱼，我穿过景象击中它。

鱼要沉静下去，沉到呼吸停止，静得像一个铁块……鱼像是忘记了一切。鱼又猛地抽搐，跃动，意识到自己在一片透明的水中。鱼又活了过来，从这一片水的困境中挣扎逃脱。

我看到鼓胀充血的鱼鳃，它掩藏在腮盖之下，是自行车勒紧的齿轮和链条，以及节拍有力的声音。

后来，我学会了将现象归因，由此更整齐地保存我的记忆。我自己解释了这种幻觉。即，我想在一种尴尬的、不舒适的局限中，寻求一种不那么需要妥协的和解方式。在裂隙夹缝之中，可以更少地晒出我的笑声。我不知道这算不算过度阐释，但我知道，当时自己确实认为，自行车能使我的生活更舒坦一些，更放松一些，更有意义一些。让我更真诚地沉浸于面无表情的自在。生活的起点仍是家，生活的过场仍是炼油厂的景物，生活的终点仍是学校。但只要骑着车，身体前倾，我就能获得某种逃逸。我能偏离一种常规的抛物。自行车象征了一种不一样的可能性。

而爸爸对我说，买自行车的事情，以后再说吧。我故意没有去看爸爸的表情，心里却在怀疑他是否听清了我的要求。他是深思熟虑的吗？我买自行车的想法，就这样略带随意地被否决了。

既然爸爸都那么说了，那我们也把自行车的事情搁在一边吧。毕竟这篇东西要讲的，也不是自行车的故事。

至少不是这一辆自行车。

那年夏天发生了一件事。因为这件事，我被老师们没完没了地训斥。我看到他们额头的汗珠，也看到他们拥挤的办公桌，还有办公桌上的玻璃桌垫。一只只手把我推到校门之外，把我推到空旷之地，我不知如何招架。差点到了被开除学籍的地步。现在回想起来仍让人困惑不解。

事情发生的那一天，天气热得黏稠，熨斗般的热气在脖颈到尾骨之间的大平面上来回熨烫。热量渗到肌肉的缝隙里。似乎一旦支起手臂，掀起衣服，背上的皮肤便会跟着撕扯掉一片。我们几个不良分子逃离教室，躲到乒乓球台底下。那里的广玉兰树长得最为茂盛，能闻到熟烂水果的气息，还有树叶的味道。形形色色，林林总总，挤在一起。我们躲在广玉兰树的阴影中，蹲在一起拍纸牌。我们面前是一条气味的河水。过一会儿，河水中就卷入了灰尘，因为我们的手指在地上拍脏了。再过一会儿，我们轮流站起来走动，因为腿脚麻木了。况且，哪怕是蹲在阴影中，我们仍能感到口干舌燥。需要有人离开阴影，带回另一种阴影。买棒冰的任务自然又落到了孙翔身上。都是因为他不小心，因为他笨，上回把我们攒下来的一大袋玻璃弹珠撒到了生活小区后面的河里。说是河，也许只能算是人造水沟。对我们来说，那已经是真正的河了。我们眼看着袋子从他手中滑出去，摔到河堤的水泥护栏上，袋口朝外，无数的弹珠从口子里泄出来，以电影般的升格，哗啦啦地全部坠入水中。事实上，弹珠倾泻也就一瞬间，他则被我们揍了大半个月。我好像并不关心他被揍的盛况，也可能并没有真正参与揍他的行动，只是在脑中不断重放那个弹珠倾泻的瞬间。我想，世界上大概没有比这个更残忍的事情了。我说的是这种漠不关心。但孙翔长得比我们都高，他是真的好欺负吗，还是对很多事并无所谓？后来我才想到，他可能是另一个我。

他离开阴影，迅速在围墙上消失。围墙上的天空抹得干干净净。再次出现的时候，他的嘴上已经挂着一支没有撕开包装纸的棒冰了，左右晃荡。两只手又各攥着两支。他坐在围墙上，把棒冰一支接一支地丢下来。丢完五支，不知又从何处掏出新的棒冰，继续往下丢。倒霉的棒冰就这样毫无美感地拍在乒乓球台上。我们各自捡起来开始消灭，他也坐在墙上撕开最后一支棒冰的包装。

棒冰的塑料包装纸丢在乒乓球台下，被我们用脚背随意扫成一堆，以证明不良分子们曾来过这里。

除了孙翔，我们几个全都靠着乒乓球台，坐在阴影处的地上，嘬着棒冰，聊一些不着边际的大话。这些话比围墙上的天空更不着边际。事实上这个时候，班长已经在学校里绕了好几圈，她哭着找了我很久。我当然并不知道，不知道一件多么重要，又多么不起眼的事情已经发生，也不知道这件事情和我有什么关联。我不知道自己正坠入海水。我只知道孙翔最先吃完了棒冰，他从墙上一跃而下，神秘兮兮地来回走动，盯着我们看。也许是为了接上我们的话题，他终于站住，告诉我们他有特异功能。

"我能吃玻璃，"他说，"你们信吗？"

我们当然不信，我们要他当场吃给我们看。于是，他的眉头舒展，以稍显自然的方式笑了起来。他开始在草丛里翻来翻去，踢来踢去，揪起一团草，又丢到原地。他抬起一块石板，果然在石板侧边找到一片玻璃。是圆形的厚片，像啤酒瓶的瓶底。他把玻璃放在地上，猛地跺上一脚，取了一片，放在嘴里咯嘣咯嘣地咬起来。那牙齿和玻璃摩擦碰撞的声音，仿佛近在耳畔。脆生生的玻璃声。我想，我们应该都有些吃惊，因为没人讲话。但我们不能在他面前表现出吃惊。直到快毕业了他才告诉我，他当时嚼的是冰块，事先藏在了石板边上。这个人才是真正的坏，比我们中的任何一个都坏。这么晚才告诉我真相，那还有什么意义呢？让人徒增悔恨。这件事情已经纠缠了我那么久，我有多少次为此心慌，终于渐渐接受。在事情过去后那么久说出真相，岂不是再一次将人置于心慌之地？

在夏天的玻璃声中，我看到班长向我们走了过来。要是平时，我们肯定把书包甩到肩上，翻墙就逃跑了。可是那一天，也许是被孙翔的表演给怔住了，我们竟没有一个人逃走。等反应过来，大概已经来不及了。

　　班长迎风快步走到我面前。让我吃惊的是，她居然满脸是泪，眼泪均匀地覆在她的面孔上，是一片垂直的海。

　　我闻到一阵清亮透彻的植物气息。

　　"你怎么还在这里呀！"她的眼泪之海颤动，更加满盈，像随时会溅出来，"钟小巧都快死了！"

　　"老师已经送她去医院了，你怎么一点都不急，她要死了呀！她要死了！"她继续补充道。

　　"不，和我没有关系。"趁着她停顿的缺口，毫无意义的辩解从我口中冒了出来，"她和我没有关系……"

　　我试图推开这一片与我无关的海，脸却一下子烫了起来。因为我知道，这种本能的、不由自主的反驳毫无力度，只是作为一场对话的填充。我的声音越来越低，渐渐含糊不清……我感觉自己在对着墙壁练习乒乓。这件事到底和我有没有关系？或者，继续出神，这个世界到底和我有没有关系呢？我自己都说不清楚。

　　班长仍在责难我，但同时她也仍在哭泣。班长越哭越说不出话来，眼泪终于一片接着一片，从她脸上的海面剥离，打在了地上。她不断用手心手背交替着擦眼泪，一直说："都是血，全部是血。快要死了。"好像她擦的并不是眼泪，而是钟小巧的血。

　　班长扯住我的衣服往教室跑，我不太情愿地跟在后面。我们在教室楼下就遇到了班主任和钟小巧。班主任推着自行车，钟小巧咬着嘴唇坐在后座上。她把嘴唇咬到泛白。

　　"她坐在一辆真正的自行车上。"我被这个想法推了一把，恍然觉得，自己好像从来没有坐上过自行车一样。

　　班主任看到我，缓缓把车推了过来，在地上撑稳，一把揪住我的耳朵。我踮着脚，歪着头，看见钟小巧的左手上有干涸的血痕，大拇指的整个指甲盖都翻了起来，几乎要掉下来。指甲下的肉是鲜红色的。表面倒是已经结了一层薄薄的膜，不再流血了。

　　在被拎起耳朵的倾斜的视线里，我的意识正往深处滑去，我忽然想不起钟小巧是谁了。只能空茫地盯着她看。她的脸已变得晴朗，虽然仍存有泪痕。在雨水降临之后的铁锈气味里，她深吸了一口气。看得出来她很享受这个味道，很享受这个时刻，享受这个时刻里不太舒服的风……她甚至露出一丝勉强的笑。

　　后来他们告诉我，我在教室门上搁了一大桶水，准备让老师进来的时候淋个透湿。结果钟小巧先进门了。那个装满水的水桶掉落下来，没有砸在她的脑袋上，却砸到了她的大拇指。她的手恰好扶住门口的课桌，被水桶结结实实地砸了一下，指甲盖砸得翻了起来，拇指骨折。医生把她的指甲盖拔掉，包扎了好几层，看上去像是某些科普读物里木乃伊的绷带。不能碰水。过了很久才重新长好。她重新亮出她的指甲，她也偷偷涂上了指甲油。

　　这显然不是我做的，我根本不会做这样的事情。我并不知道那桶水是怎么回事，也不知道大家为何都认定是我做的。但这件事足以让我在心里推演好多年，让我沉迷其中，试图寻找破绽。过了几天，钟小巧的父母带着钟小巧到我家来，要我们赔医药费，我就躺在自己的床上一直没肯去客厅道歉。拎我出去我也不去。我要把房门锁上。我不会道歉的，我也丝毫不关心她的情况，我本来就是没心没肺的混蛋。我更关心的是，那天孙翔究竟是如何做到的，他是怎么吃下那些玻璃的？以及，到底是谁把水桶搁到了门上，他又是怎么做到的？这些事件是一个个谜，我想知道其中的细节，好像知道了细节才算真正活在这个世界上一样。我看见孙翔嚼着玻璃，又抽身把水桶搁在门上，嘴里发出咯嘣咯嘣的声音。那声音是那么狡黠，冷不防在我脑中响起，一直困扰着我的生活。

那一年夏天，还发生了一件事情，这件事也同样让我感到困惑。暑假的时候，姨妈把她的儿子寄养到了我们家。

大概是上午十点吧。我躺在被窝里，被防盗窗的长条影子压住无法动弹，眼皮快被光线刺穿了也懒得挪动。我的意识在房间内伸展交错，在房间墙壁上游走，听到客厅里妈妈正和一个女人谈话，闻到暖烘烘的气味。大概是上午十点，十点钟是正好的。因为还没吃午饭。不会太早，应该也不至于太迟。至于是不是周末我就不清楚了。妈妈在家，应该是周末，但她也可能因为什么事情请了假。她们的声音也在房间墙壁上游走，谈了有一会儿了，穿梭在我的意识之间。有时声音很轻，轻得像断了线，像不知从何处滋到脸上的水丝，直到完全蒸发，静得一句话都没有了。有时又突然从墙角跃起，蹿得很高，拍打水面，把我彻底打湿。我不自觉地想到了班长，想到了钟小巧，鼻子阵阵酸痛。渐渐地，我感到脸上真的沾上了水，我睡得满脸是泪。

等完全醒来的时候，姨妈已经走了，只留下他。我从床上坐起来，她们的声音这才停止。我感到身下有一片湖。那是平生第一次，我梦遗了。而那个时候，他已经进了我的房间，坐在我的书桌前，翻看我最喜欢的那套科普丛书。我一坐起来就看到了他。

他是我姨妈的儿子，只比我大了半岁，我应该叫他哥哥。也许刚才姨妈在客厅说话时，他就坐在桌前了。他戴着边框很大的眼镜。我不喜欢他，更不喜欢他的眼镜。那个年代，戴眼镜的小学生并不多。我们班里只有一个人戴眼镜，那个人是先天远视，幼儿园时就戴了眼镜。我们是不会带他一起拍纸牌的。至于他——我的哥哥——我的记忆并没有多少。我对姨妈的记忆也不多。只记得更小一点的时候，曾去过一次姨妈家。我想去洗手间。移开磨砂贴纸的移门，有脏衣服在水中沤烂了的味道。水龙头也是锈到难以拧开。那天，姨妈从铁盒中取出白巧克力给我吃，我接过来，感到锈迹般扎手。巧克力的棱角逐渐抹平，在嘴里变成溏心。姨妈突然笑了起来。她对我说，这些巧克力呀，其实我和你哥哥都尝过一遍的，每一颗都尝过。这一下子，巧克力马上又变硬了，我的嘴里像是含了一颗别人的牙齿。一颗泛黄的牙齿在我嘴里，还有可耻的唾液的味道。那种味道，后来我在吃饭的时候常常闻到。只要吃饭的时候走了神，把一口饭嚼了太久，我就可以闻到。于是，意识从走神中回来，聚拢在口腔中被嚼碎的米粒上。它们被切割成更小的颗粒。我看到动画片中的武者们正整齐地挥着长针般的刀，那是我的牙齿。那股味道从鼻腔中冒出来。怎么办，我也要成为一个奇臭无比的人了，我不能成为一个奇臭无比的人。我宁愿自己没有任何气味。

我姨妈的儿子，我的哥哥，就这样在我家住下了，就这样坐在我的书桌前。他是个入侵者。他要在我家住一个暑假，直到开学。也许更久呢，我也不知道。妈妈让我多和他一起玩，事实上他并不想和我玩，他只想看书，把我仅有的书都读完。

但他永远也读不完。他可以坐在那里，把一本书逐页翻完，第二周又再翻一遍。我不知道他是不是真的在读。也许他只是不想和我说话，并用这种方式把我也困住。

每天，他的口袋里总有一瓶白花油。看完一本书后，他舒展一下身子，从口袋掏出白花油，把它抹在自己的太阳穴上，接着是人中，抹完后闭上眼睛深吸一口气。一天重复很多次。于是整个房间都是白花油的气味。强烈的，辛辣的。我不止一次制止他，和他吵架，但他无动于衷，甚至没有任何回应我的意思。我只能在自己脑中拼凑关于他的故事。也许他小时候特别喜欢闻自己的手指，只要没有人看见，他就举到鼻子前反复闻。姨妈在他的手指上涂了白花油，以为这样能使他改掉这个陋习。但他迷恋上了这种味道。每天都要闻到这种味道，不能离开，不能摆脱。直到周围的人都无法再闻到这种味道，只有他一个人能闻到。像烟瘾一样，他是少年老成的，他抽一种挥发性气体制成的烟。

这个夏天，那些朋友都没怎么找我出去瞎混了。我们只在七月刚开始的时候一起出去踢了球，游过两次泳。再无其他。他们一定瞒着我私下出去玩了，玩遍整个炼油厂。他们出去打街机也没有叫我。对这些我从来都是无所谓的，我并不那么喜欢无聊的游戏，至少看起来是。我喜欢的和他们不一样。我喜欢一辆看不见的自行车。但自从哥哥住进了我家，我的内心除了希望他早些离开，竟对这些事情也心生向往。非常具体的向往。我可以看到自己仰卧在泳池里，和朋友一起，而哥哥不在旁边。炼油厂的泳池再拥挤都没有关系。这个夏天，我什么事都没有做，想的只是如何让白花油的气味消失，或者让自己从白花油的气味中消失。

超市事件发生在八月中旬，那天是他的生日。是我哥哥的生日。天气与上回那个令人困惑的日子一样，同样烫人，同样热得不像话。前一天的气温似乎没有那么高，一夜之间蹿上来似的。家里的吊扇在房间上方高速旋转，像在吸面条，发出打滑的声音。妈妈一早就在客厅沙发上打毛衣。她喜欢在夏天就开始为冬天做准备。而爸爸不知为什么，很早就起床买了菜，一直在厨房忙碌着。抽油烟机的声音搅拌在吊扇的声音中，暂时盖过了白花油的气味，闻起来油腻腻的。这个气味我同样不喜欢。妈妈把蛋糕店的单据给我们，又给了我们一百块钱，让我们先去取蛋糕，再到超市去买些喜欢的零食。我才知道这天是哥哥的生日。

暑假已经快结束了。天气真的很热。一想到马上能摆脱这个累赘，我的内心就愉悦起来。加上父母难得的慷慨，在去蛋糕店的路上，我轻快地走在了前面。又想到要照顾一下哥哥的感受，便放慢脚步，等他跟上来，并趁机侧过脸小声对他说："生日快乐。"

与往常一样，他仍没有理睬我。我想，他的镜片一定也被太阳晒热了，他一定很想从口袋里掏出白花油。但他没有这么做。

我们取完蛋糕又去超市。拎着购物篮走上一圈，结完账后我走出超市，才发现他不在身后。我又走入超市，看到他正在服务台边上站着，没有在说话。我走过去问他："怎么了？"他又没说话。服务台的阿姨正硬生生地盯着我看，好像犯错的出状况的人是我一样。不，不是我。我推一下他的肩膀，提起一点声音又问："怎么了啊？"服务台的阿姨说话了："他在我们这里存东西了，说是一本书。我可没有印象。我们超市还会偷小孩子的东西吗？"

他突然低声而恨恨地说："偷了，就是偷了！"

那是我第一次看到他说话，在公开场合说话。

"是硬壳本的《西游记》！在二十几回的地方折了角。"他继续补充，"我进超市的时候过来存的，和生日蛋糕一起存的！"

他的神情让我觉得这是真的，可是连我都没注意到这本书。不管是去蛋糕店的路上，还是来超市的路上。到底有没有这回事？在这个黏热腐烂的夏日，我的脑子似乎冻上了，我无法思考，也不想思考。我也想一句话都不说。我像一具冰雕盔甲，站在他们边上，真正的我慢慢缩小，不断缩小，躲到了身体的最里面。拿一本书出门，边走边看，对他来说是很有可能的事情。但这次我没有看见。我也不想看见眼前的场景，我不知道一切。让我就这样站着吧，我们一起站在这里好了。我可以假装自己回到了家。

服务台的阿姨轻哼一声，自顾自坐下了。她跷起二郎腿。我们被晾在了一旁。

哥哥拉了拉我，说："走。"走去哪里？我们的蛋糕就放在地上，我跟着他，又走回超市里面。他越走越快，我也越走越快。我们停在膨化食品的货架前面。他看看我，说："拿吧。"我想了想，伸手取了一包薯片。"多拿一点吧。"他又说，并兜起衣服塞了几包虾条。我们穿过几个货架，越拿越快，衣服和裤子口袋里也塞上小包装的东西、桃酥、水果硬糖，还有其他不值钱的小东西。我们飞快地穿过收银台，又迅速拎起超市入口处的生日蛋糕。我们一路飞奔，逃离超市，身后是店员惊讶的喊叫声。他们刚才在做什么？他们凭什么让我们陷于无言的尴尬？我们穿过生活小区，一直跑到炼油厂大门附近的桥头，停下来喘气。他把衣服兜着的东西抛到地上，又从口袋里一件一件往外取，也都撒到地上。我则捧着零食愣在那里。再过一会儿，店员就要追上来了。他开始往地上乱蹬，把他抢来的零食都踩得稀巴烂。又从我的手里，从我的口袋里夺过东西，一捧一捧往河里抛。在夏天里，零食的包装袋极其刺眼。它们轻浮地坠下去，轻浮地浮在水面上，丝毫不能化解人的恨意。他盯住地上的生日蛋糕，迟疑了几秒钟，照例也抡起手臂甩进了河里。然后，摘掉眼镜，蹲下身狠狠哭泣起来。

这时超市的店员已经赶到了面前，他们扯住我的衣领，把我拽倒在地上："你，你们的父母！哪个单位的？！"

"我怎么知道，"我说，"我不知道。"

这件事过去没多久，暑假就结束了，他也该回到他自己的家。他回家那天，我有种错觉，觉得他并不会走，会在我家一直住下去。而我会离开，会搬到他的家里，去吞咽一颗颗的牙齿般的巧克力。只是错觉罢了，像突如其来的脸热，回过神后就一下子消散了。他也消散了，再也不会在公共场合说话了。

但那本看不见的《西游记》，却一直卡在我脑中书柜的最顶层。那本带着仇恨的书，让我呛了海水。他完全可以拍拍屁股走人了，但我不行。我就住在这里，被钉在地上，无法真的离开，脚上的钉子把我磨得生疼。我还是会去那个超市买东西的，这辈子还会去一百次，一千次，一千一百次。我被死死地钉在海水里了。

在这两件事过去之后，没有多久，我的爸爸妈妈就离婚了。不知道具体原因，只是看到他们不断吵架，不分昼夜地吵架。我好像根本听不见他们吵了什么，只能在一旁，通过我的眼睛观察。

那段时间，我大概是挺伤感的，躲在被子里以为自己变了一个人。但仔细一想，又觉得至少我自己完好无损。这样说来，他们能分开似乎也不是坏事。我马上摆脱伤感，重新成为我自己。

世界上的事情往往都是这样，是好是坏谁知道呢?

我对超市失去了曾经的好感，我和超市不再亲切，每次远远瞥见，总会泛起一阵阵恶心。这种恶心源自无法磨灭的羞耻。我竟然为了一个让我恶心的人做了一件恶心的事情，在那样做的时候我甚至感到了快意，我对自己都感到恶心。但这种恶心的感觉也没有持续多久，因为我发现，超市的店员并没有对我记仇。或者，他们压根没有记住我的样子。我开始频繁出入超市，比无所事事的以往更加频繁。买棒冰的任务也被我揽下，以便能更多地来到这里。我从针筒上卸下针头，攒了一大把，留着去戳超市货架上纯净水的瓶子。一般要戳四五个洞，水才会从细小的洞口里渗出来。渗成一片湖，隐隐地成为大海的一部分。后来的知识告诉我，这些都是因为大气压强的存在。

我每戳坏一个瓶子，回家以后就在本子上记下一笔。有时做好记录，我又会再走出家门，来到超市，看看刚才被我戳坏的瓶子漏完了没有。再过去几年，我无意间数了一下本子上的记录，被我戳坏的瓶子竟有五六百个之多。这让我心跳加速。我做了这么久的坏事，超市却还没有把我抓住。我逃逸在超市的规则之外。

在我那时候的理解中，世界上应该有一处虚构的房子，它是存在于空间的背后的。这个房子可以随意出现在世界的任何一个角落。从里面往外看，可以窥见任何你想看见的角落。但别人看不见它，因为它隐藏在空间的背后。

我觉得自己就拥有了这样一座房子。超市里有一扇门，那扇门连接了脉络复杂的地下通道。我只用一个小小的针头，就隐蔽地进入了超市背后许多人的生活。我成了最高者。在这里，我得到的已经不是报复性的满足，而是一种自由自在的存在感。是纯粹的，是伟大而渺小的。我想，这种感觉没有多少人可以得到。

不过这样的生活，很快就随我的小学毕业而结束了。我到一个离家较远的学校读书，脚上的钉子脱落。

我每天乘坐公交车往返。

我站在公交站牌边，站台前缓缓经过一辆自行车，无人乘骑，只有风在穿过。但那不是我所等的车。我等的不是自行车，至少不是这一辆自行车。

初中以后，我成了一名旁人看来品学兼优的学生，眼镜也架上我的鼻梁。我活得正常，正常到仿佛失忆。但事实上，内心还是有那么一个恨意交织的空间。站在其他超市的货架前，我仍想从虚构的口袋里摸出我虚构的针头，给那透明的塑料瓶戳上致命的一针。水从几个小洞口慢慢渗出来。或者，给别人虚构的人生戳上虚构的一针。

再后来，在一节自然科学课上，老师告诉我们，动物们的红细胞由于没有细胞壁的保护，若直接进入蒸馏水，就会逐渐吸水涨破。展示的投影上，我看到了清晰通透的炼油厂，我看到整个炼油厂的结构，我看到其中所有的人、所有事物。海潮的声音震耳欲聋。这种展示是如此真实，让我震撼，又像是对我的公开羞辱。我满手是汗，不知如何是好。所幸，应该没有人注意到我的异样。

那节课我不断走神，觉得教室里的空气就是缓慢而无限的蒸馏水。无数巨大的圆饼状的红细胞悬浮在我的眼前。它们以某种自由旋转、游动，无法自持地吸水、膨胀，最后与炼油厂叠印在了一起。我转过头，看到同桌颤动的脸，像扭曲的囊肿。他惊诧地张开嘴，后脑迸溅出他的细胞质。也就不过十秒，他的脸恢复了正常。但这个世界上更多的红细胞，确确实实已无可挽救。

甚至还有音乐环绕。在一个漫长而幸福的过程之后，它们将迎来自己的死亡。对它们来说，死亡也是一种快感。骤雨中的海潮。它们将伴随着新生般的幻灭感。停留在此处，却纷纷抵达无限的彼处。音乐仍在继续。

没有人知道它们所抵达的无限是怎样的，没有人，除了它们自己。也许连它们自己都无法感受彻底。

我再次看一眼周围可疑的，却又正常的人类，从虚构的空中看一眼这个世界，确认这个世界。

我再次借助地心引力落回了地面。

少女，起风了……

当少女快要碎掉的时候，一阵长风可以把她挽起来，重新系好，打上一个蝴蝶结……

这个习惯可以追溯到我十一岁的时候。

那个时候，我们还住在空荡无人的郊区，还住在胡子奶奶的果园边。家外面是一片杂草地，再走远一点才是集市。我们家院子里的砧板上，总是摆着一个硕大的鱼头，丢着一柄鱼刀；脚边铅桶里的水，总是只有不到一半，荡动着，浮着鱼鳞；院子总是空无一人。我已经不记得家附近有什么河流了。院墙那一边，果树的树叶在阳光照射下散发出刺鼻的气息，我总是在不经意的时候闻到。

我和弟弟对果园里的一切充满了向往。很多次，我看见自己站在果园的草地上，张开手臂。果园的草地宽阔、柔软、明亮，风从我的胁下吹过。而妈妈告诉我们，胡子奶奶是个很小气的人。

到了樱桃成熟的时节，我有意留心隔壁的动静，却很少听见或看见胡子奶奶摘樱桃。也许她想让樱桃在枝头多留一段时间。每天还未完全睡醒，樱桃酸涩的清香便进入我的鼻息，几周后变得香甜，直到逐渐腐坏。多数樱桃仍静挂在枝头。

我不知道这种浪费到底是什么。可能在妈妈看来，这是一种小气。但我觉得，能让樱桃的气息多持续一会儿，是最大的慷慨。

胡子奶奶终于开始摘剪樱桃了。天还没有亮，院墙另一边就传来一阵挪动梯子的声音，然后是剪子的咔嚓声。几种声音简单清亮地交替。声音响起以后，就没有再停下过。她一直忙活到下午，似乎想把樱桃一次摘剪完。

午睡之后，我穿好衣服走下阁楼，蹲到楼梯拐角处的窗口边。那是一个低矮的画框，隔壁果园里的一切是运动的绘画。我从画框张望出去，看到胡子奶奶把一些干瘪的、熟透以至腐烂的樱桃从健全的果实中拣出来，丢在畚箕里。她把它们倾倒在墙角，用铁锹拍得稀烂。剩下那些汁水饱满的，则用几个小果筐装好摆在一起。她抬起木桶朝上面倒水。

胡子奶奶准备把樱桃做成果酱。樱桃柔软的梗揪掉了，樱桃核划一道口挤掉了，那些清爽的果实拌上了糖，拌上了盐。它们甜腻腻地渍透了。来到锅里，再新筛入一些糖。不一会儿，汤汁沸腾，它们又被热腾腾地浇入一个个玻璃罐。拧上瓶盖，倒扣在一边待凉。

于是，我悄悄退回到楼上，敲了弟弟的门。我们又一起看了一遍果酱的制作过程。他在我的画框前吸一吸鼻子，伸出手指，朝下比了一个手势。他不自禁地露出微笑。我觉得他想的应该和我一样。

偷窃计划实施得很轻松，轻松到让我们觉得随时可以再偷一罐。我们的战利品，一整罐还未凉透的樱桃果酱，摆在我们家院子中央的砧板上，摆在鱼刀边上。而此时，胡子奶奶仍在锅前煮着果酱。

我想，胡子奶奶应该完全没有发觉，等一下她也不会发觉。她有那么多罐呢，不会注意到这小小一罐的。就算她真的数过，对我们来说也不会有什么实质的威胁了。既然已经得手，那它就是我们的了，随我们处置，想要也要不回去了。我会牢牢攥紧它的。

而眼下的问题是，这样一整罐的果酱，我们该如何处置呢？

樱桃果酱的味道远远没有我们想象中的那么好。也许我喜欢的只是气味，只是果树刺鼻的气息，甚至樱桃腐坏的味道。也许原因更简单，只是因为它还没有凉。我们打开热玻璃罐，从热气中取出樱桃，各尝了半颗。嚼碎时辛辣充斥了整个口腔，如吞下许多小针。我们咂了咂舌头，把樱桃都吐出了嘴。

当然，我们也不会把这个交给妈妈的："妈妈，我在门口捡到一罐果酱。"

理由太过牵强，弟弟的语调与表情也一定显得很傻，只能被当场识破。到时候我们会被妈妈拎着，去给胡子奶奶道歉。我们尴尬地站在妈妈身后，搓着手指，不敢抬头。

我还想过另外一些办法，比如在院子里挖个坑埋了，比如打开阁楼的窗户，朝着随便哪个方向使劲扔出去，让它消失于一声脆响。甚至在它发出脆响的时候，我还可以大喊一声。

　　真是讽刺，刚才我还想牢牢攥紧它。

　　不过，这个问题当天晚上就被我聪明的弟弟解决了。当我把手伸进书包，准备取出练习本做作业的时候，才发现那个本子的每一页都被樱桃果酱粘在了一起。不仅是那一本，我书包里每一本书每一张纸，都被涂上了果酱。书包底部，更是直接倒满了黏稠的汁液。许多樱桃躺在阴影中，正咧嘴大笑。樱桃躺在底部，看我沉得比它们更深。

　　事情平淡地结束了。我自己偷偷把书包给洗了，挂在阁楼晾干，还把弟弟放在枕头下的漫画书撕了个稀巴烂。

　　或许他会去告状吧，哭哭啼啼地让妈妈给他买新的漫画书。反正之前那本他也看完了吧，正好可以买新的来看。

　　他根本就没有告状，也没有再次打开我的书包，在我的练习本上乱涂一个骷髅。可能他压根就没发现自己少了什么。他经常忘记自己把东西藏到哪去了，我也没有把碎纸堆在他的枕下示威。

　　他正是打打闹闹的年纪，一本漫画书对他来说能算什么损失呢？

　　但我还是把这本漫画的碎纸片都留下了，一张也没有弄丢，用干净的铁盒装好，以备哪天他来质问。到时候，我就拿出来还给他：

"看看，是不是你找的那本？"

几个月过去，弟弟并没有问我漫画书的事情。又过了几个月，我从铁盒中倒出这些碎纸，准备丢掉，却因为不经意的一瞥，被那些莫名其妙的图案和台词给吸引住了。像不经意间被樱桃的气息捕获。书已被撕碎，我只能一点点地拼。把它们一张挨着一张摆在地上，仔细观察，发现其中的逻辑。挪动，再观察。要多次确认顺序。我就这样一直坐在地上。

会突然刮过一阵风，让这些逐渐连贯起来的画面，在地面翻卷。如同一片被吹拂的绒毛。它们被重新吹成碎纸，贴到墙边。披着绒毛的小动物躲缩到了墙边。

我真的把这本书拼回了原样，院子砧板上的那柄鱼刀也消失很久。回过神来时，弟弟已经一下子长大，想离开这里，到集市上去。我呢，无论酸涩还是腐坏，我只想在心里默数一切。至于院子，则像铅桶一样容纳了我，让我得以默数。院子是应许我默数一切的容器。

拼完的时候，漫画中的故事已在我脑中颠三倒四地过了十几遍。所以，它其实早已在我脑中拼凑完成。我随时可以打乱重拼，也随时可以用它们讲一个新的故事，就像偷樱桃果酱一样轻松。我明白过来，有些结果是不需要留存的，却早已留存。起风了，那些小动物在房间里轻跃。

在这之后，每阅读一本新书，我都会把手指伸入纸页，轻轻地向上推，撕下一小条，如此反复。我逐渐把书撕成一堆碎纸。我把它们翻弄得更乱，然后开始我的阅读。无论漫画还是小说，都是如此，只要这本书为我所有。它将更加为我所有。

整个过程中，樱桃的气味会从鼻咽下沁出，先是颗粒的、细丝的，最后彻底充斥我的鼻腔。我深吸一口气，感到施法般的愉悦。

樱桃的气味带着愉悦，也许也暗藏恨意，这恨意让我们互相报复。它让我带着恨去实施恨，并发现恨的愉悦。

樱桃的气味，到底是恨意在先还是愉悦在先，实在很难分清。其实，大概我也并不是一个法术施行者，我只是被法术的愉悦浸透。我也是一颗樱桃吧。我知道这一切都是真实的，又是美丽、危险的。至于这真实能持续多久，能否得以留存，留存之后又怎样……已不是我所关心的事情了。

去奉镇

不要去奉镇，千万不要！

如果你曾动过念头，那就更不能去奉镇。

……一片平坦之中，你的想法正在滚动，是一小块磁铁；你的行动是尚未出现的另一块。另一块磁铁最好并不存在，最好永不出现。但很可能，它也已开始滚动……

那个让我毛骨悚然的故事，是我在奉镇旅游的第二个晚上，旅店老板在似乎无意间对我说起的。

那个故事被讲述出来，抵达我的耳朵，像一枚被弹射到空中的硬币。不是结束，只是昭示。然而硬币落地之前才最为危险。

我在意识中搜寻，觉得似乎该和你讲讲自己在奉镇的经历。

奉镇。

我当时手里攥着的长途汽车票上就写着这个地名。你或许已经猜到了，我是一个旅游爱好者，习惯单人出行。一个人找到一个陌生的地方住下，不去任何景点，也未必和人交流。我不喜欢旅行前的交通。这么来说，也许我只是想在陌生中独处。我没有结婚也没有女朋友，在公司是普通职员，在一次假期将尽的时候，突然不想再上班了。我再也不上班了。我想辞职，像别人一样来一场矫饰的旅行。于是，打开笔记本电脑查询，最后选择了这里。假期结束，我背上旅行背包，在汽车站买了去奉镇的车票。

汽车车厢内味道呛鼻，我一上车就闻到了。是海绵坐垫的气味，闻起来像燃着的塑料。当然还有其他各种气味，饮料、报纸，还有汗臭。我皱了眉头，开始对这种矫饰感到反感。但还是坐上座位，把脑袋靠到车窗玻璃上，看着窗外，以此抵御这一切。也许过一会儿就能习惯。汽车开动了，随着车身毫无节制的左摇右摆，我的脑袋不断在玻璃上碰撞。我在一片厌恶中睡着了。

早上七点出发，到达奉镇已经是下午三点了。我顺着车站出来的路走着，没多远就看见了这家旅店。说是旅店，同时也是餐馆，晚上也许还是酒吧。食宿齐备，我顺利住入了这家旅店。

下午的阳光斜照房间。靠在床头，我从背包中取出随身携带的旅行杂志。那是出发前特地在报刊亭买的，本打算在汽车上看。刚带到奉镇就变得潮软不堪。我塞上耳机。一边看杂志，一边在心里计划这几天的基本行程。我感到自己正逐渐适应这样的旅行。

奉镇地处丘陵地带，又靠近江水，气候湿热，主要以古建筑闻名。曾经的古街在旅游业的带动下，都改造成了步行街。应该会有一些似曾相识的纪念品。小吃也是这里的特色，有一种甜糕据说不错。我可以明天一早先去景区走走，就跟在那些旅行团后面，听听他们导游的讲解。中午买点小吃，随便填一下肚子。下午逛一逛步行街，买点纪念品。晚上冲完澡，在旅店喝一杯啤酒，会有潮湿的晚风从山脊那边吹过来。

另外，这个小镇虽然不大，却有三条铁路穿过。这也是我选择到这里旅游的原因之一。我不喜欢交通工具，不喜欢乘火车，却喜欢铁轨。如果早上能起得早一些，我还可以沿着铁轨晨跑一段。一直觉得火车是很有力量的事物，它不同于汽车，不同于飞机，它像时间般沿着固定的方向延伸，仿佛不会停止。

于是，火车鸣笛的声音在窗外响起。我转头看向窗外，发现窗外倏忽一片漆黑，在漆黑中，火车如一簇火。夜色里有一群长着翅膀的青色的鱼，在很远的空中。我站起来走到窗前，直到它们在夜色里消失不见。又坐回床边，把手上的旅行杂志收起来，从背包里取出一瓶水。拧开，顺着喉咙往下吞咽。夜色带来的颤动似乎有所减弱。视线逐渐平静。我从来都不知道时间可以如此跳跃。凉水让胃变得不那么舒服，像落入了卵石，有大吐一场后空荡荡的酸涩。

就在此时，房间浴室里隐约传出了水声。我迟疑了一下。刚刚时间的骤停，大概并不是我的幻觉。凝神听了几秒，水声并没有消失，甚至蜿蜒清晰地沿着地面流出来。我走到浴室门口，拧开门把手，浓重的水汽扑面而来，混杂着海水气息的肥皂香味。

浴室的水声像耳鸣般轰响。

在水汽之中，我捕捉到一个人影。

第二天早上，刚推开房门出去又遇见了她。她转过身，像是凭空想起什么，眼神缓缓停在我身后某处，有些涣散。马上意识到了自己的失态，对我尴尬地一笑，匆忙消失在了楼梯的转角。

昨晚到前台，老板也跟我道了歉，说是那位客人房间的淋浴喷头坏了，才让她到另外的房间洗澡。而我的房间就在隔壁，很自然就帮她开了房门。两人都没注意到房间已经有人了。

"应该先敲一下门的，非常对不起。"老板说。

其实，我也没携带什么贵重财物，并不担心丢失东西。相反，昨晚从浴室出来，我就意识到口袋里多了一枚硬币。具体是什么样的硬币，我不清楚。没有拿出来看过，只是用手指在口袋里翻动。这样的翻动也许可以让一些事物消解。

我先是按照计划，跟着旅行团听了一上午的讲解，多半都是后人——大概，主要是旅游局——编造的事迹。权当是听故事吧。那些古建筑倒还挺漂亮的，但拍了几张不满意的照片后，我逐渐失去了拍照的兴致。想要一场矫饰的旅行，看来并不那么容易。下午我勉强走完了一条街，感觉再没什么可逛的了。有一些累，在一家小餐馆休息了一会儿，时间就已经四点了。去街上随意挑选一些纪念品，回到了旅店。

我全身都是汗。走进浴室，打开淋浴喷头，我又想起昨晚那一幕，鼻息中马上充满了海水的味道。此时，房间外面的天色大概已经渐暗，傍晚的风覆盖了整个小镇，像透明的水流一样。再过一会儿，夜色就变得漆黑，火车会像一簇火，从漆黑中升腾起来。长着翅膀的青色的鱼，在夜色中飞过，而我是鱼群的一部分。我最终消失在夜色中，连我自己都看不见自己。

吃完晚饭，我塞上耳机躺到床上，拿起旅行杂志，潮软的纸张甚至已经粘在了一起。读了一会儿，突然想到本次旅行的目的。我应该出去走走，和人聊聊天，再喝上一杯啤酒。不能再像以前那样了。于是收起杂志，穿上衣服走下了楼。

我坐在桌前喝酒，晚风果然从山脊那边吹了过来。周围的闲聊声音一阵一阵的，像热流，和晚风混合在一起，吹在我的背上。我感到有些醺醉。其间不断有人坐在我对面，最后那人换成了旅店老板。他应该已经认识我了，又拿来一扎啤酒，给自己也倒了一杯。不知怎么，他给我讲起当地流传的一个小故事。一个十多年前发生的诡异故事。我看到他的嘴巴在动，我口袋里的硬币在嗡嗡作响，而我背后的热流似乎变成了爪子，在我背上挠得发烫。

是这样的，这是一个有着三条铁路穿过的小镇。我还没来得及沿着铁路跑步。也许明早就去。十多年前，一个女孩家就住在铁路附近。她家住在一座小山的背面，从家出来是一个漫长的缓坡，缓坡上有一条窄长、柔软的路，向上延伸，一直与贯穿全镇的大马路相连。不过这条小路，自然比大马路隐秘幽静许多。在小路的中段，也就是缓坡最平缓的地方，有一条铁路穿过。女孩每天上学放学都会经过那里。

有一天下午，女孩不知犯了什么错，或者什么错都没有犯，被她爸爸打了一顿。她走出家门，哭着躺到了铁轨上。呼啸而过的火车瞬间把她轧成了两截。

到了傍晚，她的妈妈在铁轨边上发现了她的尸体。妈妈把她的两截身体叠在一起，一声不响地抱起来，沿着小路一直抱回了家。

第二天早上，一个完整的女孩又从家里走了出来，毫发无伤地去了学校上学。没有人敢和她说话。中午她回家吃饭，又走在缓坡上，恰好一位居民经过，诧异地问她。她没有说话，只是把上衣撩了起来，腰部是一圈密密麻麻的针脚。

我感到耳朵更热了，但脊背上的抓痕已经变凉，喝下去的啤酒变成了一身冷汗。也许我口袋里的硬币，只是一枚完整硬币的一半，否则它为何一直在颤动呢？那个浴室中的女人，再一次浮现在我的脑海里，也从水汽中浮现出来，还有那渐渐咸腥的海水味道。我好像从桌边脱离了，升入空中，我变成一条挣扎的鱼，伸展的四肢变成翅膀乱振，那些青色的鱼在我眼前飞过。猛地感到一道疼痛，我被轧成了两截。海水气息的肥皂香味，从我嘴角冒出来。口袋里的硬币也滑了出去，在空中下坠……

"那后来呢？"我定了定神，问道。

"哈哈，那我就不知道了。"老板把他酒杯中的啤酒喝完，站起身，准备离开。

"等一下，"我说，"你知道硬币吗？"

"我知道。"老板笑了笑，重新坐了下来。

但我们没有聊硬币，也许硬币本来就是没法聊的。我陷入了失神的状态，不知自己为何要叫他继续聊天，我已经无法听懂他说的话了。有好几次，他似乎说了什么好笑的东西，他自己笑了起来，我却在对面毫无知觉地坐着，只能喝酒代替尴尬。

又有好几次，我感到自己已经认识那个女孩很多年，我知道她的所有事情，有她的所有联系方式。过了几秒，又觉得自己一无所知，只是在一场矫饰的旅行中。我很想向老板询问：

"你是如何知道这件事情的呢？"

或者：

"你怎么确定这件事情的真实性呢？"

却都欲言而止了。我就那样一直失神地坐在一旁。啤酒喝了又喝，但却总是留有大半杯。夜晚才刚刚开始而已。

这就是我在奉镇的经历，以及我在奉镇听到的故事。我口袋里已经有一枚硬币了，我能感觉到它在嗡嗡作响，所以我没敢去摸另外一边的口袋。相信你对奉镇已经有所了解，相信你的口袋里已经出现了一枚硬币，它也在嗡嗡作响。那另一边的口袋呢？你会想去了解它吗？会想去确定它吗？也许硬币不需要特意寻找另一枚硬币，只要持续滚动，一直滚动……谁能吸住它，谁就是另一枚硬币。

　　这是我在奉镇度过的第二个夜晚。在这样的略微潮湿温热的春日夜晚，我竟然感觉到脊背发凉，莫名恐惧。

未成年

　　一切失败都是女孩杨梅醋带给我们的。不管是以前的、比以前更以前的失败，还是往后的失败。这没什么好解释的了。

　　那天晚上，我们把拴着石块的绳子抛到大人们的阳台上，顺着绳子一个个都爬到了三楼。这项行动被我们命名为"吓死大人吧"。当我们打开窗户准备正式吓人时，她突然尖叫了起来。天哪，她想做什么！这算是独自行动呢，还是有意破坏我们的计划？她才死去不到十天，大人们还能微弱地听见她发出的讨厌声响。但也只是微弱地听见。他们被这嗡嗡的蚊鸣吵醒了。大人们用手拎着自己的头发，把自己从床上拽起来，坐在床边。他们向窗外张望，什么也看不见。他们完全不知道发生了什么事情。

　　杨梅醋同学肯定不明白这意味着什么，她什么都不懂，只知道给我们捣乱。她在想什么，她真的在动脑筋吗？

　　要开始褪色了。我们前几天刚从超市偷来的噩梦木夹，又要变回晾衣服的普通木夹了。每个月只有那么几次机会。本来我们可以用这个木夹夹住大人们的耳朵，跳到他们的噩梦里面去大声尖叫的。或者，让他们在梦里尝尝解不出应用题的感觉。或者变成其他什么事物，他们最害怕的那种。总之，不能在夹上夹子前尖叫。现在这一切又彻底泡汤了。

我们再次懊恼地在街道上流淌，直到翻过超市仓库的后墙，从冰柜里偷了大脚板雪糕。我们把雪糕塞进自己的口袋。翻墙出来的时候，杨梅醋一直叫我们慢点慢点。她还穿着讨厌的裙子。可是我们仍旧跑得很快，没有一个人会理她的。

我们的想法都很一致，我们就是要用自己的行动告诉她，她真是让人讨厌透了。

不过，当大家在公交站牌底下坐成一排的时候，我们还是心怀同情地给了她一支雪糕。她摇了摇头，没有接过去。

我发现她眼眶红红的，表情还是那么倔强。

好吧好吧。但对于她这样一个不合群的小女孩来说，我可以肯定的是，她没法按时乘上大客车了。

这里关于死人的规则是这样的，死去的人若是想到另一个世界去，都是要乘公交车的。每个人都是如此。这样的公交车每天都有很多，生活小区外面的大马路边上就有站牌。我们这里死去的人，基本上都会等在站牌下面。

　　但是，十八岁以下的，是绝对不允许随便上车的。也就是说，未成年的灵魂，总是要在这个世界滞留一会儿。

　　所幸的是，每年六七月份的时候，就会有一辆专门的大客车，来接十六岁以上但又没有成年的人。每个不满十八岁的孩子都期待它的到来。甚至不满十六岁的也是。谁都不愿意在这边等太久。

　　可问题是，这辆车的座位毕竟有限。于是我们这些孩子中，被冷落的那些人，自然就少了那么一点上大客车的机会了。与那些人命运相反的，则是一群孩子中的带领者。当孩子成了带领者，就能在孩子们中挺起胸膛。

　　大客车在六七月份的时候已经来过，一批孩子走了。那些不合群的孩子就在站牌边看着。大客车载满了，大客车开走了。他们还要继续等待。他们长大了一岁，成为新鲜的合群的孩子。

　　"哼，你们都是胆小鬼。"她突然赌气似的说，"我要走了，不和你们一起了。"

　　"你要去哪儿？"我们问。

　　"我要去找墙。"

　　她是在说墙么？据说，我们要去的世界与现在这个世界之间的界线，并不是那么神秘而模糊的。也不过是砖块堆砌起来，再涂刷上周围景物的颜色而已。墙穿过小山丘，就成为树林的一部分；墙穿过工厂，就成为那硫化氢净化塔的一部分。但是细心观察，还是能够发现的。

公交车沿着公路一直开，开了好远，开过好大一圈，其实也只是绕过墙到达那边的世界罢了。没有什么大不了的。

有墙把两个世界间隔开，就自然会有缺口。先是找到没有缺口的高大的墙，再沿着墙根一路寻找，就会看到那么一小段坍圮的、露出了内脏般的砖块的缺口。那段比别的墙都矮一点，像一张被撕破的嘴巴，静静向我们敞开。墙也是因为伤口而静卧在那里的吧。

我曾经做过一个梦，梦见往秘密基地的更深处走，走到尽头就是那面墙。墙外就是那边的世界。我们站在墙下面，听见基地之外，公交车的声音将整个天空映满。那里是巨大的、属于公交车的世界。

我们的目光都赤着脚，在墙上跳跃着。目光没有鞋子。

"沿着墙走吧，总能找到有缺口的那一小段。"这个声音在我们每个人的心中都曾以最大音量回荡过。

"好了，我要去找那堵墙了。"说完，她又故作老成地问我们，"喏，我和你们认识那么多天，只知道你们的绰号。能告诉我你们的名字么？"

我们没有一个人说话。

看到没有人回答，她就先报了自己的名字："我叫虞思。你们呢？"

她点了点我边上的铅笔头。

"你叫什么名字呢？"

铅笔头吸了吸鼻涕："张盛勇。"

"那你呢？"她点点我。

我有点儿紧张："袁志行。"

"好了，我记住了。胆小鬼，再见。"

她就这样一个人去找那堵有缺口的墙了。那夜过后，过了三五个月，她都没有再回来过。跟消失了一样。

她会不会死在了寻找墙的途中？那边的世界到底是什么样的，为什么我们要这样期待？

而我，自然还是和以前一样，跟着大家一起疯玩。从超市偷大脚板雪糕，偷木夹子，参加"吓死大人们吧"行动。

只是有时候静下来，会感到一阵怅然，有些后悔，觉得自己竟没有跟她一起去。也许是因为所谓的自尊心吧。

现在，我才刚满十四岁，我还要在这里等待两年的大客车。也有可能是四年，最后勉为其难，乘上成年人的公交车。这里，闪动的灵魂流淌在街道上，一切都显得那么不确定。

红桃 Q

　　纸牌上的人在纸牌上。纸牌砌成牌堆。他被囚禁于一个狭窄、黑暗的空间之中，动弹不得。就这样过去了几十万年。他的眼睛逐渐适应了黑暗，我已能勉强看清面前的图案。是重复的四种花色。挤在一起，紧密地排列，让人在凝视中向深处坠落。有一天这个空间张开了一道裂缝，细得只能插入一根秒针。这道裂缝像鸟儿翅膀的张合，瞬间消失。但透过裂缝打进来的光线，却如同水中的火苗一般，留在了我的眼底。以倒立的姿态藏在眼睑之下。借着眼睑中的火苗，我开始更仔细地阅读这个黑暗的空间。从那些重复的图案中，我发现细微的不同，理解出了文字。我上方的文字关于时间，说时间正如拧成一股的绳索，绳索又环成上吊用的圈套。而下方的文字则讲述一个亲吻是如何毁灭的。又有一天我试图动一下自己的身体，发现这个空间正在松动。原本密实的宇宙，现在有些松软了，像那些文字中提到的刚出炉的蛋糕。蛋糕的味道真的飘入了我的鼻子。我从身边掘下一块空间，塞入嘴里。是时候离开这里了。空间更加松动，开始摇晃，缝隙如被惊起的鸟儿，在我眼前不断扑腾。我眼睑中聚集了更多的火苗。曾经静止的倒立火苗，此时被风掀动不止。我不断被掩在别的扑克背面，露出半张脸。最后终于从缝隙中滑了出去。那是一个全新的世界，我的面前是大海。我看到了真正的鸟儿，它们无理由地悬停在画布上，在画布上投下浅灰色的阴影。我对它们大吼一声，就产生了巨大的风。风从海面上经过，掀起了许多腰部被切成环状的鱼，鱼群在空气中游泳。我可以通过被切开的地方，看到鱼的内脏，看到血液的循环。在空气中，鱼群无法控制方向，于是又坠回海洋。我的心中有了改造这个世界的愿望，我要成为这个世界最出色的画家。雨水与黄昏将同时抵达这片海面，这是我的愿望。但浅蓝与蔷薇红并不会是它们的颜色。我将从世界上重新挑选更为合适的色彩。我看见一个夏夜，栅栏上的藤蔓兀自缠绕，其中一截不知为何断了。而泥土清香。我把这个加入雨水之中。我又看见一个孩童，一个人走在路上，手里拿着他的玩具和哭泣。他被夜盲的眼睛带领着，在黄昏之下行走。我把这个加入黄昏之中。海滩边一座倾斜的屋子、晨间无人注意的闪光、一本不存在的书，这些都是我画卷的一部分。而每样被绘制出来的事物，我都会为其重新上色，让画中的世界交错层叠。可是，终于有一天，我对绘画厌烦了。因为我发现，无论我怎么努力，画卷中的世界永远只是我眼中世界的瑰丽倒影，与我眼睑中残留的倒立火苗一样。我并没有真的画出什么。于是我从眼中取出火苗，要让这火苗将我的失望传递出去。这跃动的火苗啊，能够在水中燃烧，自然能够将海水点燃。火苗把消息告诉静止，静止把消息告诉撕裂，撕裂把消息告诉死亡。于是整个世界的词语都被点燃了，在火焰中化为灰烬。火焰继续燃烧，把灰烬烧为灰烬。在灰烬也将结束的地方，出现了一个细小的入口。我渐渐离开自己，向那个入口坠去。在坠落中，我看到海面平静，鱼与鸟群在海水与空气中生老病死，从骨头中长出血肉，转而又变为骨头。不论它们如何生生不息，这一切都与我无关了。我看到自己的残骸，在海滩之上，被海水迅速卷走。一会儿就被浸透了。我不过是一张长方形的卡片，哪怕身披铠甲，无聊地拿着冷兵器，海水淹没我的鼻子也只要一瞬间。我突然明白，自己同时处于两个世界之中。那个由我随意改造的世界，不过是扑克世界的延伸，真正的新世界比我想象的更大。从真正的新世界中借来一点火苗的倒影，便能在扑克的世界里改造植物的香气、篝火的烟。但我始终是一张红桃 Q 而已。我被世界随手丢弃，我是微不足道的，迎接我的是下坠。下坠是破碎不堪的，一无所有。空气中都是静止的虚影。这里的大地被腐烂的火焰啃噬过，悬停在比虚影更低的地方，象征一种失效。我在下坠中漫步，找不到任何值得留恋的东西。我开始怀念之前的世界，甚至那个囚禁我的空间。我想起狭窄、黑暗之中，那烧疼眼睑的火苗。一切都已经远去了。纸牌一旦被抽离牌堆，就再也无可救药了。当我快要彻底失去色彩，与荒凉而低沉的下坠混在一起的时候，我看见了一张脸庞，那是属于少女的甜美的脸。她就在我前方不远处，是那么缓慢。用手将空间的边缘撕开，在缓慢中焦急地询问另一个空间的人。她像在寻找什么东西。她是在寻找红桃 Q 吗？她将撕开的边缘合拢，继续向前迈步，而我在她身后追逐着。就这样又过去了很多年。我仔细观察她的眉间，那里隐约可见的焦灼，是这个分崩离析的世界带给她的。这焦灼也带给了每一个人。我能感到所有人对这个世界的失望与不信任。我只能不断地追逐，而她依旧视我为无物。只是不断迈步，撕开空间，向另一边询问。她知道我的存在吗？我想象再过很多年，我们都在这场追逐中成了雕塑。我的铠甲长满了青苔，而你的眼角被泪水磨出了绳索般的痕迹。时间正如绳索。大概，他最终还是一张纸牌吧。纸牌上的人依旧在纸牌上。

卡夫卡的梦

　　卡夫卡在梦里感到不适。他躺在卧室里，感到自己与这个房间有些脱节。怎么说呢，类似灵魂出窍的感觉吧。原本好端端的，房间里的每一个事物都是稳固的。事物叠在一起，组成了房间，房间是一个完备的组织，而组织又是整座城市的沉睡的一部分。现在呢，他已经不再感到气闷了，他的灵魂飘离他的躯体，从床上坐了起来，形成薄薄的重影。他的床头摆着闹钟，闹钟被自己的刻度箍住，以至于迟迟没有响起。也许本就不该响起。现在是几点钟了？再往那边一些，是他的书桌，桌上他的钢笔躺在一摊黑色的、凝滞的血泊中。他眼前的柜子上，摆着一台老旧的电视机。电视机的屏幕也是鼓胀的。房间仍在沉睡，一切还都是沉睡的一部分。卡夫卡虽然已经从床上坐了起来，不再感到气闷了，却也仍没有彻底摆脱沉睡。他在思考，在迅速判断这种不适。他并没有真的坐起来，只是把梦里的感觉投射了出来。所以身体是轻的，与周围的事物格格不入。那是梦里的身体。不该这样的，一个健康的人，只能选择彻底的轻，或者彻底的稳固。像现在这样是怎么回事？一束追光打了过来，也许是谁的手电筒灯光，但手脚没法挪动，连抬起手遮一下眼睛的力气都没有。嗓子也发不出声音。也许是因为脱节的人无法呼吸空气？脱节到底是从哪里产生的？这么一想，他又逐渐倾向了睡眠，倾向了……可此时，床头的闹钟响了，挣开了自己的刻度。闹钟的刻度像针一般扎向卡夫卡。倾向睡眠的卡夫卡在脑海中为自己辩护。偶然睁眼看见的画面，告诉他时间仍是半夜一点三刻。闹钟的画面非常大。不会的，闹钟不会在这个时候响起。闹钟在自己拆解自己。卡夫卡觉得自己仍被追光钉在床上。而整个房间协调的沉睡确确实实被打破了，电视机跳出了节目结束后特有的彩条，又切换到了频道搜索，不同的频道接二连三地在屏幕上出现。卡夫卡被迫恢复了部分的意识，他已不想再继续摆动了。他抬起一只手遮住眼睛，发现电视里正在播放他童年的场景。一个风筝，像沉重的家具从高处坠落，童年的他发出一声长久的尖叫。这声尖叫从电视机中逃逸，击碎了他卧室所有的窗户玻璃。书架也开始剧烈晃动，不断有书本落地的声音。这让他终于从睡梦中醒来，那种脱节的不适从他身上散去，他回到了稳固的事物中。房间的沉睡被搅散了。但当他双脚踏在地上，从床上站起来时，却看见梦中落地的书本不断从眼前飞过，从窗户的碎处飞出去。梦境并没有停止，反而变得更加稳固。他走到窗前，窗外是漆黑的夜。他听见浅灰色的马，听见打结的水龙头不断地滴水。城市的街道上，那声来自童年的尖叫仍奔走着。他明白自己仍没有醒来。在最内层那极为简单的梦境被穿透之后，迎接他的是一个更稳固的、更易于沉溺的梦境。这一次的睡眠，他不知道要醒多少次才能真正醒来。

夜晚的船

从河岸边走过时，总会觉得这个小村庄已经被水浸透。流经村庄的是一条宽阔的大河。我把手臂探入杂草的波荡中，它们带着柔软的穗，长得茂盛，一直延伸到无法看见的地方。我把杂草一片片掀倒，于是衣服带上了白色的绒毛，像棉花糖的糖丝。最后站住，从一片杂草中随意抓住一根，脑海里又响起了那个声音。

那个声音，在我很小的时候就击穿了河岸边吹拂的风。那是一个无法写出来的字，只有我自己知道。舌尖抵住上颚，形成一个空腔，然后张嘴，轻巧地发出音节。这个字眼像穿堂风，可以从一个废弃的房子穿过。也可能像一个水塘，是从河流中甩出来的一部分。或者有海棠的气味，只有闭上眼睛才能真正闻到。

不管是我衣服上的绒毛，还是湿漉漉的杂草，或者这一整片的杂草地，都可以抬起舌尖，抛起这个字眼去击穿。

放学之后，要是天气不错，大家会去岸边掼野鸭。我跟在他们后面，走了没多久，就脱离了大家的队伍。快看不见他们了。具体是什么原因，我也说不上来，只是很喜欢和别人保持距离。在他们玩得很欢的时候，我就用食指卷住一根杂草的茎秆，耐住性子往上揪。和我一个人经过岸边时一样。柔韧的草本植物，茎秆一节套着一节，只要慢慢用力，就能把一节完整地从另一节中揪出来。他们玩得越久，我揪的杂草就越多，可以扎上一大把带回家去了。这种成就感，是那些随手把草折下来玩的人无法理解的。

他们在临近放学的那节课上，就会互相询问："掼鸭子去吗？"

这个"掼"字，恰好与我独自占有的那个字眼形成对应。在他们那里，似乎一切都可以掼。游泳可以掼河，走路可以掼跤，放学可以掼野鸭。他们这样使用词语，也是我无法理解的。

所以，放学铃声一响，他们鱼贯而出，把书本统一倒在某个地方，每个人都去往书包里捡石子，准备去杂草地会合。而我只能跟在后面，甚至快跟不上他们。直到快到杂草地，他们已经在掼野鸭了。我一边揪杂草，一边慢慢朝他们走去。

有时候，他们玩得兴起，突然发现岸边有一个割草的人，或者捕鱼的人，就窸窸窣窣躲到杂草丛里，慢慢靠近。在距离不到二十米的地方，将手头早已备好的石头掼出去。熟能生巧，石头多半会不偏不倚地砸中那人的屁股。杂草丛里一下冒出一群鸟，众人四散。那人一回头，在这些人中发现了自己的儿子,大骂一声。这样一群孩子,基本是找不到那个掼石头的人了,晚上回家把儿子揍一顿大概是最好的选择。

我有时也会成为他们捉弄的目标,因为我脱离了他们。他们在我的作业本里写上大大的"叛徒"。当我一个人在杂草地里揪草的时候,他们的石块就会瞄准我的屁股。他们早就埋伏好了。这是把我当成了野鸭!被石头击中后,我心里总是会想:后裤袋破了吧,后裤袋被石头砸破了吧?于是一边紧握杂草,一边往家里跑。奔跑的时候,我伸手摸自己的后裤袋,想找到被砸破的地方。但回家以后,把整条裤子脱下来反复查看,反反复复,却连一点破的痕迹都没有。转身照照镜子,屁股上也没有红印。

由此,我对那些人产生一种怨恨。在无人注意的时候,我更加喜欢去杂草地了。揪更多的杂草。有时候只是坐在岸边,风吹过来,让人想躺下来,想把自己的头发养得很长。躺在那里的时候,我会怀疑,这种怨恨是否来自我自己。你为什么不和他们一起掼野鸭?你为什么这么胆小?……

我又听见那个特别的声音,击穿了空气。

我可以做一条船,用柔韧的茎秆编织一条船,只在夜晚航行。我就是不想掼野鸭,我不是他们中的一分子。

我的爸爸曾经在荒山里挖到一个老树根,带回家撬起树皮剥掉,磨除几个小块,基本成型后打磨一遍,开始精雕细琢。他还会做板凳、陀螺。我们家里堆着很多材料,都被他细心地分类,为接下来的某次制作做准备。

他可以手工制作，我当然也可以。我可以不用工具，用的材料也比爸爸的轻，做出来的东西却更大。

野鸭有什么好掼的呢？他们每个人都想掼中野鸭的头部，拎一只野鸭回家，晚上可以多一道菜。但石头力道不够大，掼中的不是翅膀就是尾巴。多数情况下，他们和我没有区别，我们都是失败者。

我再一次沉溺于揪茎秆的快感中，把一大把杂草带回家。我的工程可以正式开始了。编织一条船，一条真正的船，将足够把我容纳进去，能带我在河面上自由游荡。

我的床下已经堆满了上万根两三米长的茎秆。它们是最长的那些，也是最牢固的那些，将构成船的脊梁。还有更多，不短也不长的那些，会横着与脊梁扎在一起，是船的肋骨。最短的那些，可以填充在任何需要填充的地方，像河流的水一样流泻。一艘船大致的样子，就这样在河岸边吹拂的风中渐渐成型。

半夜的时候，我会把我的船拿到院子里去晒。临近天亮，我再次醒来，把它从院子里取回来。船不能含有太多的水分，否则浮不起来。在阳光下曝晒也是不行，那样茎秆就会完全干掉，失去韧性。

我每夜如此，并检查每一个可以加固的点，遇到松动的地方就再多扎好几遍。

船基本上做好了。骨架上所有能扎能捆的地方，都打了好几层结。但我仍然没有勇气带着它下河。或者说，一直没有找到一个合适的机会。船已经不必再晒了，它只静待一次夜航。

　　直到有一天，数学老师带着我的作业来到了我家。他跟我那不懂数学的爸爸谈起了钝角三角形、等腰梯形，谈起了一元二次方程。等老师走了以后，爸爸把我狠狠教训了一顿。但我好像听不到他说了些什么。

　　到了半夜，我躺在床上一直睡不着，想起了我的船。于是把它顶在头上搬出门，轻轻将它推入了河里。船浮起来了。多么完美的船啊。我坐上去，船一点也没有倾斜或散架的意思。我坐在船上离开了河岸，浅水里还有稀稀疏疏的杂草。我把自己嵌入船里，我在里面躺直，船身正好可以把我容下。夜晚的船浮在水面上，像是一具身体没有任何凭借浮在了水面上，漂向远方，漂向每个河道的拐角。

　　月亮掉在了水面上，被铺成平平的一片，整条河都是月亮的光芒。我觉得自己在这光芒中，甚至进入了梦乡。

　　我梦见自己抵达河水的深处，抵达一处小小的地方，那里有桌子、椅子、小床，还有不断滚落的杂草茎秆。桌子上，摆了许多杂草编织出来的小东西。有房子、田地、山林，还有一整片的杂草地。再仔细一看，这不就是我们的村庄吗？有人用杂草把我们的小村庄编织出来了。

　　我觉得那一定是一位比我大三岁的姐姐做的。为什么一定是大三岁呢？这我也说不清楚了，只是一瞬间的感受罢了。我的头越来越低，离桌面越来越近，离杂草编织成的小村庄越来越近，竟然觉得自己越变越小，像个布娃娃一样，从天空中掉了下去。

我穿过夜晚的云层，低沉的炊烟还在云层中徘徊不去。空气缓慢得像水一样，我听不到呼呼的风声。我游过大半个村庄，每一处都那么新鲜，每一处都那么陌生，让我反反复复地寻找，一家一户去敲门。我沉默不语地喊叫，总也无法找到自己的家门。

　　或许我一睁开眼睛，就会发现自己已经躺在家里暖融融的床上了。但是我不想要这样。当那扇门还没有打开的时候，我宁愿就这样一直躲在一个新鲜而陌生的地方。我紧闭双眼，假装一切没有下沉，用舌尖抵住上颚，形成一个空腔。夜晚的船，是浮动的遮蔽物。我是一个做了错事的人，尚未被抓住，在浮动之中体味临危的快感。我希望这种短暂能长一点，像夜晚一样长。

升　空

那一年，学校还是由夜晚构成的。那些斜斜地擦着月球腹部飞过的夜鸟投下的巨大影子，又构成了夜晚的主干。仿佛近得触手可及。也许贸然抽去，整个狭小的世界便会分崩离析。

在夜晚之下，学校界线难辨地分成了小竹林、寂静的操场、沉睡的寝室、游泳池，以及趋于消失的图书馆。整个空间都摇摇欲坠，仿佛存在于山顶的风之上。

而事实上，构成这个世界的夜晚的，除了夜鸟的影子，便是鼻息间难以揣摩的空气，便是山顶的风。夜鸟的影子与空气，它们像是构成了布匹的经线与纬线，密密地织合。抽去了夜鸟的影子，空气会变得更软，变成流动的丝绒，变成沉睡，散发出糜烂的水果气息。

沉睡之于夜晚来说，就像不存在一般。沉睡就是变成一滴眼泪。沉睡就是缩小，就是分解，就是消失。

那个时候学校里没有少女，学校里的每个人都有个隐秘的愿望，就是升空。让身体轻飘飘地离开地面——或者寝室的阳台？嗯，我们有时在寝室升空，有时选择操场——在夜晚的空气中上升，上升，再上升。用柔软的空气作为自己的质地，让自己变成气息饱满的浮物，变成深呼吸之后，肺部那种满满胀胀的充实感。

所以，这便是升空的方法：吸气，再吸气。

游泳池与图书馆是我们平常所难以抵达的地方，因为那里有守卫者、守卫者，以及守卫者。而现在，我们只要轻轻吸一口气，再吸一小口，就可以让身体上浮，离开地面，离开那些貌似坚实的东西，来到高处。以那种鸟瞰的视角，缓慢飘到游泳池的上方，看到那些守卫者，还有守卫者和守卫者，都静静地躺在游泳池清凉的池水中。

这里是夜晚，他们在沉睡。沉睡就等于不存在。他们不存在。只要是学校的一部分，就遵循夜晚的原则。

我们吐出一小口空气，世界变得沉重了一些，我们开始降落。我们从守卫者的肋骨之下穿过，盗走他们的影子，以及池水的影子，完成我们的任务。再次升空，去往趋于消失的图书馆。

我们是否与影子有仇呢？我们不知道。这是个模棱两可的世界，我们能感觉到的只有虚构的气流与光影。

只有升空，似乎最接近一种真实。或者没有真实。

当我们从窗口进入图书馆的时候，我的脚被窗子上的小铁钩挂住了。回过头去，我竟然看到一个少女的影子。我突然怀疑起了守卫者，还有守卫者，还有守卫者。觉得自己在劫难逃。那个少女是图书馆的管理员吧，或者是赶在夜晚看书的学生，我是一个偷影子的窃贼。我的胸口画了一个扎得紧紧的小笼子。不能呼吸，自然也就无法再次升空。

所幸的是，这是个如油画般黏稠的，且与少女无关的故事。这个夜晚不该有少女。所以图书馆里不会有少女，不会有多情，只有柔软的呼吸，以及升空时肺部的充实感。那幻想出来的少女，在几个转瞬之后，便慢腾腾地回到另一个故事中去了。肥皂泡一样的外表，破碎在了月亮之下的夜鸟的影子之中。

纸裁缝的故事

从前，铺子里有一位小裁缝，他不懂得如何用布做衣服，他只懂得裁纸。别人叫他纸裁缝。别人那么叫他，他就应了。他也喜欢这个叫法。久而久之，已经没有人记得他原来的名字了。

他只会用纸做衣服，所以也没人把他当成真的裁缝。他做出来的衣服，虽然光鲜亮丽，比一般的衣服都漂亮，但只有他自己会穿。平时在街上，大家会避开他走。不管对他说什么、做什么，都是出于戏弄和嘲讽。比如趁他不在家，翻窗进到铺子里，把他桌上的纸都给换成布块。他回来以后，发现纸不见了，会桌上桌下到处翻找。

他焦急地跺脚，喊出了声："纸！纸！纸！"

在这样的情境下他说不清话，日常生活时他也是如此。他除了不会像正常裁缝那样用布做衣服，还有口吃的毛病。

他的父母也都有着奇怪的毛病。他的爸爸一喝牛奶，肚子就会胀得像气球，整个人飘到天花板上。他的妈妈只能数到二十。不过这些并不影响他们的正常生活。除此之外，他们也没有什么别的问题。一切都与正常人无异。

纸裁缝在铺子里做纸衣服，从十六岁开始做，没有挣到什么钱。等到他二十一岁的时候，父母觉得不能再这样下去了，他应该出去找点正经事。就变卖了一些家产，换来三枚金币。纸裁缝拿了金币，踏上了离家之路。

他走啊走啊，才走了半天，他的纸鞋子就破了。天黑的时候，他走到了一个村庄。他已经一整天没吃饭了，又冷又饿，靠在一栋房子旁睡着了。他做着梦，闻到房子里传出香味。就在此时，房子里传来一个女人的声音：

"怎么就这样睡着了？快醒一醒，进屋来休息吧。"

纸裁缝醒了过来，以为自己还在做梦。但房子的门开了一道小缝，里面透出光亮。他站起身，推开房门，发现屋里暖洋洋的。房间里有桌子、椅子和床。桌子上有吃的东西，床上有被子。一切都像刚打扫过一样。他觉得很奇怪，轻轻问了一句："有人吗？"

没有人回应他。更奇怪的是，他说这句话的时候，并没有口吃。声音清晰得像在他心底回荡。也许因为只有他一个人吧。

房间里真的没有人。他坐在桌前，吃了一点桌上的食物，躺到了床上。想了想，又坐起来，把一枚金币留在了桌上。

这枚金币应该足够支付好几个月食宿的费用了。

第二天天亮了，房子的主人还是没有回来。他一个人在屋里走动，活动了一下身体。他的肚子又饿了。

他走到桌前，发现桌上换了新的食物，足够他再大吃一顿的了。边上的金币仍留在那里。

就这样，他在这栋房子里住了很多天，主人都没有回来。他出门转了转，没有找到合适的事情做。只要他把眼神挪开一小会儿，再回到桌前，桌上就会有新的食物。他不会饿肚子。

他干脆就这样住下了，给村庄里的孩子做小巧的纸衣服。他做的衣服，不是折出来的，而是和真正的衣服一样，是缝出来的。就算巴掌大的纸衣服，他都能做得很精巧。他不拿任何报酬，在这里生活得很快乐。

几个月很快就过去了。有一天晚上，他正在做纸衣服，房间里突然响起一个声音，有个女人在说话："你好，纸裁缝。"

他吓了一大跳。但想起这栋房子里的怪事，就不觉得惊异了。也许只是房子的主人回来了。他朝声音传来的方向说："你……你好！"

"明天，你去买一匹快马回来吧！"那个声音说。

他很想问问为什么。但再一次想起了房子里的怪事，就把话吞了回去。他说："好……好的。"

第二天，他到附近的市场买了一匹马，花掉了一枚金币。

晚上，他在桌前等待那个声音。果然，那个女人又说话了："你好，纸裁缝。"

于是，他又朝声音传来的方向说："你……你好！"

"你的马买回来了吗？"

"是……是的。就拴在门外。"

"明天，明天你就快马加鞭赶到国王那里，娶他的女儿为妻。"

他很想问问为什么。但又一次想起了房子里的怪事，又把话吞了回去。他说："好……好的。"

第二天，他骑着马匹上了路。骑了三天三夜，他终于来到了城里。城里果然有消息说，谁的才华最难得，就可以娶公主为妻。应征的时间正是今天。

纸裁缝来到王宫门口，正准备进去，却被门口的卫兵拦住了："老头子也想娶公主为妻吗？"

纸裁缝摸了摸自己的下巴，胡子乱蓬蓬的。他的衣服也变得破破烂烂，刚买几天的马看上去也又老又瘦。他们像是在路上走了好多年。

这匹马已经太老了，不值得送人。纸裁缝从身上掏出最后一枚金币，给了卫兵。卫兵想了想，就让他进去了。

他走进王宫，许多追求者已经聚集在了那里。他们中有最出色的捕鸟人，能模仿百鸟的声音。他想捉的鸟雀，没有捉不到的。有最力大无穷的人，他推一把宫殿的柱子，能让整个王宫都晃动起来。有最匪夷所思的魔术师，借用一根公主的头发，就能把自己拦腰割成两截。两只脚在一旁不停地跑着，上半身落在地上，嘴里还能继续说话。

国王表情焦虑，正与大总管商量着什么。因为这些追求者，公主都不喜欢。捕鸟人为公主带来了夜莺。一阵欣喜过后，公主开始担心自己，她怕捕鸟人会把她也当成一只夜莺。力大无穷的人直接被淘汰了。因为王宫已是戒备森严，并不需要再找一个他这样的人来保护公主的安危。若他生了气，让他安静下来又要浪费许多人力。魔术师的魔术倒是让公主眼前一亮，但是有谁会希望自己的丈夫随时变成两截掉在地上呢？

就在这个时候，纸裁缝进来了。他胡子乱得像马蜂窝，穿着破烂的衣服，像个乞丐。他一走进来，所有追求者都觉得自己高了一等。出于礼貌，国王还是问他："你有什么难得的才华吗？"

"我……我会用纸做衣服。"说完这句话，纸裁缝低下自己干枯衰老的脸，羞愧让他脸颊发烫。

他曾经认为自己拥有世界上最好的才华，虽然这才华没有人承认，可自己仍是富有的。现在让他在大庭广众之下说出这些，他一下子被羞愧感击败了，觉得自己不名一文。除去这个呢，在生活上他更是穷困，连最后一个金币，都贿赂给了卫兵。

听到这句话，追求者们一片哗然，每个人都觉得自己又高了一等。没有人在乎礼貌，大家争先恐后地笑了起来。

"哈哈哈，老头子能有什么难得的才华呢！"

"连话也说不清楚，哈哈！"

"我还以为人不能貌相呢，是老糊涂了吧！"

整个宫殿都被笑声震得微微晃动了起来。

国王径直走到纸裁缝面前，拍拍他的肩膀说："今天我看到了许多可笑的人，毫无疑问，你是最可笑的一个了。"

纸裁缝落魄地回到了村庄，回到房子里。他变得更加一无所有。这次出行花掉了他所有的金币，也让他不再对纸衣服感兴趣。他连最后的快乐，都在大庭广众之下被嘲笑声给剥夺了。他只想躺在床上，看着窗户，看日光与夜色在窗外交替掠过。

又是几个月过去了。有一天晚上，他正躺在床上，那个女人的声音又出现了："你好，纸裁缝。"

"不……不，我不好。"纸裁缝说。

"那么好，明天！明天你就快马加鞭赶到国王那里，娶他的女儿为妻！"那个声音说。

他本来不想问为什么，但是一想起这房子里外成堆的怪事，他忍不住询问道："请……请问，我为什么一定要娶公主为妻呢？我……我没有任何才华……"

听到纸裁缝的问话，那个声音骤然变成了野兽的嘶吼，沉闷的哼气声中，夹杂了电闪雷鸣："这是一间被诅咒的房间，任何吃了桌上食物的人都会受到诅咒！只有你娶了公主，我和你身上的诅咒才能解除，没有别的办法！"

之后不管纸裁缝再问什么，那个声音都不再回答。只有那低沉的电闪雷鸣声长久地在房间内翻滚着。

纸裁缝注意到，他留在桌上的金币已经变成了铁块。

第二天，纸裁缝只好再次骑上那匹又老又瘦的马，向着王宫赶去。经过三天三夜，他终于又到了城里。

城里的告示依然贴着，告知大家：谁的才华最难得，就可以娶公主为妻。应征时间已经被人涂掉了。

他来到王宫门口，正为没有金币贿赂卫兵而发愁，卫兵却主动对他说："您是纸裁缝吧？我们整个城市的人都在等您呢，老国王已经寝食难安了。"

纸裁缝进了王宫，国王和大总管正在宫殿上等他呢。他们问纸裁缝："年轻人，你有什么难得的才华吗？"

"我……我会用纸做衣服。"说完这句话，纸裁缝感到脸颊发烫，他再一次感到羞愧。但是周围却是一片赞扬之声。

"天哪，多么难得的才华呀！"

"他一进门，我就觉得他很不一般！"

国王让人传话："快去问问公主的意见。"不一会儿，公主的话就传回来了："我愿意嫁给他，他就是我等待的人。"

纸裁缝感到一阵轻松。他摸了摸自己的下巴，胡子消失了大半，他又变回二十几岁的年轻模样了。身上的衣裤也变得光鲜亮丽，像是刚做出来的样子。他知道诅咒已经被解开了一半。

盛大的婚宴马上就要举行，公主要求纸裁缝为她量身定做一套纸礼服。她要穿着纸礼服参加婚宴。

纸裁缝为此忙碌了整整一个星期。他累坏了，倒在床上，梦里还想着这件惊世骇俗的纸礼服。终于，在婚宴的前一天，这件纸礼服制作完毕了。

"很美，我从没见过这么精妙的设计。"国王说。挂在他面前的，是一套纯白的礼服，纹饰繁复，但仍是一套纸礼服。

在婚宴开始之前，公主换上了这身纸礼服。她就这样出现在宴席上，走路时纸张摩擦出沙沙的声音。

他们心里窃笑，言辞上却是一片恭维。

公主踩着轻巧的脚步，一路走到纸裁缝身边，低声说："吻我。"纸裁缝感到诧异和羞涩，但他还是踮起脚，与公主接吻。这个芬芳的吻，是玫瑰色的水滴，从公主俯身的唇间滴落，洇红了礼服的领口。

继而，纸礼服像是燃烧了起来，礼服上的纸花都变成了真实的、殷红的玫瑰，那些虚构的饰品，都变成了蓝宝石与珍珠。鲜艳的色彩如融化了的蜡，从上至下，一直灼热地流淌到了脚底。诅咒在失效，而魔法在生效。纸礼服变成了高贵雅致的礼服。

一般来说，故事讲到这里就该结束了。公主会穿着这身华丽的礼服与纸裁缝一起，参加盛大的婚宴。婚宴上每一位宾客都为纸裁缝精湛的刀工所折服，盛赞这套礼服与公主的美貌相得益彰。更奇妙的是，当酒水溅到礼服上时，这套礼服又会变成其他模样。这是一套千变万化的礼服。谁的才华能比纸裁缝更难得？

这场觥筹交错的婚宴会开上三天三夜，每个人都不醉不归，尽情跳舞。国王还特赦了死囚。一切都那么美好。

但事实上，纸裁缝内心矛盾得不得了。他很怀疑，这个样子的衣服，真的是他做出来的吗？真的是他想要的吗？这样的衣服，与王宫里其他裁缝做出来的，有什么差别呢？

纸裁缝回想起之前的那些事情，每一件都是那么不可推敲。一想起这个故事里成堆的怪事，他心里就堵得没法说话。那栋房子里的诅咒到底是什么？国王、大总管、公主，乃至每一个人，为何会突然赞许他的才华？也许是迫于那栋房子里那个人的压力？也许是因为诅咒？还有他自己，是真的喜欢公主吗，还是更喜欢那些真正理解纸衣服的孩子呢？

　　无论如何，原来公主还是更喜欢布的、柔软的衣服，不喜欢那种穿起来沙沙作响的纸衣服。再精致的都不行。

　　他想把这一切说出口，但是怕这些话语脱口而出，就变成毫无意义的闷声。像宴席上酒足饭饱的富人，在跳舞时偶然吞下一只乱飞的蛾子，打出一个恶心的饱嗝。他不擅于说话，也不擅于幸福地生活下去。所幸任何生活都是不幸福的，任何生活都不可推敲，堵在所有人的喉咙里。这个世界上所有的人都是口吃。

哲学星人

宇宙探险队接二连三回到了地球，给人类带回许多礼物。最后一艘太空船也安全降落了，他们从船舱里搬出了几个生物观察缸，里面是几个皮肤皱巴巴的小生物，正趴在玻璃上向外望。

"它们是哲学星人。"太空船长告诉记者。

很快地，哲学星人的售卖权被某个玩具公司买断了。它们的基因被稍加改造，一出生脚底就会显现 α、β 和 γ。α 型温顺忧郁，β 型懒惰沉默，γ 型则活泼好动。每种性格的哲学星人，又有二十多种不同的肤色可供选择。

这些只是基础款，要是花得起钱，就能买到尚在研发中的特殊款：更多的性格，更多的身体特征。

虽然款式繁多，但毫无疑问，它们体内最重要的基因被完好地保留了下来。也正是这个基因，使得它们在出生十个月后，会想到那个哲学问题。世界上唯一的哲学问题。

比如把手指伸进电源插座啦，比如吞下一整把叉子啦，比如……呃，我们就此打住吧。

其实，在当前的世界，连这个哲学问题也不再严肃。因为人类已经获得了永生，可以随意死亡。哲学问题成了游戏。

观察未获永生的生物探讨哲学问题，也成为一种游戏。

哲学星人的蛋壳上，有玩具公司印制的精美花纹。在便利店、超市、火车旅馆，任何你能想象的地方都能买到它们。

一套豪华版的哲学星人玩具，除了一枚精选出来的优质蛋以外，还包括了育婴槽、迷你床具、健康食槽，以及一本三百多页的《哲学星人养育手册》。整套的售价，不比一只品种纯正的牧羊犬低。只有提前预约才能买到。更不用说特殊款的哲学星人。

而最便宜的简装版，则一打一打地装在盒子里，摆在超市货架上，供人任意挑选，价格不比普通鸡蛋贵多少。

购买哲学星人玩具的，并不只有孩子而已，还有各式各样的大人。比如人类学家、生物学家、天体物理学家、经济学家、医生。他们中的很多人，会一边饲养一边填写实验记录，以最严谨科学的态度来要求自己。

当然，大多数所谓的大人，还是与孩子一样，在看到哲学星人愚蠢地死去之后，开心得哈哈大笑。

他们用拖把拖地，把哲学星人丢入垃圾桶，并说："太脏了。"

为了让这个故事以一个有趣的方式收尾，也为了让这个故事更像故事一点，我们以一个小男孩的视角来结束吧。

那个小男孩站在超市外面，盯着哲学星人折价销售的广告，口袋里是他这个星期的早餐钱。他把早餐钱全部省下来了，正好能以折扣价买一个哲学星人回家，货架上的那种。

他们家虽然不富裕，但也不算贫穷。他也曾拥有过一个哲学星人，当然很快就死了。他的父母笑得那么开心。

他从没觉得哲学星人有什么不对的地方，也没觉得它们有什么可笑的地方，他觉得可笑的是那些大人（他不习惯用"人类"那么大的词语，而习惯说"大人们"），就像他那些喜欢以己度人，却不能换位思考的朋友一样。这样一想，他根本没有朋友。他觉得哲学星人不是"它们"而是"他们"。只有哲学星人是他真正的朋友。

男孩长大以后，也许也会成为诗人，成为音乐家，成为画家，变得与这个世界格格不入。他追求一些普通人价值观之外的东西，然后被别人分类成 α、β 和 γ。他也许不会自杀，但是毫无疑问，他变成了哲学星人在这个世界上的巨大投影，而世界依然这么运转着。比这个更可悲的是，他有可能会忘了此时的感受，与这个世界融为一体。

现在，这个故事更像故事一点了。不知这样的收尾方式是否足够有趣。可惜生活总是无法尽兴。意犹未尽的朋友们，可以关注本故事的豪华版，持续热销中。

太空船

　　有一对父母，他们把孩子生下来以后，才发现他是一艘太空船，闪着好看的金属光泽。

　　于是他们乘着他离开了地球，到达月球、火星、木卫二。他们采集各种矿石标本，随时进行衰变测试。他们在遥远的星球上发现了外星人的化石，巨大的脊柱连着几枚肋骨，露出地面仅一小部分，就已经高过他们见过的任何地球建筑。所有的星球都只是暂时驻足。宇宙广阔，行程不停。他们飞出太阳系，到达了 4.2 光年以外的南门二。以及，更多不可知的地方。

　　舱外的美景几乎都来不及欣赏。地球上看来单调的星空，一旦真实地置身其中，就会被深深震撼，迷失其中。船舱内的相机照个不停。

　　也有情况糟糕的时候，他们不得不找个类地行星迫降，来修理太空船。停靠稳当，爸爸开启太空船的自检系统，坐在驾驶舱的椅子上陷入了沉睡。妈妈则穿上宇航服，到船舱外面的星球上散步。像一只跳跃的小鹿。隔着好几重的玻璃，妈妈看到太空船大大的眼睛，回给他一个微笑。

太空船又起飞了。情况基本都在可控范围内，整个旅程还算平静。也许是他们太幸运了。

系外小行星带、新生恒星群、双星系统、周边逃逸着大量 X 射线的未知地、似乎永不变化的星云。宇宙拥挤，却又深邃广阔。

终于厌倦了星体的美丽，舱外的一切单调，目的地重新被定为地球。他们想从壮阔的震撼回到平凡的震撼。

他们回来了。他们又去了巴黎、伦敦、夏威夷、苏黎世、柏林、布拉格、维也纳。当然，不再乘着那艘太空船了。他们有私人的飞机，私人的飞行员，私人的机场。落伍的地球人类，到现在还没造出像样的太空船呢！此时的他们，已经借着他们的孩子赚了足够多的钱。从一个展馆，辗转到另一个展馆。前来参观的人挤垮了上班族们的地铁，一座座城市的交通都因此瘫痪。而他们的孩子也已经破旧不堪，失去了光泽。有一侧的推进器被宇宙碎石砸得凹下去一大块。缺乏保养不停地展出，让时间的痕迹更为明显。况且，谁爱看一尘不染的太空船呢？

最后，他们厌倦了赚钱，厌倦了不断更新的银行卡上的数字。他们把太空船以历史的名义捐给了博物馆。当然，要是科学家想借去进行科学研究，也是非常欢迎的。谁让当时世界上只有这么一艘太空船呢。而他们，是世界上最货真价实的宇航员。

游客来了，游客又走了。晚上博物馆的灯关了。

最后的最后，太空船一个人在展品台上（像无意间弹出到太空，却又无人发现，他享受这个被忽视的瞬间），不自觉地发出一个声息。

空　间

　　宇航员醒来的时候，发现自己在一个陌生的星球上。他身着沉重的宇航服，仰躺在地上。阳光照进他的面罩。

　　其实，说是陌生的星球，也并不算非常严谨。因为他醒来在一幢高楼的屋顶上。他躺在那里，看到更高的楼房遮住阳光投下了阴影，与地球上的一切无异。他站起身来，摘掉面罩，脱掉宇航服，走到屋顶边缘，透过栏杆往下看。这幢楼真高啊，城市也非常美，街道上却连一辆汽车都没有，也看不到行人。

　　他打开随身携带的生命探测笔，站在楼顶，逐层扫描了周围的建筑，竟然丝毫探测不到人类的存在。除了他自己。

　　但脚边的宇航服是确确实实存在的，头盔里那种撞击后的眩晕感也还在回荡。这些都可以证明他刚刚经历的事情。

　　在他坠落至此之前，他们的资源回收飞船收到一个SOS信号，他主动进入那个空间站残骸进行施救。可磁场的干扰越来越强，回收飞船上的队友们不得不摧毁了那个废弃的空间站。开炮时他还在里面，没有出来。分解炮击碎空间站，产生了巨大的气浪，将他吹向宇宙深处。资源回收飞船，似乎没能逃过一劫，在这巨大的爆炸中被撕裂了。他被行星引力捕捉，开始向下坠落。

他突然想到一种可能，这里是死后的平行世界。他年轻的时候看过一部电影，女主角把车开到了河里，溺水而亡，却不自知。她开车去修理厂，周围的人群在交错，倏忽全部消失。在商场买衣服的时候也是如此。女主角是一位风琴师，管风琴的声音更加彰显了恐怖的氛围。

他不太关心那种恐怖。应该说，他一直都不惧怕死亡，否则也不会在太空工作。现在，他走下屋顶的楼梯间，走进这幢高楼的电梯，准备从顶楼下到地面，去见见外面的世界。电梯启动，轿厢缓慢下降，发生了空间的位移。他注意到电梯长方体的形状，注意到电梯门紧紧闭合的状态。他能从中感到强烈的诗意。

这些变化的、静止的空间，才是他所关心的。

要是有着超群的数学头脑，便会在此时不自觉地估算电梯的体积，估算质量，估算人在短暂的超重或失重时电梯的加速度。把空间的流动变成公式，变成数值。这是数学之美。但他不会去想这些。他不擅于计算，也懒于计算，只想让自己静置于其中，直接感受到来自空间的诗意。

或者这么说吧，当初他选择成为宇航员，也是因为对空间无理由的热爱。如果想让自己在一个空间里静静待着，像听音乐一般让空间的律动从自己身体穿过，将它们转化为愉悦，那么没有比到太空工作更适合的了。

因此，当队友告知磁场干扰太过强烈，他们即将发射分解炮的时候，他还沉溺于空间站残骸奇特的美中。既然来不及逃离，那么他也不想从空间站出来了。几分钟后，强烈的气浪将他带向了另一个世界。

电梯抵达地面。电梯门打开，一个美丽新世界在他面前打开。这个世界大概完全符合他的预期。因为他看见对面的便利店，仍然有灯光亮着，食物都摆放在货架上。书店门口停着快递公司的汽车，车上的货物搬下去了一半。电影院门口的巨屏也仍然滚动着广告。但是没有人，确实没有人。这个星球上的人类像是消失于五分钟之前。

这个世界，是我们原本世界的一个切片，现在只有他存活于这个切片之中。一切都尚未丧失秩序，而且空间无限。

只要跨出这一道门，他便是无限宇宙之王。

他却在这个美丽新世界的门口站住了，迟迟不肯动一下，直到电梯门都自动关闭。他按住开门键，僵持在那里。他怕自己失去记忆，彻底失去尊严。但对手是绝对的、纯粹的诱惑。

或许这就是乌托邦世界带给人的恐慌吧。

猫　耳

　　跨行星班的教室里，每一个肆意嘲笑别人耳朵形状的人，自己都长着猫耳朵。他们午睡的时候，一簇簇细长的猫耳朵会像藤蔓一样从心底冒出来。没有人可以打败长着猫耳朵的人。

钉子，尖锐的；胶水，凝固的……

男孩的父亲是个技术工人。那一年暑假，男孩六岁，父亲把他一个人关在房里，自己去上班了。男孩感到无聊，他翻箱倒柜，找到一沓纸，在上面画画。那是父亲厂里的机械图纸。下班以后，父亲回到家里，机油味的工作服都没有脱，把他狠狠揍了一顿。

他感到难受。不仅是皮肉上的，也不单单因为这件事。时间往前推移。有那么几次，已经到了深夜，父亲才回到家。也是机油味的工作服都没有脱。但身上更重的是酒味。他躺到地上，侧着身子吐得一塌糊涂。母亲蹲在一旁给他擦脸。他们都没有说话。

男孩在转移自己的注意力，通过气味和画面。后来他感到，那种不言语的氛围也像是巴掌，把他揍得透不过气。

男孩上了小学。又一年暑假，父母都去上班，他一个人在房里。他发现了能让他不那么难受的东西。是客厅的窗户。他喜欢这扇窗户。以后一个人在家，他就站在窗户边上，看小区里的老奶奶买菜回来。看到收塑料瓶的，看到在路边编制凉席的。到了傍晚，卖西瓜的小贩也收摊回家了。夕阳慢慢落下去。

他还看到一个女孩，在楼下和朋友跳皮筋。他甚至有放声喊她的冲动，换取畅快的呼吸。

时间飞快，男孩已经初中毕业，上了高中。父亲、母亲和他，他们三人的关系不好也不坏，就这么过了这些年。以前他被父亲揍一顿后，他会站到窗户边上。现在父亲已经不再打他了。虽然好像依旧能感到恨。他很少再去窗户那边看行人来往，也很少再看见那个女孩了。时至今日，他都没去正式认识她。

有那么一天，男孩无意站到窗边，瞥见一辆自行车驶过。骑车的是另一个男孩，女孩就坐在自行车后座上。男孩突然觉得难受，迟缓到眨不动眼睛。

那天晚上，父亲又喝醉了酒，又在深夜回家。男孩强顶住门，不让父亲进屋，作为他公然的宣泄。为私密的理由。母亲站在他的身后，什么都没有说，什么都没有做。

那场对抗还是父亲胜利了。男孩不再顶住门。父亲推开门，他已经吐在了门口。走进门，他又吐了一地。径直走向卧室，衣服也没脱就躺到了床上。又是母亲到客厅拖地。

男孩已经不再生气了，发泄完了。父亲也四十多岁了。男孩知道自己是在转移注意力，把彼处的愤恨转移到这里。

男孩也不去帮母亲拖地。他不知自己为什么站着没动。

这样的事情，在男孩上大学前又发生了一次。男孩将父亲腰间的钥匙串取下，逐把将齿磨掉。父亲失去了钥匙，离开了这个家庭。父亲获得了一阵空气。父母离婚以后，他和母亲一起生活，依然住在这套房子里。

男孩觉得奇怪，到底是什么在击打他，持续地击打他，让他一直感到气闷。男孩觉得自己生活在封闭之中。

男孩上了大学。有一天，他在寝室醒来，发现手臂上、腿上、背上，都粘着坚硬的蚊子尸体。他坐起来，拍掉身上的蚊子。他坐着像无声的泥块。席子上的蚊子尸体，像一把长钉，握在手里沙沙作响。他拣起一枚，随手甩去，钉子稳稳钉在了对面床位的墙上。

他找到美工刀，用力划开自己的手心，发现流出的血液由于封闭的生活，已经变得黏稠，如同胶水。

他干脆成了一个超人。因为黏稠的血液，他变得力大无穷，随时可以为弱者帮忙。但他的性格也越来越木讷，他的生活越来越封闭。木讷、封闭成了他力量的来源。很奇怪，到底是什么在击打他，让他成为这样一个超人？

大学毕业，原来的房子也要拆除了。搬家之前，他站在空荡荡的房子里，无意间从窗户望出去，最后一次看见那个女孩。女孩沿着路缓慢地走着，却像是不断穿过一道道时间之门：青春、婚恋、苍老。

女孩扑倒在地，变成一件干净的衣服，在风中翻动。

蚊子叮在男孩的脖子上，吸了胶水，变成一枚钉子。男孩把它从后颈取下，钉在了窗户边的白墙上。

烟的上升

　　作家从夏村回来，拎着皮包走在路上，像是结束了一次漫长的沐浴。夏村的残骸搁浅在他的身体里，然后舒展地、意犹未尽地充满他四肢。确切来说，更像是洗完澡后，从模糊的水汽，从尘雾……慢慢凝回实体，重新获得人形的那种感觉。回到家门口后，作家没有进去，而是下意识给自己点了一根烟，站在门口默默抽了起来。他恍惚想起了自己童年时的炊烟。

　　夏村的傍晚时分，正是他童年生活的地方。对于他来说，时间就仿佛空间。傍晚这狭小的时间段，正如私密潮湿的场所。

　　傍晚的村子，暮色的气息降落下来，像灰尘，在夏村的地面上铺了薄薄一层。夏村渐渐失去了视力，变得昏黄黯淡。

　　这个时候，母亲往往在热腾腾的灶前炒菜，热气混合着油烟扑上脸面。奶奶则坐在灶台后不断往炉膛里添柴火。柴火被丢到火焰中，被火焰咀嚼、吞没，随着"哔哔剥剥"的声音，顺着烟囱上升，最后离开烟囱，柔软地堆在夏村的上空。

童年时候的他，身体羸弱，看上去又瘦又轻，像是随时会被风吹走。而傍晚那游走的气息，似乎就在牵引他，想让他双脚离地，最后腾空而起。

他趴在奶奶身边，脑袋枕在她的腿上，盯着炉膛里的柴火看，看炊烟是如何产生的。看了一会儿就困了。热量从奶奶的腿上，从炉膛里不断传来，他觉得自己正在渐渐舒展，身体要浮起来了。他是一只蜷成一团、毛发舒展的小兽。他确实正在浮起，与炊烟一起。细小的火焰沿着稻草的碎末、沿着空气烧到了他的脚上，火焰舐着他，把他小心翼翼地卷进炉膛。翻滚的火焰把他往上撩拨，每撩拨一次他就上升一点，每撩拨一次他就变小一圈。他在烟囱内壁间跳跃，顺着烟囱寻觅、上升。当离开烟囱口的时候，他已和炊烟混成了一体。长长细细，没有任何多余的重量。

这是他第一次在空中审视整个夏村，村庄仿佛与他无关一般，静静生长。但他的脚拉得长长的，一直连到地面上。无法真的离开。

后来又有好几次，他变成了炊烟，在夏村的上空绵延游荡。他喜欢这种陌生，完全忘记了晚饭的时间。奶奶到村口去找他，喊着他的名字。他在夏村的上空。妈妈喊着他的名字，到村尾去找他。他在夏村的上空。他倚靠在空气里，想在上空彻底睡着。

夏村生生不息，他会成为每个人鼻腔中的烟火气味。

作家童年傍晚的变形游戏，并没有持续多久。很快他就满了七岁，被送到城关的寄宿学校里上学。学校的晚饭由食堂统一准备，产生炊烟的炉膛，成了一个遥不可及的地方。

在城关上学以后，作家只有偶尔回家才能变成炊烟，又急促地还原成人形，吃了晚饭，去完成家庭作业。

不过，他也在学校里成功过一次。那是一个夏夜，学校寝室的公共浴室挤不下更多的人，男生们来到操场，用教学楼引出来的水露天洗澡。而他躲在操场的另一侧，偷偷烧掉自己一沓不及格的试卷。风吹起来，试卷的纸页纷纷破碎，燃烧着向上飞舞，他也恰好能顺着这向上的烟升空，变成浑浊不堪的风。

大学毕业以后，他到城关一家杂志社工作。他在城关租了房子，很少再回夏村了。他观察同事的一举一动，小心翼翼，想方设法融入这个新的世界。但隐隐中总觉得隔了一层什么。

城关人家的厨房里不再有烟囱，也不用生火，大家都用煤气灶。打开煤气，用火柴一点火，就能炒菜烧饭，非常便捷。

他有了一个女朋友。他把她带到了城关的家里，他们脱掉外套，脱掉内衣。他们来到狭小的浴室里，像学校浴室那样狭小。所幸这里只有他们两人。他看着她的身体，她则咬住他的眼神，把他从嘴唇带到了嘴唇，他们湿漉漉地吻。她把他带到了乳房，带到了自己身上私密潮湿的地方。她变成了他的妻子。

像是一种熟悉的升腾，妻子"嘭"的一声，汗津津的身体变成了沐浴时的水汽与雾尘，全部扑在他身体表面，扑在他脸上。

他也"嘭"的一声，形体涣散成了雾。起先还能看见双臂，他的双臂搂住她的腰。但两段雾尘相互缭绕，很快就分不清了。

作家这次从夏村回来，似乎病了。刚回来的时候，他觉得舒展，但舒展很快散去，他感到困顿。在家休息几天，他病得却越来越严重。虽然已经结婚，工作了好几年，他的身体还是那么赢弱不堪，又瘦又轻，像是随时会被风吹走。他瘦得不像是一个成年人。

但他认为自己的病并不是赢弱，不是单薄，而是太沉重，沉重到无法升空。他有些怀念变成炊烟的感觉了。

在城关生活的这些年，他竟然都没有沿着空气缓慢上升，从高空俯瞰过这个城市。他都不知道这个城市是如何运作的，运作的机制背后，又有怎样的心怀鬼胎与生生不息。他也想成为这座城市每个人鼻腔中的烟火气味。

他必须再次变成炊烟，哪怕一次。

想到这一点，他从床上坐起身来，来到桌前。妻子马上就要回来了，他点起一根烟，再把烟头抵在自己身上。他的身体还是像纸片一样，轻易就燃烧了起来。他腾起火焰，随着燃烧变成烟尘。在燃着的瞬间，他突然想到，不管变成烟尘、雾尘，其实都是作品生成时的快感。这样的快感不能复制，每次都是不同。

　　不过，猛然领悟了道理、化成烟尘缭绕在家中的作家，发现自己找不到离开房间的办法了。城关的房子没有烟囱。他太烫了，没法拧开把手，所以不能从房间正门离开。只有抽油烟机可以勉强算是出口。他得从换气管道出去。作家腾上煤气灶，让自己变得更细，变得更长。他钻过了抽油烟机的叶片，身体却被卡住了。他试图再次拉长自己的身体，却越卡越紧，腰部被叶片磨得生疼。

　　作家感到绝望，因为他的妻子马上就要回来了。妻子回来之后，会不会注意到抽油烟机里卡住的人？她能不能发现自己的丈夫？要是妻子没有发现他，直接打开了抽油烟机的开关，那么随着叶片的转动，他的腰部会不会因此折断？就算被救了下来，他又该如何面对以后的生活呢？

　　不过，现在无论想什么，似乎都已无济于事。至少在他妻子回来之前，他会一直保持这个尴尬的姿态。

　　也许，他的妻子不会回来了。

消　失

　　作家坐在桌前写作，他逐渐接近这部小说的尾声。一部小说结束的标志是什么？一部小说的本体到底在哪里？

　　几个月前的某一天，作家陷入了瓶颈，他决定整理一下屋子以缓解焦虑。从旧衣柜里，他翻出许多未穿过的衣服，堆在一起，扔进洗衣机，洗涤，甩干，挂在阳台的晾衣竿上。一个上午过去，阳台已经晾满了衣服。那些实在太脏的，就剪成布条，扎在拖把上。

　　旧衣柜里堆积的衣服，总能引起人的回忆。比如一件深红色的连衣裙，是他前女友穿过的。那时，他们常常在这间屋子里大声喘气，热得像烟，渴得像窗外的鸟。而在衣柜的下层，他发现了一件旧衬衫，是他还在杂志社工作时穿的。衬衫前胸口袋的底部，蓝色的圆珠笔污迹非常明显。那时，他总在前胸口袋插上一支圆珠笔，为了灵感来临时随时取用。他常常在上班路上记录灵感，很多时候是在公交车上。有时是在开会的时候。与圆珠笔污迹对应的，是旧裤子口袋里的纸片，上面记录的都是作家的灵感片段。有些已经被写进了小说里，有些还没用到就被水洗了一遍，皱巴巴地缩在口袋里。重新找到的时候，已经完全看不清上面的字迹。

洗完的衣服被挂起来，洗完的裤子被挂起来，散发着洗衣粉的味道，一下子就挂满了整个阳台。屋内变得幽暗，像是在水底，那么作家就是水底的一尾游弋的鱼。整理完屋子，作家准备好好睡个午觉，他的心情舒缓多了。

晚上，作家躺在床上看书，听到阳台有什么动静。他向阳台望过去，应该是风吹过了衣服，衣服的下摆都微微晃动。又是一阵夜风吹来，吹拂到他的脸上，好像有人从身边经过。他想到了解决小说瓶颈的方法：在小说中加入一个无形的东西，加入一个隐身人，让纸片上那些支离破碎的灵感片段连成一片。

隐身人无声无息，可以是实体故事的一部分，也可以作为一种假设，作为一种模糊的展望，填补在故事和故事的缝隙之间。他既可以在故事的层面游走，也可以深入小说的内核。

作家感到兴奋，马上坐到桌前开始写作。他写了一夜，直到天蒙蒙亮。他趴在桌前睡着了。当他醒过来的时候，又已经是傍晚。作家为自己泡了一杯浓茶，到厨房取了一些点心，再次写到了深夜。一阵夜风吹来，隐身人果然如期而至。穿着作家挂在阳台的旧衬衫，还有牛仔裤，长出一截的裤腿拖在地上。

作家转过头看他，试探着："你好。"

"你好。"是少女的声音。

原来隐身人是一个少女。作家想触摸一下隐身人的脸，手指却直接穿过了头颅的位置。隐身的女孩，比威尔斯小说中的格里芬更接近真正的隐形，因为她如果离开衣服，就成了空气，成了真正没有形体的东西。如果她戴上一顶帽子，她就能显露出脑袋的形状。但显然她不想这么做。作家感到奇妙，他被隐身人的声音提醒了，觉得自己之前写下的隐身人还是不够无形。

作家每天晚上写作，白天睡觉，他把白天从自己的生活中裁剪掉，让夜晚绵延着夜晚。隐身人每晚都会出现，有时是女孩，有时是男孩，从不同的衣服中冒出来。只要听见阳台衣服脱落的声音，就知道隐身人来了。她，或者他，或者它，变得越来越模糊，越来越不可捉摸。不仅仅是游移不定的性别，它的形体也在渐渐缩小，连轮廓都要失去。阳台的衣服对它来说不再有效。

作家根据隐身人的形体，不断修改自己的小说，一开始只是字句的调整，后来变成大段大段的修改，最后干脆推倒重写。但每翻新一次，作家都会更满意一点，他觉得自己的作品越来越广阔，越来越不可定义。这大概会是他最好的作品。

终于有一个版本，让他顺利写到了结尾，只差最后一击。他试写了结尾，改了几夜，觉得实在不能满意，甚至连语句通顺都称不上。他再次感到痛苦，再次陷入创作的瓶颈。他写下一行字，写下空荡荡的败退的城墙。

隐身人也不再到来，也许彻底从这个世界上消失了。作家失去了参考。但也有可能就在屋中，只是无法显现。

又过了几夜，作家觉得自己应该主动寻找隐身人。他要和隐身人交流。他冲着夜色大喊，但每大喊一声，屋子里的东西就会消失一件。再后来，他甚至不能长时间凝视物体。椅子消失了，床消失了，盆栽消失了，电视机消失了……作家决定不再开口，不再凝视，静静坐在桌前等待灵感。他也隐去了自己的声音。

作家坐在桌前，他的小说还在桌上。一部广阔的、不可定义的小说，里面的人物没有性别，没有声音……里面没有人物。几乎所有部分都是无形的，只缺一个结尾。但如果加上这个结尾，小说就会马上变得平庸，与市面上的所有小说无异。隐身人会从空气中走出来，穿着比普通更普通的衣服，而且永远无法再隐身了。

作家坐在桌前等待了一夜，阳光终于久违地照了进来。他低下头，发现自己面前的稿纸上空无一字。茶杯里的茶水喝完了。还要再添一杯吧？他感到渴，热得像烟。他小说中的隐身人，难道是他长长的梦中的幻象？也许这部小说终于完成了。

作家走到阳台上，衣服都掉在了地上，晾衣竿上只剩晃动的衣架。他抬头看着，突然一跃，变成了衣架上风干的鱼。

以上这则关于隐身人的故事，被作家记录在一张小小的纸片上。在我读到之前，纸片就已经被洗衣机搅毁，永远消失。

泳　池

　　他已经在水下待了超过十分钟了，没有人注意到他。他就是喜欢这种不被人注意到的感觉，仿佛游离到了世界之外。

　　又或者，是下潜到了世界的最深处。

　　他在水中睁开眼睛，慵懒地看了看手腕上虚构的手表，又将视线静静地投向远处的人群。模模糊糊的视野之中，晃动的游泳圈处于这个世界的最顶端。水面恰好将大多数人都拦腰斩断，那些套在游泳圈里的人，只留下双腿和半层游泳圈在水里，浮着，偶尔挣扎，像发生了什么大事。

　　这丑陋的姿势，让他想起一个数学符号。

　　"π。"他无声地发出一个声音。

　　一连串的水泡顺着他的脸颊往上浮去。

　　这里是深水区，很少有人过来。除了那些沿着泳池纵边往返游动的。一切都异常安静。

　　十分钟之前，他潜到了水下。起初，只是出于无意。当时他正在泳池内漫无目的地游动，水底的暗流细细地冲上来，吹到他的肋骨下面，堆积成了一片凉丝丝的痒意。

他没有在意，带着痒意继续游，突然觉得脚下踩到了什么柔软的东西。他猛吸一口气，潜到了水下。

踩到东西的瞬间，他脑中一晃而过的，是尸体。潜意识里，他似乎也很希望是尸体。他想起小时候的一种恐龙橡皮。当时他买了一块橙红色的，用廉价的小塑料袋装着，里面附了一张说明书。上面写着，将恐龙橡皮浸水，它能涨大六百倍。

于是，他找到一个纯净水瓶，灌满水，将恐龙橡皮浸在了里面。

一个晚上过去，恐龙橡皮似乎并没有什么变化。只是表面变得坑坑洼洼，附着一层气泡。

他忘了这件事情，把纯净水瓶藏在床底下。一个星期后，当他想起这回事时，恐龙橡皮已经挤满整个瓶子了。

他把瓶子拿到浴室，用剪刀剪开，膨胀的恐龙橡皮滑入了浴缸。它沉在浴缸的水底，像是一截被砍下来的胳膊。

正是这样的儿时记忆，让他想到了尸体。他吸满一口气，奋力潜到水下，失望地发现那只是一根普通的水管。就和那些接着消防栓，给草坪浇水的水管一模一样。

但是失望只持续了一会儿。因为他发现，潜在水底，世界仿佛就换了个样子。他就这样潜在水底，咕嘟咕嘟地吹着气泡。

或许我会进化出腮来，他想。

腮，正是由着肋骨下面凉丝丝的痒意变来的。

已经过去二十分钟，他缓慢地在水底游动。在一片模糊之中，他的脚似乎又触碰到了什么。低头看去，是一块长方形的铁板。他忽然意识到，自己潜入的，事实上并不是什么游泳池的底部，而是整个世界的底部。

他抬头看看水面，依旧浮满了各式各样的 π。他想，这个泳池应当是整个世界的底部，而这块铁板，正是泳池的底部。

首先是十个，或者十五个坚硬的词语，构成了这块铁板；这块铁板，又维持了泳池作为"所有词语"的稳固。

他想，要是将这块铁板翻起，那整个泳池的水——整个世界的词语——都会打着旋流入黑洞吧。失去了词语的世界，瞬间变得不那么牢固，像是抽掉了筋骨，会稀里哗啦彻底崩溃。

他在水底吸满一口气，让自己继续下沉，来到泳池的最深处。他蹲在铁板边上，猛地将其翻起——

出乎他的意料，什么都没有发生。由于铁板的翻动，一些铁锈粉末顺着水流冲了上来，在他眼前缓慢地来去。

只有肋骨下面凉丝丝的痒意如此真实。

高速公路

他再次从睡梦中醒来，一丝白烟在喉咙中升起。汽车在茫无尽头的高速公路上飞驰，世界从无声中恢复声音。

由于睡眠时间过长，他的脖子生疼，手臂也因在方向盘上靠了太久，留下了半圈深深的红印。所幸的是，汽车仍在开着。

他摸到变速杆边上的杯子，喝了点水，清醒了一些。

为了证明时间仍在流逝，他轻踩了一脚油门。高速公路两旁近乎静止的田野，也因这一脚油门而略微晃动了一下。

当然，时间仍在流逝，世界却越来越近于静止。

十几年前，也许是二十年前，那个特殊的夜晚，他躺在床上听到了一些声音。这让他感到不安，无法入眠。他的睡眠质量向来不错，生活平静，工作顺利。他会在睡前读三五个短篇小说，或者翻阅一本科学杂志，然后闭上眼睛，在脑海中超越它们。

比如，修正一下小说情节上的漏洞，完善一下人物，甚至只是替换一个词，以显示自己智力上的优越。或者驳斥一下某些新兴的科学观点。借助玻璃城的资料库，做一次深潜，在深度上击败那些浅薄的论文。

但那天晚上，他已经躺下了，却感到不安。他听到屋外有一群人过来，有一群人走了。他们尽量不发出声音，但是他能听到。他们要到世界上去。他觉得过去的许多年里，自己没有改变过任何东西，或者说，自己完全没有能力改变什么。

他看到自己在房间里无所事事，虚度掉许多个夏天。但现在机会来了，他也可以到世界上去。

他给一家汽车店打了电话，他要买一辆最好的汽车。

那是个荒芜的时代，高速公路才刚刚建起。虽然那个时代已经有了万能卡，身份证、学生证、军官证、驾照、银行卡、护照，全部集成在同一张卡上。去任何地方消费，不管是餐厅、超市，还是书店、KTV，都只要轻轻刷一下卡。不管是工作、学习，还是犯罪、自杀，也只要轻轻刷一下卡。工资实时存入卡里，政府随时提供书籍，也随时提供犯罪与自杀的工具。

人类在地球表面建设了上万个玻璃城，容纳了世界上大多数的人。十几米厚的智能玻璃悬浮在城市高空，保护城市的同时，也调度一切。火星人向地球发来友好邀请，让我们共同开发太阳系内的旅游事业。我们接触到了更多星球的人。

但是高速公路才刚刚建起，野马在荒芜中奔腾。人们宁愿去其他星球旅游，也不愿在高速公路上飞驰。

他把车开到了高速公路入口处的收费站，望了望身后空无一人的世界。玻璃城在远处向他关上了门。

这一次，他似乎恢复得很慢。醒来以后，神志一直没能完全清醒。他又喝了点水，他能感觉到水分在他唇上迅速地蒸发。他觉得自己正老去，越来越失去当年的锐气，他开始怀疑，不再充满信心，身上闻起来也有衰老的气味。汽车在静止的高速路面上，也像是陷入了沙地，像黄昏沙滩上倾倒的雕塑。

身后却仍没有追赶者超越他。

高速公路将通向何方？为何行进了十几年都不见尽头？高速公路是玻璃城的一个巨大阴谋吗？这些问题以往从未袭上过他的心头，在今天却成了眼前一重挥不去的灰雾。

他曾觉得汽车是一个舒适的浴缸，自己躺在里面，空气就溢出车身。他是阿基米德。而现在，世界静止下来了，简直不再运动，时间却在流逝。高速公路也在流逝，不断涌入眼底。汽车开始腐烂，成为一具移动的棺木。

夜间，好在还有夜间，他睡着了，像是要死去。也就是在这个安静的夜间，空中的鸟被汽车抛在了远远的后方，一辆崭新的、反射着银白色月光的汽车，却悄悄经过了他的身边。

那位新人惊讶于高速公路上的先驱，用通信器呼叫他。而他的汽车甚至都没有这么先进的设备。他沉睡在梦中，错过了这一个历史性的时刻。新人并没有过多等待，迅速消失在了地平线上。

那位新人并不是继他之后第二个上高速公路的，也许已是第几千个，乃至第几万个了。第二位高速公路开拓者，早在很远的后方被上千人超越。新人超越了许多人，开始时感到快意，现在也已陷入疲惫。新人看见一款古旧的车型，向他发送信息，除了惊讶，其实还带着某种青春的炫耀。现在新人超越了高速公路上最老的人。

这个夜间太过漫长，漫长到难以醒来。如果他能醒来，会发现无数崭新的车辆从两侧掠过。他打量汽车内的司机，会在他们之中发现一个熟悉的身影，短发、目光有神，还有好看的胡茬。

这是年轻时的他，或者，这是他的儿子。

他突然拥有了一个儿子，他突然变成了一个父亲，哪怕他从未有过与结婚相关的记忆。

他得以修正自己的记忆，想起婚礼时的情景，是如何柔软，不像高速公路的锋利。他在结婚以后，突然觉得自己一无是处，便想买一辆汽车，征服高速公路。妻子在请求他留下。

高速公路的收费站外，并不只有野马，还有他的妻子在望着他。他坐在车里，向她做了一个将卡折断的手势。他永远不想再回到人类世界了，不想再回到玻璃城里。

妻子把他的万能卡收入了口袋。

他突然想起自己拥有姓氏，是有名字的，并不是一个冰冰冷的第三人称。但他无法想起自己的名字，那个姓名像卡在喉中的小舌头。

拥挤的车流经过他的身边，他恍然有了踩下刹车的冲动。他想把车停下，躺到荒芜的田野上，腐烂成尘土。

但犹豫再三，还是继续踩紧油门。在青春的车流中，他无限落后，却依旧在速度中燃烧，直到成为公路的灰烬。

另一个结局是，他在想明白这个问题后，义无反顾地踩下了刹车。

但事与愿违，他根本无法将车停下，躺到田野上，缓慢腐烂。随着他的紧急刹车，整条高速公路开始分崩离析。地面裂开，错落地升起抑或下沉。在交错中，地面变成更小的碎块，尖锐地迸溅，像一场雨，击打在汽车挡风玻璃上。

他看到一块巨大的水泥地面，安静悬浮在空中，遥远如同神祇。而秩序、意义、熵，像内脏一样从碎块中滑落出来。

直到成为分子、原子、夸克，他仍没有明白，高速公路事实上是他造就的。他涂抹的一层历史，是这个世界浑厚的基础。

这一切都仍未到来，现在仍是夜间。

但在他抉择之前，在他醒来之前，在这个缓慢安静的夜间，当第一位新人无声地超越他时，他就已经死去。

或者，在汽车驶上高速公路的那一刻。

说谎家

说谎家在成为说谎家之前，还曾是建筑师、机械师、驾驶师。说谎家负责森林里所有的工程。说谎家热情激烈、才华横溢，他懂得世界上的一切道理。

到了晚上，他把自己拆分，胳膊抛上房梁，双脚蹬入壁炉。他的肚皮自然敞开，肠子溜出身体，像蛇一样钻入稻草丛中。

就这样在夜晚休息，到了天亮才又组合起来。

再有天赋的人，也会有失误的时候。说谎家的故事，就是从他弄丢了自己的器官开始的。那一天，说谎家来到诚实人的家，沉闷地坐在壁炉边上，说："我的拇指不见了。"

诚实人其实不是人类，他是一头熊，有毛茸茸的爪子，还有一对眨巴眨巴的小眼睛。他是因为掰玉米才和说谎家认识的。

诚实人在玉米地里掰玉米，把掰下来的玉米夹到胳肢窝里。诚实人每捡起一根，就把胳肢窝张开一次，于是前一根玉米就掉在地上。诚实人浑然不觉，以为自己捡了很多。

说谎家在一边笑，对诚实人说："你不如直接把玉米放到嘴里。你看看自己的胳肢窝，只剩一根玉米了。"

说谎家说话的时候，诚实人就把胳肢窝张开来看，夹着的玉米就又掉在了地上。

说谎家笑得更厉害了。

说谎家告诉诚实人，只要学会说谎，就会有吃不完的食物。说谎家当即说了个谎，一只鸡腿就从眼前的空气里显现，一下掉落在地上。

诚实人把鸡腿捡起来，张开嘴就吃了。他记住了说谎家的话，要把食物直接放到嘴里。

但是他不想学说谎，因为他是诚实人。

诚实人不说谎。他跟着说谎家，不再去掰玉米，每天靠说谎家说谎变来的食物生活，过得很愉快。

这次说谎家的拇指丢了，诚实人很着急。他要到森林里去，帮说谎家把拇指找回来。可是森林那么大，拇指在哪里呢？

诚实人想起说谎家说，拇指就是圆柱形的，高高大大的，外面裹着粗糙的皮。诚实人来到森林，找了很久都没有找到说谎家的拇指。

黄昏到了，诚实人很伤感，他靠在一棵大树下，恍恍惚惚睡着了。诚实人做了梦，他梦见说谎家的拇指就是一棵大树。

他一下就醒了过来。他看了看眼前这棵大树，嘿，这不就是说谎家的拇指吗！圆柱形的，高高大大的，外面裹着粗糙的皮。

诚实人把大树连根拔起，搬到了说谎家的家。虽然天已经黑了，诚实人也累出一身汗，但他还是觉得很开心。

因为他帮说谎家把拇指找到了。

可是说谎家却说，这不是他的拇指。

"这不是我的拇指。"说谎家说，"你快再去森林里找一找吧，我的拇指是褐色的，软的，没有固定的形状。"

说谎家给了诚实人两个筐，又给了他一根扁担，让诚实人继续去森林里寻找。

诚实人又进了森林。他又一直找到黄昏，仍没有找到说谎家的拇指。他很渴，趴在一个小池塘边上喝水。

诚实人的胃，大概有一座房子那么大吧。他实在太渴了，一口气就把整个池塘的水给喝完了。

池塘露出了空荡荡的塘底。诚实人看了看塘底，嘿，这不就是说谎家的拇指吗！褐色的，软的，没有固定的形状。

诚实人装了满满两筐泥巴，挑到了说谎家的家。这个时候，说谎家已经把之前的大树砍成了大大小小的柱子。

诚实人刚想问，这次挑回来的是不是说谎家的拇指，说谎家就开口说话了："再有个'点石笔'就好了，也许会用到。你去问魔法师借一下吧。"

诚实人问："你不找拇指了吗？"

说谎家说："嗯，暂时不找了，先造房子。"

诚实人回来的时候，说谎家已经把泥巴都烤成了砖头，砌成了房子。那些大大小小的柱子，在房子里成了房梁、门框。

诚实人问："这个'点石笔'还有用吗？"

"有用。"说谎家接过点石笔，"正好缺一块砖头。"

说谎家朝诚实人的脑袋一点，诚实人变成了一块石像。说谎家轻轻一推，诚实人倒在地上，变成了一地砖头。

"只要一块就够。"说谎家从砖头中抽出一块，插入房子的缝隙之中。

房子嘎吱嘎吱摇晃了几下，像机器一样运转了起来。机器咳嗽，腾起一阵浓烟。机器伸出了双手，伸出了双腿。房子变成一个大机器人。说谎家跳上大机器人，走了。说谎家的拇指也从森林深处蹦蹦跳跳跑了回来，跳入说谎家的口袋。

它是那么的有灵气，谁让它是说谎家身体的一部分呢。

夜间部的夏日游乐园

现在，校园是日间部的时间，所以我们这些夜间部的，都在游乐园里睡觉。但我一直没有睡着，因为在担心自己的考试。

那到底是个怎么样的考试呢，我也说不上来。大概会考一些"把自己用橡皮抹去"之类的题目吧。

我起身坐在床上，外面的阳光很刺眼，透过窗户打在脸上，很灼热。我们夜间部的人，其实更喜欢白天。因为白天正是用来睡觉的，太阳越猛烈，就越让人觉得舒服。

于是我走到太阳底下，有一种快被蒸干的快乐感觉。

——我已经从房间里出来，打算去屋顶上看书了。

在我离开床之前，其实还有一部分人没有睡着。游乐园的房间结构都很奇怪，我的房间就是由厕所改过来的。当然，现在被改装得很干净。只是房间没有门，空荡荡地留了一个门框。这幢楼的走廊走到底，是接连的两个房间。我的房间是靠外的那个，有一张色彩艳丽的床。还有一台电视，虽然屏幕已经被猛烈的阳光晒碎了。屏幕里面的显像管、电线之类，都像肠子一样暴露出来。

往里的那个房间，仍然保留厕所的模样。进去以后，能看到一个个白得晃眼的隔间。只不过没有人会把它当作厕所。所有的瓷砖、地板，都被擦得干干净净，地上堆满了我们夜间部的教科书。

夜间部无聊的人，总喜欢到里面的房间抽烟。他们把烟灰弹到教科书上，书"轰"地一下被点燃，冒起了烟。他们开心地大笑，说，变回去，变回去。他们把呼出去的烟又不断吞回喉咙里。

教科书收起烟，又变回原来的模样。

我想，可能我并不是担心考试，而是因为他们太吵了，所以才睡不着觉。为什么老师要把这个房间给我呢？我不喜欢无聊的人，他们不经允许就进了房间，到里面去抽烟。

我突然想到，游乐园的卧室事实上也是夜间部与日间部轮用的。不知道夜间的时候，睡在我这个房间的会是日间部的谁呢？会不会也有无聊的人进到里面的房间，不停地抽烟谈笑？

我们从没有见过日间部的人，也没有见过日间部的教科书。

不过，现在这些与我无关了。现在我走在日光猛烈的游乐园里，我要去屋顶看书。我在担心自己的考试。

仔细想了想，我还是更担心考试。

我路过一些健身器材，路过一些沙发。游乐园里露天摆放着很多色彩艳丽的沙发，它们都已经很旧了。不过没有关系，老师每周都会找人来给沙发刷一遍油漆，所以沙发都十分光亮。

除了小部分被晒得鼓胀了，变成原来的两三倍大小。肚子上又裂开了小口，里面的海绵往外挤了出来。

它们摸上去很硬，坐上去大概也很硬。但我怕自己会被油漆粘住。

健身器材没有这么幸运，它们都被晒成了最初的模样，变成一堆铁。有的倒在地上，像是炖久了的恐龙骨架。

我路过了沙发，路过了健身器材。我爬上了屋顶。这时候屋顶只有半米多高，像一条走廊，我很轻易就爬上去了。屋顶中间是一条屋脊，两边的斜坡角度不大。我还是跨坐在屋脊上。

屋顶的瓦片都很光洁、柔软、透明。明黄色的瓦片，滑溜溜的。我坐在那里，让瓦片陷下去一片。我陷在瓦片里看书，感到温热。

过了一会儿，一个女孩坐到了我的边上，和我一起看书。她是某个人的女朋友。嗯，在我隔壁房间抽烟的某个人。

但她很乖巧，很清爽，而且可爱。她扎了一个小小的马尾辫。

我们坐在屋顶上聊天。某种奇异的感觉，让我觉得之前打扰我的那些人，也不那么讨厌了。她身上好闻的味道被风吹了过来，与阳光干燥的味道一起。

我和她说起考试的事情，却发现她看的书和我不一样。

"你不知道吗，在考试之前，还有另一个考试呀。"她说。

还有另一个考试吗？我记不清了。

"有的。是期末考试。"

好像是有那么回事。在考试之前，似乎确实还有期末考试。我一直以为期末考试取消了呢。但是，期末考试之后的考试又是什么？我的脑子转不过弯来，只觉得她说得挺对。

"那把我的书送给你吧，好像……两个考试都会考到的。"我把手中的书递给她，她开心地接受了。

我们就这样聊着天，突然发现，比我高一届的夜间部的姐姐也来了。我不知道她是什么时候来的。她把腿折起来，面对屋脊和我们，坐在屋顶瓦片的边沿，身体在缓慢地往外滑。

"要当心哦！"我们提醒她。她笑了，说没事。

这时屋顶已经变高了，阳光柔和起来，天空的色彩也变得有些黯淡了。我大致猜想了一下，屋顶应该已经有五楼那么高了吧。

从这里摔下去，应该会很疼的。但是高一届的夜间部的姐姐，她说没事。她和我们谈着变巧克力的事情。

某个人的女朋友说自己不喜欢巧克力。"太甜了哦，会蛀牙齿。"她说，"我还是更喜欢冷饮一点。"

是的，既然是夏日，就应该有冷饮什么的。尤其是游乐园，更加不能缺少冷饮了。但是，冷饮都在哪里呢？

这时屋顶升得更高了，天空则渐渐暗了下来——又到我们夜间部上课的时候了。我们就这样又浪费了一个白天。

升高的屋顶，边沿一下长出门窗。高一届的夜间部的姐姐，被向上长出的窗户顶到了教室里来。我们都笑了起来。

夜间的教室，只有我们三个人，似乎不会有人来上课。而且教室好小，只能容纳不到十人。没有桌子，也没有椅子，只有窗户和门。从窗户向外望，看见的是夜间安静的游乐场。

这么小的教室，怎么能上课呢？不过好在，教室里也没有桌椅，教室里有一只凉凉的冰箱。我们把冰箱门打开，里面果然放满了冷饮。

我们三个不间断地往外取，不间断地吃，一下就把冷饮给消灭了。

没有了冷饮，我们又开始聊天。不过，过了一会儿，就有人来敲门了。他是每个教室挨个敲过来的，是给每一层的学生送冷饮的。

我问他，有没有大一点的能吃很久的冷饮呢？于是他给了我一个正方体的大冰块。

然后，又给了某个人的女朋友，还有高一届的夜间部的姐姐，一人一个大冰块。

不，他给了我们每人两块，三块。

我们又有冷饮吃了。我把正方体的冰块咬开一个口子，里面是冰冻的酸奶。

我们吃着冷饮聊着天，突然教室来了人，有人进来把我们的冷饮拿走。某个人的女朋友和高一届的夜间部的姐姐，却一点都不在乎，依旧边聊天边笑。

我很难过，我告诉她们我很难过。我觉得那些人不该来拿我们的冷饮。

她们却说，没有关系啊，还会有人再送上来的。

果然，之前那人又送了好多大冰块上来，比之前的还要多。来我们这里拿冷饮的人也越来越多。楼层还在升高，所以一切都会越来越多。

我看着这么多人来来往往，依旧怅然若失。

有时候，我觉得自己似乎还有个弟弟，或者别的什么亲人，但是这个弟弟却一直没有出现。我就这样吃着正方体的冷饮，想着那个可能并不存在的弟弟。

而有时候，我又觉得自己好像什么都完整了。某个人的女朋友坐在我的身边吃冷饮，高一届的夜间部的姐姐也在。

夜间部的夏日，就这样"嗖"的一声过去了。

健谈的人

健谈的人被困在纸箱里，他沉默了一夜。

夏日即景，或猫，或……

夏天的时候，我的写字桌会面向一条嘈杂的马路。那些集装箱汽车纷纷在清晨踩下油门（或刹车），轮胎在地面摩擦发出泼水的声音。无重心的。有人想用声音拍打尘埃。雾一样滴坠的声音。地面恣意流动的水中，是被拍打下来的尘埃。尘埃蜷缩成一团，而六条腿细小、纤长，被水流冲刷得伸展开去。昨晚，它们在灯光下撞击自己，颗粒状的，接连打在桌面或纸页上，又接连弹走。一只猫在夜间踱步，走到清晨，平缓地走过一切……跃上窗台。顿直，凝视，也仅一瞬。它重新平缓动作。它在我的写字桌上蹲下，背对着我，舔舐自己的爪子，凝视那片声音。将凝视与平缓融为一体。它凝视声音的样子，像是可以一口吞掉集装箱汽车，吞掉尘埃，吞掉热气。它吞掉一个打不出的饱嗝。最后，那只猫从窗口纵身倾倒出去，在接触到日光的一瞬间，嗞，变成一团慵懒的白烟。纷纷的烟。终于，化成了声音的一部分。

在世界末日的照耀之下

　　最后我们都浮了起来，浮在空中。我的身体变得很轻。我的被子也变得很轻，但我依然牢牢抓着它。我和我的被子在空中，带着周末的疲倦，俯瞰被世界末日照耀的马路。末日的马路上跑满了狐狸。汽车也变得如此缓慢，在路上搁浅，排起了长队。汽车太缓慢了。甚至一些狐狸跑累了，驻足休憩，却仍然以另一种较快的缓慢超越了车辆。

无言的鸟

注定是一个漫长而慌张的夜。我像鸟儿一样在夜晚的空气中逃亡，最终搭上一辆出租车。

我不知道这位司机是如何认出我的，但整个夜晚只有他停下了车。我自然仓皇入内。

惊魂未定的我，坐在出租车后座上打量窗外的景物，以换取些许的平静。随着眼中的景物趋于缓和，我发现这是一个被略微放大的小镇。小镇的房子比别处略大一点，屋檐像突出的前额，门也比别处略高一点。马路很宽，从此地到彼地需要更长的时间。或者说我被缩小了也有可能。

我知道自己要去哪里，我要告诉司机。但张开嘴，打开喉咙，却发现自己无法说出那个地名。嘴里除了干涩，别无他物。

夜色漆黑。我探头瞥了一眼车内的后视镜，自己还生涩地处于半人半鸟的状态。也许叫作类鸟物更为合适。眼睛漆黑而且小，嘴是尖的而且坚硬。双手软塌塌地成了长满黑色羽毛的翅膀，交叉在胸前。我让自己裹成一团，像一个填满了垃圾的黑袋子。

也许正是因为这种形态，才无法开口说出地名的吧。但我依稀记得自己刚才说过话。是的，我说过一声"taxi"。

当时我飞在空中，叫了一声"taxi"。于是出租车"嗞——"地停在了路口，车身在转角倾斜。他打开门，我仓皇飞入。

看来并不是喉咙的问题，而是别的什么难以预料的地方出了些障碍。于是我再次打开喉咙，试着选取别的词语：气流急促地在我上颚与舌苔上回旋，我发出了"哈——""哈——"的声音。

"花？"司机迟缓地回过头，面带狐疑看了我一眼，又迟缓地转了回去。柔软潮湿的车灯向前掷去，纷纷打在地面，反光到他身上，他的轮廓荒凉如石刻。"你是要去买花吗？花市在镇子另一头，开过去得要两个晚上。"我注意到他的左手食指和中指间，不知何时，竟夹了一根烟。他抬起手凑到嘴边，猛吸一口，喷出的烟尘喷在玻璃车窗上。一部分在缝隙上化为翻滚的细流，涌入了外面的夜色。

不等我接话，他又开起腔来："镇子太大了，去花市有很长的路，要很长的时间，而我又只能在夜晚开车。所以，如果你要去花市，那镇子只能将白天取消，让我连续开上两个晚上。"

我想做出什么反应，但喉咙里又无法发出声音了。甚至，连"哈——""哈——"的声音也无法发出。

于是，作为类鸟物的我更加乖顺，归于沉默，任凭司机将车开到什么地方。在我的视线中，小镇似乎越来越大了，或者说宽广，出租车的行进速度也就越来越缓慢。换言之，夜晚也越来越漫长了。所以我适时的沉默，并不会影响到什么，而是更贴近了小镇的节奏。我也许成了小镇在空气中的延伸。

司机见我没有答话，像是突然想到了什么，转身递给我一袋花生："喏，你是说这个吧？""花——生"，我竟然成功说出了这个词语。此时此刻，词语显得格外清脆，在空气中被捻碎（黑暗中有纤白的手指，捻动花生的脆壳）。

司机点点头："嗯，花生。像你这样的鸟类生物，应该很喜欢吃这个吧？"

一袋花生落在了我的手（翅膀？）上。司机只给自己抓了一小把，兜在手上。我还犹豫贸然接受这可疑的食物是否合适，司机已经开始吃了起来。花生咸而干燥，混合着刚才的烟味，气味马上充斥车内。

我也勉强用翅膀状的手，将花生粒塞入了坚硬的喙状嘴中。味道似乎不错，我没法确定，因为我没有办法嚼烂它。碎成几个小块的花生粒依然坚硬，卡在我的喉咙里，难以下咽。

司机看我狼狈的样子，递给了我一罐啤酒："喏，喝吧，我这里应有尽有。"

我没有接。你听说过鸟类喝啤酒吗？至少我没有听说过。最要命的是，我不该是一只鸟。鸟类吃花生，那肯定是有的。

于是司机又拿了个杯子，撒上一小撮茶叶。他把杯子伸到副驾驶的位置，到一片我难以看清的黑暗中。只听到

"咕咚""咕咚"的声音，像是用饮水机灌水时，气体升入水桶的声音。

他将茶递给我，说："当心烫。"

我喝了几口茶，花生粒还是没能咽下去，倒是裤腿被嘴角漏出来的水给弄湿了。我的喙状嘴很难使用。这次司机没有递给我纸巾什么的，而是和我聊起了明星海报。他问我，哪儿的明星海报便宜，而且好看，他准备买一些贴在出租车里。

我给他介绍了一些，但是都是在白天的小镇的。他说，不行的，他只能在夜晚的镇子开车，不能进入白天。或者只能让镇子把白天取消，把白天的镇子的位置腾出来，他才有机会开得更远。但问题是，取消了白天的镇子，卖明星贴纸的店同时也消失了。

这让他极为苦恼。

我喝了太多热水，也喝了太多的冷风，打起嗝来。这是件好事，因为花生粒在打嗝的时候莫名其妙就咽下去了。除了每过几秒，我会倒吸冷气似的发出"呃"的一声。

现在一切太平，如一场盛世。

我似乎也逐渐恢复了说话能力。只是目的地的地名，还是难以说出。这又有什么关系呢？

我们渐渐打开心扉，说了很多荤段子：

人类的、鸟类的、兽类的、鳞部的、虫部的、木制品的、金属制品的、陶瓷的、塑料的、科技的、艺术的、现代的、古典的、瞒天过海的、杀人越货的、江火独明的、万物阴晦的……

我回想起自己还是一只鸟的时候，我在逃亡。我在夜色中逃亡什么？我已经记不清楚了。或者，我本是一个人类，因为逃亡而长出了翅膀吧。那个时候，我的嘴里含着一个词语，是一个无法说出的词语。现在的我呢？满嘴花生、二手烟的味道，混合劣质的茶水、敞开心扉的段子。

车里很温暖也很漫长，长到我忘记了夜晚原始的慌张。

我思来想去，觉得自己正身处一个恐怖故事也不一定。比如司机和我的措辞，有着细微的差异，我总说"小镇"，而他却说"镇子"。在这样一个深夜荒凉的语境中，是否有什么特别的寓意？也许某个瞬间他一回过头，我发现这是一场噩梦，一身冷汗地醒来。更为可怕的是，醒来后的我依然无法说出那个词语，依然被允许满嘴胡话，却依然无言。

司机还在怂恿我喝酒，我一口酒都没有喝。他已经完全不管方向盘的事情了，反正车子行进得如此缓慢，小镇正在变得更加巨大，道路两旁的杂草都已比我们更高了。出租车上应有尽有，我们尽情狂欢。但我一口酒都没有喝，我不喝酒。

司机满嘴醉话，依旧劝我："花生，你还要花生吗？我们这里应有尽有，你喝酒吧，喝酒了才能吃更多花生。"

我也有一搭没一搭地应和，时而清醒地想：今夜的小镇和出租车，热闹非凡，我们无话不说，我们却什么都没有说。

秒　针

　　男主角有收集数字的习惯，他把一切事物都变成数字，堆积在自己的头顶。我用笔尖戳了一个洞，在他头顶的更高处安装了一个巨大的时钟。时钟没有时针、分针，只有秒针，锋利地展露在外。时钟倒走，秒针从他头顶呼啸而过。每掠过一次，就带走他的一个数字。他不想变得一无所有，跑到大街上冲我疾呼，捡起一个烟蒂烫穿了纸面。他从纸面上的小洞（有别于我戳下的那一个）爬了出来。没有了呼啸的秒针，他头顶堆积的数字也全部消失了。整个人物都消失了。

消防队长

消防队长失明了一段时间，又重获视力。他因重获视力而感到沮丧。"失明是一场没有边际的夜晚，我以为夜晚是不会过时的。"在隐喻的基础上，他继续隐喻，"夜晚，是出逃的火焰。"

他不再热爱……

　　他已不再像从前那样热爱。而是疲惫、锈蚀，像一个坏掉了的指南针。

截　指

　　有人感冒发烧，鼻子无法通气窒息而死；有人在阳台晒衣服，踮起脚尖，衣架勒住脖子窒息而死；有人走在路上，忽然无法呼吸，受到惊吓，心脏骤停……（路面骚动的雨水无声）……某种意义上仍是窒息而死。却很少有人因为手指被电线或者钥匙圈箍住窒息而死。是这样的，我有一位朋友时常担心自己以这种方式死亡，于是去医院截掉了自己的无名指。

吹烟的人

那一年夏天，在那一个日子，一个青年魔术团要来村庄里表演。那一天里，消息松松垮垮地传来，让人觉得青年魔术团也是松松垮垮的。谁又会说不是呢？那时候大家并不知道，伟大的吹烟人也混迹于这些小丑之中。大家也不知道，他们虽然毫无组织，没有纪律，但走得比谁都快。这个消息从村庄经过的时候，太阳还没有西斜，干燥的草屑浮游在空气中，被阳光照得滚烫。等到草屑在空中停顿，展露一个微不足道的暗面时，青年魔术团已经走到村口了。孩子们刚刚放学，都往露天舞台那边赶去，没有时间再去废弃的砖瓦厂开作战大会了。他们的仇恨烟消云散。

在下午三四点钟的时候，演出的舞台就搭好了。调试喇叭的人一直对着话筒说"喂"，说了至少一百次。

这时候只有工人来来往往，见不到魔术团的成员。

等到暮色四合，炊烟此起彼伏了一阵之后，村庄开始凉快起来。吃完晚饭，大家陆续搬来自家的凳子，坐成黑压压的一片，聊天，或是打着毛线、驱赶蚊虫。孩子们把垂挂的幕布割开几道小口，打算从细缝里观看表演，也许还能发现破绽。反正，幕布后面是他们的地盘，谁也没有资格去抢。

开场是花哨滑稽的，演出开始了。第一位魔术师被助手塞进一个很小的盒子里，不比黑白电视机大多少。助手轻轻一拍，把盒子抛入空中。盒子轻如无物，软绵绵地跌在台上。几把小刀飞了出去，插在盒子上，台下惊叫声连连。助手又将盒子翻转，只见盒子背面也扎了一行小刀。

助手拿着盒子走了一圈，向舞台边的观众展示。然后回到舞台中央。当他拔去小刀、打开盒子的时候，魔术师安然无恙地走了出来。盒子还是和原来一样大小，看不出可以躲进一个人。

第二位魔术师的冒险更是让人惊异。他让助手将自己的手脚绑住，塞进一个廉价的道具衣柜。助手给衣柜挂上了大锁，又让衣柜卧倒，继而倒立在地。助手在衣柜上打了一个小孔，擦着火柴往衣柜里丢。衣柜里有什么在噼啪作响。焦味弥漫，火舌也从衣柜里冒出来。魔术师开始大声叫喊。

"砰"的一声后，大衣柜带着火焰炸开了。当然，不算太过猛烈，只是恰到好处地震裂，向四面倒伏。火焰奄奄一息。魔术师站在火焰中央，毫发未损。

有人鼓掌，有人喝彩，现场热闹一片。但这都是一些无关紧要的表演，因为吹烟人还没有上场。

吹烟人上台以后，并没有立即表演，而是在台上来回踱步，好像在寻找什么。他高瘦，脸色惨白，连嘴唇也惨白。他的脸像是被水浸透的墙面，随时会剥落下来。他一直找到了台下，终于在观众脚边找到一枚烟蒂。捏着，极其缓慢地走回台上。他在竭力控制自己的手指。

"这是一枚烟蒂。"他气息平缓地说。

隔着舞台的距离，观众仍能感觉到他拿捏烟蒂的力度，像用指肚抚摸一段细腻的脖颈。他捏得恰到好处，不轻也不重。

手指的温度传递到烟蒂上，让烟蒂内的纤维膨胀，指肚传来的力又抵消了膨胀后的变形。

他收回手臂，将烟蒂放在唇边，身体前倾，眼睛睁大。他轻轻吹气，烟蒂又缓慢地燃烧了起来。通红的一点，是发烫的痣，在纯净无声的夜色中游荡。吹烟人继续吹气，烟蒂开始溅出火星，从中拔出细长的烟卷，逐渐变长。通红的火星掉落在第一排观众的脚边，变成砂石。终于，香烟的长度不再增长，而烟头鲜艳的红点，也变小、隐去、熄灭。夜色中剩下一缕烟。

"现在，它变回了香烟。"他说。

台下的观众，稀稀拉拉地给了一些掌声，算是完成了任务。吹烟人也平静地鞠躬退场。魔术表演继续，夜晚尚未结束。

当青年魔术团来到村庄的时候，我还是个孩子。我坐在台下观看表演，被吹烟的魔术彻底震撼。我也想学会这样的绝技。青年魔术团离去了，我找到躲在幕布后的同学，询问他们是否发现了吹烟的破绽。我买了许多与魔术有关的书，希望找到吹烟魔术的秘诀。

"那不是魔术，那是特异功能。"母亲这样告诉我，村里人也这样告诉我。我不相信母亲，也不相信村里的人。

很多年后，我离开了村庄。我询问沿途村庄的人，他们也告诉我，那不是魔术，而是真正的特异功能。既然这不是魔术，我又怎么可能学会呢？特异功能是天生的。

我感到绝望。这时又有人告诉我，一切特异功能都是有代价的。我想起你惨白的脸，像是被水浸透的墙面，随时都会剥落下来。那天晚上的寂静，原来比我看到的更寂静。我所观看的是一场死亡。如果我真的找到了你，该向你表达我的绝望，还是怜悯？我甚至被表达的肤浅所困。

牡　蛎

在大学期间，我们全班曾一起出去旅游。一次铺张的、毫无目的的旅游。出发之前，我因为某些事情受到了校方的处分。被处分的人是我，室友当然无所谓，不痛不痒地对我说："出去玩玩，等回来就好了。"我没有说话，否则他们还会继续说下去。结果旅游回来，室友的话变成了预言。学校不但撤销了处分，还将保研的名额给了我。

不过回想起来，这并不让我觉得诧异。

汽车沿山路行驶着，一路颠簸，不时绕过一个弯道。还没到目的地，天就已经黑了。目的地也是路上刚确定的。我们自己租的汽车，由我们已考出驾照的同学自己轮流开，我们想去哪里就去哪里。所以车上大家都在说话，把车厢填得透不过气来。我的心情不好，不想积极地加入他们。这时有人提议去杀人村，大家先是停顿了几秒，马上纷纷表示赞同。有人绘声绘色地描述村里的杀人景象，引得车里尖叫连连。

当然，我们的车就往杀人村开去了。据说这里是这样的，几个旅游景点之间，都有一些旅馆扎堆，成为旅游村。晚上，村子中间会点起篝火，大家聚在一起玩杀人游戏。久而久之，这一片的旅游村都被称为了杀人村。

也有种说法，说进入这样的旅游村后，先是以正常的流程登记、住店。一般是以寝室为单位登记，情侣则住在单独的房间。到了后半夜，房间的电话就会响起来。有些是特殊服务，而有些是杀手。他们会问一些莫名其妙的问题，如果没有答上来，或者随手挂掉，或者不接，都有可能被杀掉，抛尸在旅馆外面。

天彻底黑了，车上的人说着这些无稽之谈。还开玩笑说，如果谁运气差被杀掉了，室友得帮忙把骨灰带回去。

汽车开入了村子。村子门口搭了一个木牌楼，牌匾上竟然真的写着"杀人村"三个字。用一串灯泡围了起来，轮廓的灯光是霓虹色的，在炎热的夜间泛着凉气。

晚饭时间都过了，我们直接搭起篝火，在篝火边吃过饭，开始玩杀人游戏。玩了几局后，我坐到了一边，看着他们继续玩。他们结束游戏，又在篝火边唱歌、喝酒。散场后，看得出来大家都很疲惫。篝火边狼藉一片。时间很晚了，整个夜晚都快过去。

我住的房间在走廊的最西边，走廊的尽头有一扇窗，从窗口往外望恰好能看到山林中隐约的墓碑。我将一个喝得烂醉的同学扶进了房间，回到自己的住处。我住在单人间。我不想和别人住在一起，便要求自己单独住一间。我自己单独付钱，不从班级费用里扣。

简单冲了个澡，我躺上床。本想找本书读，却因为实在太累，半躺半坐便睡着了。不知过去多久，有电话的铃音传入我的耳朵。我睁开眼睛，看一下窗帘，外面的天色已经泛灰了。

翻身接起电话，是班里同学耿岩泽的声音。

"嗯，什么事情？"我迷迷糊糊地问。

"我们都死了，和你道别。"耿岩泽的声音冰凉凉的，他从凌晨的雾气中抽出一把白亮的刀，拍在我的脸上。

我顿时清醒，坐起身来："什么？"

电话那头的声音又变成了谢颖的，耿岩泽的女朋友。她拿过话筒，不知是装醉还是没醒，说："我们死了，死了呀！"

她的声音有点闷，带着情绪，语调断断续续的。

"什么？"我继续问。

"我们……"

一下，电话断了线，耳边一片空白。

夜声涌起，蜂鸣一般。

我拿着话筒坐着，觉得这一定是玩笑。车上有人说起那些无聊的传闻，肯定会有人恶作剧。这样的电话玩笑，也许已经进行了一整夜。我与耿岩泽、谢颖都不熟。他们是情侣，住在同一个房间，两个人住在一起总会找点事情做。

我拿着话筒躺了一会儿，又把话筒丢在地上，躺了半天还是睡不着。看了窗外，天已经快亮了。我准备出门散步。

走出房间，我感到说不出的陌生，感到走廊中有异常的凉。像是会突然蹿出什么。仔细观察才发现，整条走廊的房间都开着门。我缓缓走过走廊，小心地向房间内张望，里面好像没有人，只拉着交错的晾衣绳，被子垂挂在上面。好像客人都已经走了，这里要停业修整很久，所以得把被子垂挂起来。

我走下楼，我们租来的汽车也变得异常破旧。车身上的油漆像被水泡胀的皮肤，东一块西一块鼓起。有的已经剥落，露出粗糙的锈。车门近乎脱落，车里什么行李都没有了，甚至连座椅都消失得无影无踪。莫非这里真的是杀人村？那杀手一定是看不见的潮水，一夜之间淹没了这里。现在，这里只剩下一些残骸。

我又想到耿岩泽的电话，想到谢颖的声音，觉得自己应当赶快离开这里。拨弄了一下这辆车，它彻底没指望了。我跑出村子，来到大路上，看到路边有零星一些人在汇集。走近看时，那些人都有和我相似的脸庞，几乎可以说就是我自己。但我没敢仔细看。他们也没有在看我。我们就这样彼此侧脸站着。

这里是一个公交车站，竖了一块铁皮牌子示意。牌子上的字根本看不清楚。在晨雾中，我们等公交车，我们像海水中浮动的衣服。是投海的人留在海里的。公交车来了，我挤在人群中没有说话，也没有任何人说话。我坐上车，我希望能早一点回到学校。

回到学校，除了被校方撤销处分，除了拿到一个保研名额，我还做了一个梦。梦里有一个人靠近我，靠得非常近。他用鼻子嗅我，像熊，像死神。他拷问我，嗅我。最后站起身来，站得非常高大，抬起他的手臂向我展示。我看到坚硬粗糙的礁石。

场景里，那辆租来的汽车还没破成我见到的那样。我躺在地上，也可能斜倚在树边。我没有看到他开口，却知道他在说话，知道他说了什么。显然，他就是杀人村的杀手。他是这个世界上的杀手，他要去杀死世界上的聒噪。这个世界可以分为聒噪与沉默，他越过山川、平原，在夜间抵达那一个个小旅馆，将聒噪打倒在地，将他们杀死，割下聒噪的舌头。他收集聒噪的舌头。他以后不再说话，只借用聒噪的舌头说话。

他抬起他的手臂向我展示，他的手臂是礁石，上面满是柔韧的舌头。礁石下是声音，每一条舌头都暗藏一种声音。我眼前像是有一台放映机，为我展示他的锋利。我看到纤细的刀割下牡蛎鲜嫩的肉，刀尖刺穿，蘸过了酱料，往嘴里送。我闻到海水的腥味。

事实上，这大概是割舌仪式的倒放。

那些理应已经死掉的同学，都好好地生活在我的周围。他们是陆续回来的。耿岩泽、谢颖也回来了，他们沉默地分手了。谁也没有提起过那次出游，更没人问起那辆租来的汽车最后去了哪里。不知是缄口不谈，还是一切都未曾发生。我是不会去问的，我有着最沉默的舌头。

仔细想一下，他们似乎确实被割去了舌头。他们无时无刻不在沉默。失去了聒噪的舌头，他们只能变得沉默。

甚至，那些没有与我们一起出游的老师，也变得沉默。上课时他们张开嘴，却什么声音都没有发出。

更为可疑的是，现在我讲述这个故事，熟练地运用文字，表述能力似乎不算太差，为何我却成了沉默的幸存者。

我想过两种可能，一种是杀手弄错了，或者他撒谎，他并没有辨别聒噪和沉默的能力；另一种则是，我也获得了和他一样杀人于无形、锋利地割舌，以及用别人的舌头说话的能力。

我可以不开口就杀人，不张嘴就表达。

这些能力的获得，源于目击一场不存在的割舌仪式。

拟　仿

　　把硬得发直的手臂甩到脑后，他的关节很涩，发出声响，中年胖子戴上青年胖子的鸭舌帽。一定得以十几年前流行的方式反戴。这让他重新成为十几年前的胖子。根据一个旋卷状的动作，一个执拗的高中生由此塑形。他的双脚出现在房间外，带着时间不规则的阴影，带着灰尘。

　　家里的体重秤又坏了，是胖子踩坏的。当他构思模型的思路受阻，或者遇到任何其他事情，胖子都喜欢站在体重秤上思考问题。什么也不干，就是站着。他觉得自己只要站着，问题就可以解决。总能想到办法的。他站在体重秤上，时间的刻度总是向右，而体重秤的刻度总是向左。只要他站得够久，就可以明显发现自己瘦了。但在这之前，总是体重秤先被踩坏了。

　　"又被你踩坏了。"十几年前的爸爸回到家说。

　　时隔十几年，这句话失去了重心。爸爸可能只是在表述一个事实，又好像不是。爸爸是在指责胖子吗？特意指出体重秤是由胖子踩坏的，甚至暗示胖子在破坏家里的一切？还是强调体重秤，指出它是一个损坏率极高的物品？时间之中，一切都在游移……

"哦。"胖子有口无心地答道。他的回答对应这种游移，是简单的一刺，却可以刺中任何一个关键词。

这个回答在刺出去的同时，也反过来刺进十几年前的胖子的内心。世界真的会慢慢变好吗？至少大家都是这么觉得的。那么体重秤为何总在变坏？生活中的一切为何总在变坏？如何才能不慢慢变坏呢？

这个问题，显然给了他迎头一击。

胖子从小就喜欢手工制作。在小学的时候，他曾拿过区里航模大赛的一等奖，他得到了一笔奖金，是组委会对他的鼓励。这是对他航模制作技术的奖赏吗？胖子不这么认为。他觉得得到奖赏的是他，是他对问题的思考。这里面有着微妙的不同。航模制作技术是胖子身外的。

他用奖金买回一些航模材料：木条、胶带、贴纸、铁丝、马达、电池。他要做一个更好的，要拿到市里去比赛。他站在体重秤上，构思新的航模如何制作，他这样站着想着，时间就流走了。

流走的时间不是一分钟、一小时、一天、一年。他也没有真的站在体重秤上一动没动。如果是那样，他会瘦得很明显，可他变得更胖了，鸭舌帽也变小了——

帽子下的头发被压平，沿着帽檐向外辐射。

他的成绩不算好，主要是偏科，考上一个专科，谈了一次恋爱。马上，又被女友甩了。他毕业，像一个废弃的零件被闲置在家。随手丢在纸箱里的那种。他仍继续做着模型。

体重秤上的刻度，有时会间接告诉他时间的流走。

有时，会发出清脆的声音。

体重秤又被踩裂了。

胖子去给体重秤买零件，他已经可以自己动手修好它了。他还准备顺便买一点模型零件。走在路上，他又有了新的想法。他觉得自己可以做一个体重秤的模型，来探究体重秤被踩坏的根本原因。事实上，他还得专门做一个房间的模型。只有相关因素足够，对现实世界的模仿更精确，得出的结论才能更接近现实。

模型很快就做好了，是一个小小的房间，摆着一个小小的体重秤，上面站着一个小小的胖子。胖子给模型中的自己设定了程序，让他每天固定时间站在体重秤上，思考如何做出完美的模型。

模型中的时间过得很快，胖子很快发现了问题所在。他将模型中的胖子去掉，果然，不管是模型中的体重秤，还是现实中的体重秤都不会再被踩坏了。

胖子的这个举动完成了一次象征。在现实生活中，他似乎也被抹去了，不会对任何东西造成伤害，他成了世界上的影子。

而更大的象征，是模型与世界之间的互文关系。当他把自己从模型中取出时，模型自动铺展开去，从胖子的房间，到厨房、客厅、阳台、楼梯、草坪、小区门卫、马路、汽车、公交车站、舞厅、电影院……胖子没有在模型中放任何人，胖子已经把自己都抹去了。

于是，模型成了一个无人可以触及的物品。不仅仅是模型，世界上的所有事物都不可被人触及。它们不再损坏，如同模型一样长久。世界上所有的人行走在世界上，都变成了世界上的影子。

胖子可以继续站在体重秤上。无论他思考得多么沉重，体重秤都不会被踩坏了。汽车不用再加汽油。但同时，人类已经没法再开汽车了。所有东西都可以无限次使用，不会被消耗。

世界上最重要的东西就是思考，人类变成了一种思考。

可惜的是，世界得以不被损毁，在世界中的模型却并不能真正永存。模型成了这个世界上唯一一会损坏的事物。在某个看不见的角落，模型的某个零件卡住，发出尖锐的声音，断了。模型再也不能象征整个世界了。

世界上的人也回到了正轨。可以开车，也得为汽油付钱。会遇到火灾，在火灾时呼叫119。胖子的身体也回到了时间中。

但他没有意识到时间的重临。他依旧站在体重秤上思考，体重秤已经碎裂，塑料碎片掉在地上。他没有意识到。他一直没有吃东西，也并不感到饥饿。只是一天比一天衰老。在时间的流动中，胖子的房间也变成了废墟。整个小区被大火洗礼，所有的房子都被烧尽，剩下黑色焦炭般的残骸。胖子仍然进行着他的思考。

　　直到有一天，他的思绪回到了过去，钻到已经一毁再毁的床下，发现了当年的模型，还有他的鸭舌帽。轻轻一吹，面汤般浓稠的灰尘，在空气中缓慢地翻滚而来。

　　体重秤归零，他要重回时间吗?

精　卫

炼油厂的烟囱，正如往常一样，向上刺去，舔着油红色的火舌。废料燃烧过后，白烟像蜡笔画出来似的，稀薄地向远处扬去。

精卫放学了，没有径直回家，而是在秘密基地待了一会儿。秘密基地没有人，没人来找她玩。他们大概是不敢找她。她觉得无聊，折了一截带叶子的树枝，小扫帚似的，边甩边回家。快到家的时候，随手扔在了楼道里。

精卫在书包里找了半天，发现没带钥匙，也有可能是丢在了学校。她抬起脚把门踹开了。

她脱掉自己的裙子，和书包一起丢在门口，到厕所里把门反锁了。锁完门坐下，才想起烟和打火机都在裙子口袋里。她又站起来，把厕所的门踹开。

终于抽上了烟，滚烫的烟都快把嘴唇烫破。

烟雾上升，精卫回想起自己与老师的矛盾，那是一场因剪刀而起的纷争。在老师的课上，精卫拿出指甲油涂了起来。老师没有说话，只是继续上课。老师也没有什么好说的。

精卫的指甲涂坏了。左涂右涂都涂不好，气得她找出一把小剪刀，把自己左手食指的指尖剪掉了。血溅在课桌上，溅出一个斜面。看到桌子上的血，老师实在忍不住了，开始教育起精卫。

"是我自己的手指，我想剪掉就剪掉。"精卫说。

"可是很恐怖啊，还破坏了教室卫生。"老师说，他走到精卫面前，夺下精卫的剪刀，"中午来我办公室一趟。"

到中午的时候，精卫的食指已经快长好了，指甲又变回了接近粉红的肉色。她可以重新涂指甲了。

精卫来到办公室，发现一个人都没有。她的剪刀放在老师办公桌的正中，压着一沓试卷。

精卫把剪刀放回口袋，默不作声地走下楼，走到自行车棚里，把老师的轮胎拆了一个下来。精卫用伟大的剪刀把轮胎剪碎。

事情显然没有结束。下午上课，老师把校长带到了教室。校长就坐在教室后面。老师的课还是那么无聊，精卫又拿出了指甲油，又拿出了剪刀。手指又涂坏了，她把左手剪了个遍，五枚指尖像五枚子弹飞了出去。老师气得把书摔在讲台上。

精卫想，那干脆不上课好了。她背上书包准备走人，可是老师拦住了她。她一脚就把老师踹倒在地。

看到老师躺在地上，看起来好丑，精卫忍不住又帮他修了一下发型。校长从教室后面走了过来，弯腰看着地上的老师。

"这个发型怎么样？"精卫问。

"不太好看。"校长说。

老师的发型确实不好看，比之前的还丑。那也没有办法了，只能等着头发长出来。精卫决定给自己提前放学，迅速逃离现场。

坐在厕所里，精卫开始反思自己："这样做，是不是太过分了？"一根烟已经烧到了尽头。

"精卫！"有人在敲家门。一个深沉的男声，不像班里那些男孩，只敢用幼稚的声音在楼下喊。

"精卫，走吧！我们好久没出去啦！"男声说道。

"门没锁。"精卫回应道。

因为门已经被精卫踹坏了。

只听到身下"哐啷"一声，似乎有什么坚硬的东西掉到马桶里了。精卫低头看去，咦，是个扭蛋。大概是霸王龙，或者就是重爪龙之类的。精卫双腿之间掉下了一个塑料玩具。

看着抽水马桶中的玩具，精卫觉得自己已经把坏事干尽了。好在还有冲水按钮。接下来的一切，就交给冲水按钮吧。

以及，另一根烟。

精卫又点起了一根烟。

她叼着一根烟，烟的火焰进入了气管、肺，气管和肺都燃烧了起来。她呛出一口火焰，火焰把眼睛和眉毛都熏着了，还点燃了她的头发、衣服……

现在，炼油厂正值夏天，热得像冒泡的玻璃汽水瓶。那个男声越来越近，靠近到了耳边，在瓶颈处嗡嗡作响。

精卫又吞下了一口烟，觉得喉咙好疼。整个炼油厂的樟树都在燃烧，亮成一片。精卫的身体越来越轻，她不由自主地舒展翅膀，缓慢掀动，向上腾起。她飞到炼油厂的高空，她的内心空空荡荡，只是在海面上无意义地来回盘旋。而翅膀的末端，正滴落一片片火焰，似乎准备无声地焚尽茫茫大海。

烟

　　醒过来的时候，预约的糖精还没有送到，鼻腔里苦涩的气味也仍没有散去。我感到苦，从鼻腔一直苦到咽喉，还感到颗粒般的疼痛。至于身体，背部好像被什么粘住了，我深陷在陌生的沙发中，动弹不得。我的双手汗涔涔地插在大衣里。

　　腿已经基本感觉不到了，像是从我身下消失了一样。我把手从大衣里拔出，沿着腿一直摸下去。双腿还在，但是彻底麻木了，不知何时才能恢复知觉。

　　我只记得自己预约了糖精，我需要糖精。我被困在这里了。我推动沙发扶手，想把自己从深陷中推出来，我想把自己撑起来，但似乎没什么作用。脚上没有知觉，否则可以试一试脚上用力。

　　要是背部真的与沙发粘在了一起，那么用脚顶也许会很痛，背部会有撕裂的感觉。但至少得让我试一试。

　　我想，我暂时是无法离开沙发了，只好百无聊赖地打量起四周。也许我已经观察过上百遍，但我记不起来了。我发现自己在一间封闭却又明亮的房间。

这亮光并不是来自灯，或者别的什么，更像是房间本身就通透明亮。我的右边是一张茶几，再过去一些是另一张沙发。那张沙发上没有人，没有谁像我一样倒霉。我的面前是床，同样没有人，不知是给谁准备的。再远一些是门，墙上没有窗户。

我观察这扇门，看到门缝下面有一层柔软的烟，试图涌入房内。升到距离地面三五厘米的高度，就消散了。

我被困在了沙发上，房间门缝下在涌入烟雾。我在思考这些是什么意思。敲门声响起了。敲得很大声，让我觉得鼻腔更疼了，疼到了我的脑中。敲门声伴随着喧声，门外似乎很多人。但不是冷冰冰的，而是清脆的喧声，像是用指甲在花茎上剐蹭。我知道，是少女来了。

得有人去开门。但我深陷在沙发里，没办法开门。

我便试着说："门开着，请进吧！"

门把手扭动了两下，门竟然真的打开了。看来门并没有锁，敲门只是少女的礼貌。一个少女把头探了进来，小心翼翼地滑入一只脚，小心翼翼地滑入另一只脚，将门在身后关上。

少女的眼睛盯着我，手仍放在背后，轻轻敲了敲门。门外的少女们一下子都不说话了。

少女走到我的面前。我还没有开口，她就先问了起来：

"先生，您有烟吗？"

烟？她指的是什么样的烟？这个问题让我感到熟悉，我可能已经回答过了，可能回答过不止一次。可是到底是什么烟呢？

我把汗涔涔的手伸进衬衫的口袋里，前胸口袋空无一物。不知为什么，我的手还是汗涔涔的，像要滴下水来。

"不，不是这样的烟。"少女摇摇头，"请再找找，再找找吧。一定能找到的。"她建议我。

我又将手伸入大衣的口袋，依旧什么都没有摸到。我做了几个掏口袋的动作，什么都没有掏出来。

"抱歉，真的没有。"我说。

少女的眼睛却睁大了，她高兴起来："这就是烟啊，这就是！"她伸出手，在我身侧缓慢地合拢，拿到面前深吸一口气。

我这才注意到，当我掏口袋的时候，几缕类似蛛丝的东西被带了出来，在空气中拉得长长的，闪着光泽。仔细看就会发现，这其实是暂未消散的烟。它们在空气中凝结成了丝，轻盈地停留着。

我轻轻吹了一口气，烟被打乱了，变成与普通的烟类似的形态，消散在了气流的末端。

"哎哎！不该浪费烟的。"少女变得有些着急，马上又恢复了常态，"不过，先生想浪费的话，是可以浪费的。"

我的鼻腔仍然疼痛，隐约觉得有溃烂的迹象。我回想不起很多事情，只记得自己预约的糖精一直没有送来。

我问少女："糖精什么时候能送来呢？"

"糖精还没有送到吗？真是对不起。"少女说，"马上就会有人送来的。请问您要的是大份的，还是中份的，还是小份的？"

"也许是中份的吧。"我随口说了一个规格。

"好的。等我走了以后，就会有人送来的。她会戴着隔热的白手套，为您端来滚烫的餐盘。掀开镀银的托盘盖，糖精就呈现在您眼前了。糖精会马上充满整个房间，像烟一样美好。"

少女说了一长段话，像是很早就准备好了似的。也许确实是有所准备。少女停顿了一下，又说：

"但是，那是我走以后的事情了。我是来和您聊天的，您能再掏一些烟出来吗？我可以和您聊天。"

于是，我又试着从口袋里掏东西出来。这次，我真的摸到了丝线，它们是细微的，也是光滑的。我用手指绕了一圈，又绕了几圈，从口袋里往外抽。果然是烟。烟起初是看不见的，但是越往外抽，就越显眼，最后变得浓密，向上腾起。

我源源不断地从口袋掏出烟来。烟不断从成束的丝线，腾起成常态的烟。柔软翻滚着，涌入我的鼻腔，翻滚着堆积在房间的高处。

我们坐在烟里，我们坐在浓密之中。

"我有很多烟。"我有些得意。

"对，真美妙啊。"少女惊叹。

她像小猫一般，仰起脖子，舔舐空气中烟的痕迹。烟幕被一层层舔去，淡了下来，像玻璃上的雾气被手指涂抹掉。

她开心地在床上翻滚，把衣服都滚皱了。

确实，烟可以让我舒服。少女走了以后，我疯狂地剜着大衣口袋，像是剜着鼻腔中溃烂的伤口。我把成堆的烟捧到面前，低下头去，把我的脸埋在双手之间，尚未消散的烟进入了我的鼻腔。我能感到鼻腔里在嗞嗞作响，溃烂处在喷出热气，缓慢愈合。

我觉得自己也许并不需要糖精了，因为我根本没有见过糖精。但我见过烟，烟是实实在在的，从大衣口袋里掏出来便是。我更加坐在浓密之中了，我拧着自己的手指，更加感到沮丧的得意。

再一次把自己埋进烟里。我大概也不再需要少女了。她们让我的鼻腔更加苦涩，更加疼。希望她们不要再来了。

我有烟就够了。烟顺着鼻腔进入我的呼吸道，进入我的肺部。偶尔也越过喉咙，莫名其妙地咽进了肚子里。感觉也不坏，让人有想笑的感觉，但肚子里酥酥麻麻的，让人笑不动。

但是过了一会儿，又有别的少女来了。她们已不再敲门，她们早已不再敲门。她们并没有给我带来糖精，不管是大份、中份，还是小份。没有戴着白手套端着银托盘的少女，没有糖精。

她们在床上翻滚，互相推搡，沉浸在整个房间的烟中。等烟不够浓密了，她们就跳下床，粗鲁地把手伸进我的大衣，把烟掏出来。只有手指仍是精致的。她们恨不得把我倒过来放在地上，让口袋里的烟自动冒出来。没有人考虑我的感受，我就这样坐在沙发里无法动弹，鼻腔里依旧疼着。没有人经过我的同意，她们在抢夺我的烟。

好在烟是无穷无尽的。她们将烟端起来，丢到对方身上，互相丢来丢去。烟，柔软地撞散，在少女的身体上。

我的鼻腔里，烟留下的酥麻感觉还在。但是又有些疼起来了。我看着少女们，没有再从口袋里掏烟出来。

我像是站立在滚烫的淋浴中，就此被热水冲化。

这批少女终于走了。我感到疲惫，我想躺到那张床上休息一下，但是不能。那张床就是用来惩罚我的。

我深陷在沙发里，我在沙发里融化，大衣里的烟仍然一层又一层柔软地逸出。预约的糖精还没有送到，但我希望少女不要再来了。她们是不会给我带来糖精的，我有烟就可以了，甚至——

我一面克制自己，告诉自己别再使用烟了，一面又希望烟能让我溃烂的鼻腔快些康复。

雨　天

　　要是有灵敏的鼻子，就能在夜里闻到：干燥的雨季又到来了。一夜之间，以炼油厂居民的默契，生活小区的阳台上挂满了汤汤水水。肺头老太把家里的旧衣架翻了出来，她也想趁着雨天，把皮囊里的汤汤水水掏出来扑打一番，晒晒干净。

　　可肺头老爷又出门钓鱼去了。

　　肺头老爷退休以后唯一的爱好，就是钓鱼。他原本烧得一手好菜，但自从退休，就不肯再下厨了。他每天坐在阳台上看报纸，潮湿的阳光在空气中浮浮沉沉的。到了吃饭的时间，他就收起报纸，缓缓地把头低下，盯着空荡荡的饭桌。他让视线从镜框上方斜投出去，投到饭桌上。

　　或者就是，拿着渔具出门，骑上自行车，三五个月都不回来。他去的是水库，要穿过一大片田野，还有一条铁路。

　　有时候刮风，他就被吹到天上去了，幸好鱼钩还沉在水里。他紧握鱼竿，在空中睡着了，像个被水库放到天上的风筝。

没有风的时候，他要是困了，就跳入水里睡觉。他喜欢水草的柔软舒适。

有时他回来，带着一袋鱼骨头，是他吃剩的。他出门从来不带食物，水库里都有。钓鱼的时候，他就吃鱼。

要是连续好几天都钓不上鱼，他就点一把火柴，潜入水中，直接在水下烤几条鱼。

钓完鱼，他带回了鱼骨头。

肺头老太要把鱼骨头扔掉，这得耗费她好几个月。因为她的腿脚不好，每次下楼只能扔掉一小袋。

肺头老爷坐在椅子上，觉得她好像每天傍晚下楼扔了鱼骨头以后，就没有再回来。夜里房间安静，像没有人住在里面。到第二天早上，她才骑着三轮车，带着新买的菜回来了。

不管怎样，肺头老爷不喜欢下楼。除了出门钓鱼。

肺头老爷出门钓鱼了，所以肺头老太要是想晒汤汤水水，就只能靠自己。她又太矮，没法把衣架挂上阳台的晾衣竿。她还得把汤汤水水从皮囊里掏出来，那样她就更矮了。

这个问题，困扰了肺头老太好几天。

她终于想到向自己的儿子求助。她有三个儿子，儿子们的联系方式都写在床头柜的那本万年历上。

她拨通了大儿子的电话，大儿子是个卡车司机。

"喂，肱二头肌吗？"肺头老太冲着电话喊。

周末，肺头老太去医院看望自己的儿子，儿子已经变成了一张透气的皮囊，依稀可以看出卡车座位的形状。

肺头老太在儿子面前大哭不止。医生则在边上宽慰她，说没有关系的，用羊肠重新做一个身体，把器官组织填回去就好了。

"是我不好，"肺头老太说，"开车还是不该打电话。"

肺头老太又给二儿子打了电话。二儿子脑桥，是个化学家，接电话的时候他错把皮鞋油加入了化学反应式，"轰"地一下炸成了粉末。医院只好用网兜来收集他。

小儿子是个运动员，叫股骨头。接电话的时候，双腿忘记了跨栏，但又跑得太快，被栅栏削成了两半。

肺头老太只是想晒一晒汤汤水水，仅此而已。雨季都快过去了，潮湿的晴天都快到来了，再不把汤汤水水晒出去，就再也来不及了。

从医院回来，肺头老太打开家门，发现有什么东西掉在了地上。她捡起来，是一张小卡片，上面是一行黑体字：汤汤水水雨季晾晒股份有限公司。

黑体字下面是他们的电话，以及一段广告词：

"还在为够不到晾衣竿而烦恼吗？还在因雨季将要过去，而汤汤水水还湿漉漉、湿淋淋、湿得往下滴水、尚未晾晒而忧愁吗？请联系我们，竭诚为您服务！"

肺头老太拨通了电话，那边很是热情，说马上就到，还不忘加一句：竭诚为您服务！还没挂下电话，敲门声就响了起来，像雨水溅在阳台瓦楞板上的声音。

是汤汤水水雨季晾晒股份有限公司的人吗？肺头老太

踮起脚，从猫眼里望了一下，确实是个穿着深蓝色脏兮兮工作服的人。

她打开门，楼道下面突然又拥上来一群小孩，团在那个工人的周围，发出窸窸窣窣的声音。声音虽然轻，但依旧像潮水一样袭来，冲得肺头老太脑袋直疼。

工人不好意思地笑了："这些小孩，也是来帮忙的。"

肺头老太不喜欢小孩，但不管怎样，他们已经到了门口，肺头老太也不能不让他们进来。他们都是来工作的。她将门口印着"欢迎光临"的垫子翻了个面：

"进来吧。"

小孩们像到了节日一般，欢快地拥入了房间，开始不停地摆弄这个摆弄那个。有人把肺头老太的饼干盒打开了，铁盒里的饼干被一抢而空。肺头老太的老花眼镜也被抢来抢去，一个镜片被拆下来当放大镜，最后消失在了小孩们之间。小孩的手上什么都没有。

"哎哟，你们安静点好哦？"肺头老太快控制不住场面了，"快晒吧，晒好就快走吧。"

工人不怀好意似的笑了，连连说对不起。

他掏出工具箱，拿扳手在箱子上敲了敲，让小孩们安静。小孩们听他的话，安静了下来，围成一圈盯住他看，像是在学习。工人让肺头老太躺在桌子上，帮她把皮囊打开，对小孩们说：

"快叠罗汉，叠高了！"

小孩们人叠人，小孩叠小孩，几下就叠成了人塔。

工人从皮囊里掏出一个汤汤水水，还在往下滴水，用夹子夹上衣架，递给人塔上的小孩。

　　小孩接过衣架，很不乐意的样子："我不想晒。"

　　"晒起来啊，快！"工人不耐烦起来。

　　那小孩顿了顿，突然从人塔上跳了下来。他一跳，别的小孩也跟着跳，人塔一下子就散了。

　　小孩拿着那个汤汤水水，飞快地冲出房子，向生活小区门口奔去。所有的小孩都跟着他奔逃，形成一个箭头。

　　工人也追了出去，冲小孩们气呼呼地大喊，然后一溜烟不见了。他早就悄悄提上了他的工具箱。

　　肺头老太从桌上支起身子，摸到了老花眼镜。但少了一个镜片。她打开抽屉找了找，找到望远镜，对准小区门口的小孩们。肺头老太看清楚了，那是她的一截盲肠。

　　看着小孩们远去的身影，肺头老太叹了一口气。拿去就拿去吧，反正小区里的日子永远会继续，炼油厂也会一直运转下去。汤汤水水们，终究还是会再长出来的。

　　肺头老太感到鼻子里开始潮湿，是晴天到来的征兆。干燥的雨天要过去了，小区又将变得如沼泽般漫长、沉睡。

水　库

醒来的时候，是午后，浓郁的水草气息浮游在水库上方。我的嘴里像是嚼了一只甲虫，脆脆的，还有苦涩却独特的味道。其实我的嘴里什么都没有。

干脆再多睡个回笼觉，到傍晚再去工作吧。可是二小已经在楼下喊起来了，他的嗓门又大。

"你好烦！"我回了他一声。

"店里来了一个女孩，"他继续喊，"晚了见不到啦！"

我骨碌爬起了身，趴到窗前："真的吗？"

摩托车被踩得噼啪作响，排气管像是要爆掉一样，这让我们感到愉快。这也是我们选择这一行的原因。

我们为水库的死鬼送牛肉汤。每天午后都骑上摩托车，到牛肉汤店取货，绕着水库兜风。风呼啦啦地在耳边吹过。几圈下来，再打开摩托车后面的箱子，牛肉汤已经消失殆尽了。

听起来很恐怖，但总要有人做这些事情的，反正我们又喜欢骑摩托车。

我们在去店里的路上，先经过了水库。可以看到河鱼在水中翻滚，水声激荡。远处一群牛正在下水，那是牛肉汤店的牛。它们每一头都露出獠牙，身手矫健，如同光滑的猛兽。它们从水库边上，一头接一头地栽入水中，水花四起。牛群从水下一片片地冒出身子，成块的水从它们身上倾泻下来。它们的背上泛着粼粼的光。

到牛肉汤店的时候，连厨师都去午休了。我们推开门，大小正坐在长条木凳上吃牛肉。我们迟到了，大小已经把牛肉汤送完了。但我们仍坐下，等着上菜。

老板走了出来，看到我们也没说什么，只问我们要不要喝酒。我们说可以。于是他进去帮我们叫酒。

厨师午休了，只能吃现成的菜。那天下午的牛肉和酒，就是那个新来的女孩端上来的。她的脸很白，一直白到了耳根。她的头发很黑很亮，还有一股牛肉汤的味道。

我偷偷凑近了闻，真的是牛肉汤的味道。她和那些全身碱味，或者皂角味道的女孩不同，她比她们好闻多了。

大小在桌子下踢了我一脚。

女孩也意识到我在闻她，看了我一眼，转身笑了。她消失在了门后面。

我们吃着菜，和老板聊天，一下就聊到了晚上，老板也累了，说是要早点休息。

我们三个走出门外，大小突然说自己有事，还得再和老板谈谈，让我们先走。于是我和二小跨上摩托车，驶入了夜幕。

开出去没多远，二小就问我："你说，我哥是不是去找那个女孩了？"我想了想，觉得二小的话有道理，心里也有点难过起来。

第二天，我很早便醒了。嘴里甲虫的味道没有了，不觉得苦涩，只觉得臭。我很难得地刷了个牙，还在水库边上擦了身子。

临近中午，二小才来找我。其实，已经比平常早了很多。他的膝盖昨晚不知怎么碰伤了，涂了一大块紫药水。他一见到我就冲我说："走！"

我们骑着摩托车经过水库，看到河鱼汹涌地吞食着什么。牛肉汤店的牛群又在下水，它们涌入水库，露出鲜艳雪白的獠牙，吞食起河鱼。水库里一片鲜红。多数是河鱼的血，也有牛与牛之间误伤的。伤得太重的牛，会与河鱼一起被别的牛吃掉。鲜血在深翠的水中洇成一片。

到了牛肉汤店，大小不在。他昨晚没有回家，也不在店里。老板好像也不在，女孩也没有露脸。我们装上牛肉汤就走。

到了晚上，大小仍没有出现。这下我们知道了，他失踪了。我和二小骑着摩托车去找他，没有找到。

夜色已经漆黑。大小可能已经不在水库了，他夜里也没有回来。我们一直等着他，等他到了深夜。

他也许像那些人一样，乘上某辆去县城的公交车，消失在山的外边了。

女孩没有露脸，是不是也和大小一起走了呢？

我和二小蹲在水库边上，一点灯火都没，水面是一片黑镜。

大小是不是遭遇了什么不测呢？

二小回答得很坚决："不可能。"

过了一会儿，二小又补充说："他肯定是独占了那女孩。现在，在不知什么地方躲着。"

夜晚漫长，我和二小很晚才各自回去睡觉。

中午，我们要去牛肉汤店。一路上是摩托车的排气管的爆破声，风在耳边呼呼吹着。我们都没有说话。到了店里，是那个女孩开的门。我们都感到惊讶。

因为，这说明她没有和大小私奔。那大小到底去了哪里呢？还因为，她太美了，远胜于之前的一瞥。她的头发黑亮浓密，湿漉漉地垂下来，带着热腾腾的牛肉汤的气味。她的嘴里不知嚼着什么，嚼得很细致。

日子就这样过了好久。女孩好像越来越美了。大小也一直没有回来，但我们已经不太关心这个了。

直到有一天，我们又来到牛肉汤店，发现里面的店员全换了。女孩出来，新来的店员喊她："老板好。"

女孩笑了，像温柔飘扬的旗帜，被水库的风缓缓吹动。她已经是老板了，但还是那么好看，向我和二小打招呼。

我们吓了一跳，站在那里。

她拢了拢头发，牛肉汤的味道从发丝间透了出来，进入我们的鼻腔，进入我们的肺部。

她再次把头凑过来，说："你们……吗？"

她说了很长一句话，说得很轻，我们都没有听清楚。

她直起身子，说："那我去换一套衣服，你们等着。"

之后转身，消失在了楼梯上。

新来的店员对我们说，想吃什么，随便点，都不要钱。想吃什么，他们就做什么。

他们还神秘兮兮地告诉我们："你们知道吗，老板的头发，都是用刚煮好的牛肉汤洗的呢。"

太让人吃惊了！疑问终于得到了解答。

怪不得她的头发那么好闻，她家的牛肉汤又那么好喝。她洗头的时候，头发在汤中游走，一定像水库里的水草。

除了她，还有谁能想出这样的绝妙方法呢？我们决定，以后要更喜欢她。

夜间来电

他（迟缓而有力地挥了一下手臂，带动躺着的身体）把手机从窗口扔了出去。（在挥臂过程中，他甚至没有睁开眼睛。换成几年前，摆在客厅的固定电话响了，事情可没这么容易解决。总之，世界在越变越好，而这个夜间足够安静。）

玩　笑

　　他出生的时候，整个炼油厂正熊熊燃烧着。火焰末梢的烟云，是煤灰色的，追逐煤灰色的鸟群。炼油厂像是静止、报废的巨型机器人，折起腿坐在那里，被浸透在火焰的海底。

　　他的父亲，在炼油厂一个潮湿的房间里。

　　房间的下半截涂了一层幽绿的漆，还在不断升高，房间像是灌满了水。父亲穿着深蓝色的工作服，在房间里潜水，从衬衣口袋里掏出一张卡片。

　　卡片在父亲双手之间递来递去，父亲在房间里来回走动。父亲的样子像是焦虑。后来他发现这样很有意思，就把卡片抛到空中，跳起舞来。那是一张纯黑的卡片，随着父亲跳跃的步伐，卡片上银色的液晶数字也跟着不停跳动。卡片抛起的时候发出机械的声音，里面大概安装了齿轮，有精密的结构。

　　他出生了，父亲马上把卡片塞到他的手里："这是你的身份证。别让你妈妈知道。"

　　他拿着身份证，摇摆起小手，像是随时会丢出去。身份证上的出生年月，也一直跳个不停，完全没有停下来的意思。

"好了，别晃了。"父亲说。

他停了下来，把身份证塞进嘴里，啃掉了一个角。

"好吧，还是先让我保管。"父亲说，"等你十八岁了再还给你。"

他的母亲正在外地出差，暂时没有回来，所以只能以非正常的方式生下了他。当年，母亲刚怀了孕，穿着和父亲一样的工作服（比父亲的干净、清爽一些），登上公交车，去了很远的地方。

到了临产期，母亲还没有回来。父亲只好给领导打了报告，请求领导帮忙："怎么办呢，我的孩子要在外地出生了。"

领导盖了章，拜托了通信公司，通信公司拜托了邮局，邮局拜托了零售商，零售商拜托了速食店，速食店拜托了锁匠，锁匠拜托了管道工人，管道工人看上去很紧张，从家里取来一个望远镜。

他问父亲："是哪一位要接生？"

最后，母亲在远方通过望远镜生下了他。通过望远镜背后漫长的管道，他抵达了炼油厂。管道工人的任务完成了。

"挺沉的呢。"父亲把望远镜还给管道工人，抱他下床。

他已经可以自己走路了。把身份证放回口袋，父亲准备带他出去散步。此时已接近傍晚，他们在公园里走着。

炼油厂的火焰依旧在燃烧，把天空映成绯红。

"多么热烈的蓝！"父亲赞叹道。

不到一个月，他就能认全红、橙、黄、绿、青、蓝、紫、黑、白了。作为炼油厂之子，他天生聪明。他不但能认出这些颜色，还能画出来。他画下了雪白的鸟群、橙色的樟树树冠、绿油油的行走着的植物人，而太阳是蓝色、虚弱的，每天通过服用抗抑郁药片维持光热。

为了奖励他的聪明才智，奶奶买了十斤西瓜，把大人们请到家里。西瓜都被切开，大人们围着脸盆吃起了西瓜。他们朝脸盆里吐西瓜子，像机关枪，不一会儿脸盆就满了。

奶奶把脸盆收起来，放在阴凉的地方，铺上海绵，用爷爷浇花的水壶浇水。没过几天，西瓜子就抽出细长的芽。奶奶下厨给他炒了一盘西瓜子芽。抽油烟机的力量太大了，许多西瓜子芽被吸了进去。为此，奶奶家的抽油烟机还找人维修了一番。

西瓜子芽是柔韧有力的，缠住了他的牙齿。他把干瘪的西瓜子壳吐到墙上，发出叮叮当当的声音。

西瓜子壳钉在了墙上。父亲去抠，把食指的指甲抠断了。

在他一岁多的时候，母亲出差回来了。

幼儿园的老师已经来过不止一次了，说他们家的孩子不够健康。当然，老师其实不是这个意思。他们只是找到了一种措辞方式。父亲不担心这个。父亲把这些告诉了他的母亲，母亲也不担心这个。

"这个孩子确实有些独特，可他是一个健康的孩子。"母亲说。

为了证明他很健康，出差回来的母亲准备训练他踩蚂蚁。母亲比现在更年轻的时候，她吃桃子，不小心咬破了桃子的核。桃子的核裂成两块，桃仁里涌出一大群蚂蚁。母亲把这些蚂蚁养在了枕头底下，一直养到现在。儿子出生了，母亲有责任带他去见识蚂蚁。

母亲把他抱到床头站好，突然大喊："你看，蚂蚁！"

他果然吓了一跳，抬起脚去踩。卧室的床被他踩塌了，墙面也被踩裂了，一直透到了隔壁家里。隔壁吓了一跳，要求他们赔偿，马上有了搬离这里的打算。母亲的蚁穴也暴露了。炼油厂决定，派专职人员彻查生活小区的蚁穴。并贴出告示，炼油厂内禁止饲养宠物蚂蚁。

他六岁的时候，父亲觉得该教他骑自行车了。

父亲把自行车锁在栏杆边，把他抱上去。他骑上父亲巨大的自行车，双手都够不到龙头，只好抱着面前的钢管。双脚也碰不到脚踏板。他被挂在了车上，什么都做不了，不一会儿就睡着了。等醒过来的时候，他发现自行车在缓慢行进。但因为后轮被锁在了栏杆上，自行车每前进一点，就会被车锁拉住。他被震得头疼，抱着面前的钢管，又无法下车。父亲蹲在一边抽烟。

又一次钢缆拉紧，自行车停顿了一下，终于直直地倒了下去。他躺在地上，换了一个视角看这个世界。

父亲走近了，把脸凑过来：

"还好吧？"

我觉得四肢发麻，一切都颠倒，一切都动荡不安：

"还行。"

十四岁的时候，叔叔来我们家了。我一直都不知道自己有这么一个叔叔。他看起来，比我父亲的年纪大了不少。

"快叫伯伯。"父亲说。

"是叔叔。"母亲踢了父亲一脚。

叔叔的右手没有食指。叔叔说，这是因为他刚工作的时候，很好奇，想知道把手指塞进落地扇里会怎么样。叔叔说，那个落地扇的叶片是淡绿色的，钢的。叔叔说，他还把手指捡起来尝了一下。

吃完午饭，父亲和叔叔聊起了工作上的问题，聊起了炼油厂里的机器。

聊着聊着，叔叔又开始好奇了。他说，要是我把手指塞进电源插座里，会怎么样呢？父亲说，大概会死掉吧。母亲说，可你是个橡胶人，是绝缘的，不会死的。

叔叔真的把手指伸进了插座里。

没一会儿，叔叔就被电死了。因为叔叔是橡胶人，他的假胡子掉了下来；假眼睛也掉了下来，那是两枚纽扣。叔叔身上掉落的所有东西，都被父亲和母亲收了起来，放进了旅行箱。

这个时候，我听到窗外一阵巨响，像是谁家的玻璃碎了，或者哪辆卡车的轮胎爆了，或者一棵大树在倾倒。我突然发现，炼油厂的大火还一直在燃烧，从来没有熄灭过。甚至，火势从未有过一点点的减小。如果再不逃走，我们可能会葬身火海。

父母转过头，紧张地对我说："走，快走！"

他们从床底下拉出早已打包好的行李，让我快出门等着。慌乱之中，我冲出门，看见一架直升机停在门口。父母把行李搬上直升机，关上后备厢。父亲转动钥匙，启动直升机，踩上油门。随着方向盘的转动，直升机离开了我原来的家。

坐在直升机里，我问父亲，叔叔怎么办。

"就让他死在炼油厂的大火里好了。"父亲说。

"他不是已经死了吗？"我说。我想问的，其实是叔叔的遗体怎么办。

"他是橡胶人，不会被电死的。"母亲说。

"如果用火烧，还是会死的。"父亲情不自禁地笑出声来。他把手背贴在嘴上，使劲吹气，发出一连串奇怪的声音。

这时候我才想起来，我们是要去哪儿？还有，直升机又是怎么回事？好像是故意的，父亲让直升机压得很低，我们一直在茫茫黑焰里，什么都看不清楚。

"我们要去豪宅。"父亲说。

"什么豪宅？"我问。

"就是我们家的豪宅呀，我们家有好多豪宅。平常我们告诉你要去炼油厂上班了，其实是到豪宅打麻将去了。"母亲开心地说，把一条腿搁在另一条腿上，"你也想学麻将吗？"

"到了。"父亲开始减速。豪宅区建在炼油厂的边缘，在大海与陆地之间滩涂上。

我有了一间很大的书房，可以在里面阅读，可以在里面写作。父亲告诉我，书房里有礼物是给我的，就在柜子里。

我走进书房，马上就在里面迷了路。我的脚踢在了什么东西上，把书架给弄倒了。书架又撞倒书架，书倒在地上，像涨潮一般不断上升。我干脆潜入书籍涌流的海面，向深处潜去，我发现了父亲所说的柜子。我在水底把柜子打开，里面都是未署名的手稿，笔迹风格不同，使用的书写工具也不尽相同。

从海底上来，我拿了其中的两份手稿。那份粗铅笔写成的手稿，很吸引人。我买了信封，准备把手稿寄给炼油厂作家协会。

"你会获得炼油厂文学奖的。"父亲表示赞许。

我的两本书顺利出版，卖得很不错，都入围了炼油厂文学奖的决选名单。我希望自己能够得到这个奖。在最终结果将要揭晓的晚上，我们全家都坐在电视机前等待。

主持人即将宣布最终结果，画面却被切掉了。电视里突然放起了台风警报。

热烈的蓝色符号不停闪烁：红色预警、红色预警、红色预警！

父亲对我说:"快,你快去整理东西。"

我去书房整理东西,感到一切都似曾相识。等我出来的时候,父母不见了。大厅里空无一人,只有一头恐龙,悠闲地吃着我们家的盆景植物。它背上的棘刺竖起,搅得大厅的顶灯哗哗作响。

我吓了一跳。电视里,水库已经倒塌了,洪水向着炼油厂的边缘扑来。核电站也开始泄漏了,三片扇形的标志在闪烁。

这时,又一头恐龙跑了进来,它说:"快,快走!"

我听出那是父亲的声音。那另一头吃着盆景植物的恐龙呢,想必就是母亲了。我看到窗外已经停着一艘巨型的宇宙飞船。

父亲说:"快上飞船!"

我很悲伤。难道每一次,我都要跟着他们一起发疯吗?我不想再和他们一起走了,我想一个人留下来。

父亲流下了泪水:"孩子,我们天生就是恐龙,这里要毁灭了,要变成废墟了,我们要回地球。这里不是地球。"

我也很难受,但还是说:"你们走吧,我不走。"

飞船缓缓地升起来,想必父亲已经踩上了油门,转动起了方向盘。我一个人坐在大厅里。细小的石子从地上溅起来,击打在大厅的玻璃上,玻璃被击出了一圈圈的蜘蛛网。

父亲在宇宙飞船里,对我比出一个恐龙的口型:"再见!"

我决定不回应他。

然后一道弯曲的光影，他们从窗前消失了，大概也从地球上消失了。电视里的台风预警，也渐渐减弱了。有叶片在风中降落，贴在玻璃窗的外面。

我稍感空虚地坐在地上。我想，他们是否会回来呢？但是他们没有回来。我坐在地板上，一直坐了三天三夜，他们仍没有回来。这一次，一切似乎是真的。他们不会再回来了。

时间过去，我渐渐觉得不那么悲伤了。坐在地上的时候，我只是在想，当他们的宇宙飞船飞离地面、从炼油厂上空匆匆掠过的时候，是否能看到炼油厂的全貌呢？宇宙飞船，比直升机飞得高多了。他们从空中往下看，炼油厂是否真如静止、报废的巨型机器人呢？像我一样，折起腿坐在那里。

这场大火安静地燃烧了多年，没有什么东西变成了废墟，一切安然无恙，除了我的内心。

恋爱的犀牛

犀牛甲和犀牛丁在大街上跑累了。

也难怪，一整个下午他们都在奔跑。他们沿着大街上流动的风奔跑，撞碎街边连排的橱窗，玻璃细屑像雨滴一样飞溅，丝毫没有嵌入他们角质皮肤的褶皱。他们的背部，反射着锡白的光。

但现在他们累了，他们需要休息一会儿。

犀牛甲率先准备坐下，他要坐到街边的椅子上。椅子看起来有些松动，也许轻轻一推就会摇晃。于是，被犀牛甲这样一坐，更是发出一声缓慢、干涩的尖叫，直接坍塌在了地上。椅子结束于一声闷响。在摔倒之前，犀牛甲稳住身子站了起来，拍了拍雨披的裙摆，继续示意犀牛丁过来坐：

"没问题的，来休息一下。"

犀牛在大街上跑累了，他们都坐了下来。并不算席地而坐，他们坐在坍塌了的椅子的椅面上。他们是并肩而坐的。

仔细观察，犀牛甲仍是一头普通的犀牛。作为犀牛，再普通也没有关系。他的头发湿漉漉地垂下来。眼神温和，并不躲闪，却泛着一层不确定。鼻子细长、微翘。耳朵机敏，其中一边扎了两枚耳标。像是动物饲养员打上去的一样。

他穿着犀牛雨披，帽子上的犀角已经撞得有些歪斜，但也不算破旧，还没到需要更换的地步。为了张扬个性，他还在犀角上挂了一个透明的塑料袋。不过尺寸太大，套在犀角上显得不伦不类。耷拉着，潮湿，仿佛蔫了的菜叶。不像旗帜。

犀牛丁则在角上涂了口红，鲜艳光亮，像是大汗淋漓。她确实大汗淋漓，她的雨披里一定是又潮又暖的。一下午的热气混合着名牌香水，在雨披里凝结成细白的薄雾。细琐的水滴，叮在皮肤上，顺着白皙的脖子向下滚落。从眼泪的痒、缓慢，滚落成眼泪的苦涩、滚烫。她当然感觉到了，但她像没有感觉到一样。她的脖子白得透彻，她活得像犀牛般无所谓。

犀牛都没有什么所谓的。犀牛无所事事，日复一日。这个下午并没有比别的下午更漫长，或者更短暂易逝。按照惯例，街道的上空突然出现一道细若游丝的烟，向大街尽头蹿去了。

"憋气练习又开始了。"犀牛甲转过头，对犀牛丁说。

犀牛丁从口袋里取出烟盒，不置可否地点点头。只是条件反射，只是出于对他的回应。她掏出一根烟递向犀牛甲："要吗？"

犀牛甲接过烟，点了起来。犀牛丁也低下头，把烟点燃。烟雾温吞地升起来了，一阵阵消散在头顶。

犀牛丁把剩余的烟丢掉，在烟盒上戳了两个小洞，又从雨披口袋里掏出两根吸管。

"你要吗？"犀牛丁递出一根吸管，"正好够两个人呼吸。"

犀牛甲皱皱眉头，把犀牛丁拿着吸管的手推回去："算了。"

于是，犀牛的憋气练习开始了。

当他们还不是犀牛的时候，当大街上的犀牛还是极少数的时候，犀牛甲曾是犀牛乙的男朋友。犀牛乙在一家酸奶厂上班，她的脸颊泛着果皮的光泽，扎马尾辫，身上有好闻的酸奶气味。既有馥郁，又有灵巧。她像是一个打开盖子的酸奶瓶子。

当他们还不是犀牛的时候，当大街上的犀牛还是极少数的时候。有一天，犀牛乙突然对犀牛甲说话，像自言自语。

"我爱上了一头犀牛。"她的气味快溢出来了。她尽力小心，不带任何的情绪。但谁都能闻出她的开心。

"哎，对不起，"她的眼睛很大，眼神里空无一物，她并不觉得抱歉，"我很喜欢他。"

她喜欢的犀牛，是犀牛丙。或许，是任何一头已经是犀牛的犀牛。总之，不是还不是犀牛的犀牛甲。

犀牛丙是铆钉厂的铆钉工人，块头很大，常常穿着汗衫走在街上。他身上的汗臭味也很大。看他的眼神，好像要把任何挡道的人都用铆钉打在墙上。他的汗臭味已经足以把人打在墙上。

"是真的喜欢。"犀牛乙补充。

犀牛乙接连地说话，也许是徒劳，也许会适得其反。只要说话就是错误。犀牛乙说着说着，语气就变得委屈，好像是自己受到了伤害，而不是她伤害了别人。因为犀牛甲一直没有说话，用沉默回应。犀牛乙觉得自己被沉默伤害了。她身上的气味依旧好闻，像一束植物冒出来，是一首不合时宜的歌。她无声地走开。

这几天，犀牛甲都没有说话。犀牛乙也没有说话。

又过了几天，作为变本加厉的报复，犀牛乙带回一套雨披，犀牛雨披。她要把错误变成彻底的背叛。

"我要穿着它上班，我也要变成犀牛。你懂我吗？我也要变成犀牛，像犀牛丙一样。"这次她一口气说完。

那个时候，犀牛甲还在大学里读书，是一个兼职工作的青年。（现在呢？现在犀牛甲是犀牛。）他有时候住在学校的寝室，有时候住在出租房里。他给街道上的报纸写广告。他也想写别的东西，他想学着写些文章，有一次他写了一篇小说。但这又怎么样呢？犀牛乙说完话后，他感到难受。他唯一想做的就是写一点什么送给她。但他也写不好。就算能写好，又怎么样呢？他被困于畸形的空气中，似乎是他在将犀牛乙向外推，可他想挽留犀牛乙。所以他感到困。他咳嗽、恶心，随时犯困，乃至昏厥过去。

犀牛甲醒过来的时候，可以看到犀牛乙的手上仍是犀牛雨披，从崭新的，到逐渐温热。她把雨披里里外外翻了个遍，像在清洗某种反刍动物的内脏。犀牛呢，犀牛会反刍吗？

　　犀牛甲没有想到的是，铆钉工人犀牛丙来得这么快，快得像一头犀牛。犀牛是没有耐性的。犀牛直接，犀牛也焦虑。犀牛嗥叫的时候，犀牛的角已经扎在门上了。犀牛甲的家门被犀角撞出洞来。犀牛丙把犀角拔出来，又深深地扎进去。犀牛甲终于打开了门，幸好今天他住在出租房里。但门板上的洞，该怎么向房东解释呢？要是房东也是犀牛就好了。这是犀牛甲第一次这样想。打开门后，犀牛丙差点扎在犀牛甲身上，犀牛甲躲了过去。

　　铆钉工人犀牛丙大概真的是一头犀牛。或者，他穿着犀牛雨披的时间太久了，久到无法脱掉。塑胶与原本的皮肤已没有了界限，严谨、光滑地长在了一起，像犀牛一样刀枪不入。

　　他的头顶长着两枚犀角，一大一小。大的那枚上面，挂着一个巨大的塑料袋，扬起来像旗帜，为他投下一小片阴凉。纵使小的那枚，也粗壮过了犀牛甲的手臂。两枚犀角都很结实。

　　犀牛乙也穿着犀牛雨披，就骑在犀牛丙的背上。从刚才起她就在犀牛丙的背上。不管是犀牛丙撞门，还是犀牛丙撞人，她都没有阻止。一头犀牛是不会阻止另一头犀牛的。

　　犀牛甲想起来了。就在前几天，在他们偶尔说话的片刻，犀牛乙提到过的。犀牛乙说，她曾和犀牛丙一起看过电影。犀牛甲觉得犀牛乙在开玩笑。有这种判断，并不完全出于嫉妒。

"他怎么看得懂电影？"

"是啊，所以还特意挑了一部科幻片呢。"

"科幻片？"

"是啊，讲史前生物的。"

"结果呢？"

"结果他还是睡着了。"

那个时候，犀牛甲想笑出声来。他平常很少笑出声来。他想用最后一段嘲笑败坏掉这段关系，从这段关系中获得最后的、不情愿的快乐。但犀牛乙继续说话，她说，看电影的时候犀牛丙睡着了。犀牛丙睡着以后，不知是有意还是无意，犀角一直蹭到她的脸上。她的脸被蹭得发烫。电影结束了，灯光亮起来，观众离席。犀牛乙一直坐在观众席，等待犀牛丙醒过来。他醒过来后，理所当然地把犀牛乙驮在背上。犀牛丙驮着犀牛乙跑进大街上流动的风里，撞碎了一整条街的橱窗。等犀牛丙停下来的时候，天色已经暗了。他们都在大声喘气。他们从橱窗走进商铺，走到二楼，他们要寻找食物。那是一家食品店，食品店里空荡荡的，大家都被吓跑了。要是没有人回来的话，他们还可以在这里挨过一晚。（用犀角蹭脸来换取好感吗？在成为犀牛以后，犀牛甲回想起对方这样野蛮恶劣的行径，竟愤怒不起来了。哪头犀牛没这样做过呢？他自己也做过。每个人都野蛮了，愤怒就失去了重量。）

犀牛乙骑在犀牛丙身上，这个时候才开始说话。不对，她不是在说话，而是在大喊。她已经是一头犀牛了。

犀牛乙大喊："再——见——"

他们是来向他道别的，犀牛乙是来向他道别的。趁着还能想起道别这件事，尽情道别吧。一头犀牛带走了我的女朋友，竟然还要撞坏我的门，竟然还要向我道别。还有犀牛乙，你竟然能喊得这么响，你怎么能喊得这么响呢？你的喉咙不会喊坏吗？你的酸奶气味呢？一束植物瞬间枯萎。酸奶气味闻不到了，只剩酸溜溜的汗臭，混合着犀牛便溺的味道。

犀牛乙走了以后，犀牛甲退掉了租来的房间，重新住回学校寝室。他继续给报纸写广告。他开始吃饼干度日。他要把钱省下来，他也要买一套犀牛雨披。他要买角质最厚的雨披，他要买最无所谓的雨披。他给自己灌下满满一喉咙的饼干屑。上颚、舌面、牙龈，每一处都被磨得生疼。他努力咽下饼干，他努力吞咽，直到咳出来了为止。除了喉咙，他的气管、嘴巴、鼻腔，每一处都呛出了饼干屑。再努力一些吧，犀牛甲一定会有犀牛雨披的。

要是没有犀牛乙，没有铆钉工人犀牛丙，犀牛甲也一定会有犀牛雨披的。只是会换一种形式。犀牛甲一定会变成犀牛，因为所有人都会变成犀牛。

犀牛正在掀起革命，整条大街的人都在变成犀牛。接连不断，犀牛成群来到大街上，他们在制造憋气练习。

"要憋气！要肺活量！"这话在犀牛群中此起彼伏。所以，首先排除的就是人类。人类是没有肺活量的生物吧。

犀牛站列在一起，猛地吸气，把大街上的空气都吸进肺里，整条街道上的空气都少了一些。（后来他们改造了大街上的抽水泵，让机器来抽掉空气。）为了生存，大街上的人纷纷变成了犀牛。他们购买犀牛雨披，他们冲撞橱窗，他们在犀角坏掉的时候更换新的犀角。毫无疑问，他们天生就是犀牛。

那些不愿变成犀牛的人，活在了空气的夹层之中。憋气练习到来的时候，他们借助一些小东西生存：烟盒、塑料袋、纯净水瓶子。这是他们的氧气袋。有些人在成为犀牛以后，仍不愿彻底变成犀牛，仍保留了作为人类时的坏习惯（比如犀牛丁）。

人类就此没落了吧。至少是这条街上的人类没落了。愤怒将要失重，不道德的烟会横行在街上，一直到"道德"这个词语都被遗忘。再也找不到人类了，再也没有文明了。人类从来都不曾出现过。（那时候他没有想到，有一天能和另一头伪装成犀牛的人类安静地坐在一起。）

犀牛甲的钱已经够了，他买了一套最厚的犀牛雨披。穿上犀牛雨披后，他仍然能够感到隐隐的痛。（他问犀牛丁，在睡觉的时候，你仍穿着犀牛雨披么。犀牛丁说，不。我会脱掉，会全部脱光。不然在梦里犀角的口红会染在床单上。）

在犀牛群之中，犀牛冲撞，犀牛狂喊：犀牛！原始！野蛮！骄傲！嗥叫！喘息！奔跑！冲撞！占领！嗷！全世界！

犀牛的憋气练习结束了。

是暂停，暂时停止了。犀牛永远都是犀牛。

犀牛甲转头看了看犀牛丁，她已经把烟盒吸得完全凹陷下去了。甚至现在，烟盒仍在缓慢地扭动，更加像一块失去水的抹布。

他于是长舒一口气，将方才练习时憋在肺里的烟长长地呼出。由于在肺里保存得太久，烟已看不出任何具体的轮廓，更像是一阵荒芜的眩晕。看来，有些犀牛的肺活量也是勉勉强强。

他不自觉地扯了扯犀角上的塑料袋，那是对铆钉工人犀牛丙的拙劣模仿。犀牛甲的雨披很厚，但那是他用稿费在二手商店买的。他的犀角细长，明显是后来配上去的。像一把美工刀，顶多只能用来裁胡茬，用来挂塑料袋显得不够有力。（原来的犀角到哪里去了呢？）

他太稚嫩了，直到变成了犀牛。犀牛哎，野蛮而原始的犀牛。他学着别的犀牛翻滚四蹄，与别人一起横冲直撞。他变成犀牛仍是稚嫩。再稚嫩的犀牛，也比人类强多了。

办完事情，大家就靠在街角，一起抽烟。

温吞的、浓稠的、如饱嗝的烟雾，就在头顶一阵阵地消散。

犀牛丁把吸成干抹布的烟盒扔在地上，喉咙深处发出缺氧似的嗓音："你的肺都是黑的了。"

听到她这么说，犀牛甲更加用力地把烟吸到肺的深处，心里却觉得很悲伤。他比憋气练习时更透不过气。

"是啊，"他想，"肺活量会越来越小。再抽，我就要在憋气练习里死去了。"

他又想："但我的心脏还是好好的。"

犀牛丁缓缓地走在了街上，犀牛甲跟在后面。犀牛丁告诉犀牛甲，今天晚上，她要去找他的男朋友犀牛戊。

那是她还是人类时的男朋友。"现在，他都快不记得我了。"她说，"虽然我还经常去看他。"

"变成犀牛以后，大家的记性在变差。"她说，"我们都在失忆，失忆是不可避免的。"

犀牛丁越走越缓慢，停了下来，抬起头盯着街道空白的天空看。犀牛丁像是盯着犀牛戊的脑海：他在渐渐失忆，成为一块空白的画布，颜料在空中逐渐蒸发。

那么绘画的意义在哪里？画布的意义在哪里？

犀牛甲很想对犀牛丁说，不要去了。但他没有说话。他甚至又想掏出一根烟。

第二天，犀牛甲与犀牛丁又出现在了大街上。犀牛就像披甲的蘑菇，总会在大街上冒出来的。他们欢畅地奔跑，他们忘掉了一切，撞碎一面又一面的橱窗。在大街上流动的风里，玻璃细屑飞溅。他们跑累了，又来到昨天休息的地方。犀牛要休息了。

奇怪的是，椅子已经被人修好了。能看到修补过的痕迹，但仍是松动的，显然比前一天更松动。也许仍会发出一声缓慢、干涩的尖叫。出于某种正确，他们选择直接坐在椅子边的地上。疑惑，是出于犀牛的无所谓的偶然性。他们真的也变成犀牛了吗？

这座城市到底是怎样运转的呢？犀牛口号到底是谁想出来的呢？椅子又是谁来修的呢？（啊，还有那永远撞不完的橱窗。）

犀牛甲脑海里浮现出这样一幅图景：

眼前所有的街道，都蜿蜒汇集到一个购物广场。广场的喷泉开得极大，像是失控了一样，把整个广场的人都打湿了。整个广场的人都浑身湿漉漉的。当然了，大家都穿着犀牛雨披。穿雨披的人是可以玩水的，玩水是穿雨披的人的自由。在这场莫名欢畅的人工造雨里，每个人尖叫的声音都在延长，每个人尖叫的声音都湿润得不可救药。每个人都是犀牛，犀牛的雨披上挂满水滴。

犀牛的憋气练习又开始了。

犀牛甲深深地吸了一口烟，滚烫的烟草顺着食道到达肺叶。街道上的空气渐渐稀薄，练习开始，时间逐渐凝固了。手指间的烟不再冒出火星，倏忽熄灭，变成一串急速向上的灰色波纹。

他转头看见犀牛丁仍与往常一样，将烟盒吸得完全凹陷，没有表情。雨披里热气腾腾，看不穿她在思考什么。

也许什么都没有想。

没有开始，也没有结束。无所事事，日复一日，没有比别的下午更漫长，或者更短暂易逝。犀牛甲心里想：

现在哪，我究竟是化作一阵属于人类的、不道德的烟更好呢，还是光溜溜地、变成一声犀牛的嗥叫？

至于犀牛丁，她口红下的犀角从某个角度看去，竟损坏得厉害。在这样的时刻，她喉间泛起了一阵饱嗝。那是胃里升起的雾。

白　皙

现在已是夜晚，这个工业码头仍没有停止震动与轰鸣。巨型垃圾大厦隐现其中，顶端喷出银盐粉似的钢屑，斜斜地抹在每个人的眼睑上。钢屑是轻微的风。每个人都睁着眼睛，每个人都沉默，夜晚让眼睑呈现肮脏的灰蓝。

记得许多天前的夜晚，那艘货轮靠在了码头上，码头的防波堤是一摊缠绕的蛇颈。我离开船身，观察眼前的一切。夜晚的防波堤白得耀眼。钢屑扬在她们白皙的脖颈里。像受到了惊吓，脖颈的皮肤一阵紧缩。粉末簌簌地抖动，抖到下一层的蛇颈上去了。

我踩着滑腻腻的蛇颈往上爬，她们都怕痛似的坍陷下去。但我知道，这只是应激反应，真实的痛早已经消失了。我的脚好几次陷入蛇颈交错的深处，被深处的褶皱摩擦挤压得腿骨酸涩。等爬到堤岸上时，我已是浑身黏稠，像度过一场比海更寂静的梦。

在堤岸上往下看，其实防波堤也不高，不过三五米。蛇颈在下面静静交错、吞食，沿着长长的堤岸，将整一道海岸线都铺满。我又搜寻了一下载我到达这里的货轮，已经不见了。

于是，夜晚只剩下黏液在蛇颈间形成薄膜，倏忽破裂时的，类似肠道蠕动、消化远古动物的声音。

我把双肩包捡起来，搭到背上。在爬防波堤之前，我早早把它抛到了堤岸上。这显然是正确的行为。双肩包没有挤坏，也没有被摔破，只是深色布面的纹理沾上了掸不掉的钢屑。

"入乡随俗吧，"我想，"这里不是我的故乡。"

这里的所有人都呼吸着钢屑，把钢屑作为眼泪。他们把钢屑扫在一起，做成厚饼，以此为食。他们的牙缝里都是钢屑，他们胃穿孔的伤口上都是钢屑。钢屑已是他们身体的一部分。

"我是来找人的，找我的堂弟。我不吃钢屑饼。这里不是我的故乡，我的故乡在海水深处。找到堂弟之后，我要回去。"

现在，很多天过去了，我仍没有找到完整意义上的堂弟。我已经吃了好几块钢屑饼。我的胃开始消化它们。我害怕自己也被斩断蛇颈，永远无法回到海水的深处。

工业码头是个半岛，也有可能完全就是个小岛。我不清楚。从海水里冒出来，我搭上了一艘货轮。他们把我扔在甲板上，帮我砍掉多余的手和脚。我被风吹得柔软，我感到新的舒畅。

由此，我彻底踏上了寻找堂弟之路。

找到堂弟之后，我是把他带回海水里呢，还是怎么样？这我没有仔细想过。我不习惯清晰地思考。在海水中时，涌流可以带给我思考。现在，我被迫接受具象的事物，我开始头脑发麻。但我仍没有去细想，因为工业码头的运作实在让我诧异，眼前的冲击使我无暇去想其他琐碎的事情。

工业码头在向我展示它的震动。码头不是在震动，就是在准备震动。同时也在轰鸣，码头的轰鸣一刻不停。这是我最直接的感受。上岸以后，码头的第一次震动差点把我掀翻在地上。堤岸被人拎起来，被拎到我面前。堤岸坠落，堤岸的柔软起伏一直蔓延到了远方。不断有蛇颈被甩回到海水里。

开始，我还以为是自己刚离开船，耳蜗中潜藏的波浪还没适应地面的平静。但一会儿我就知道自己错了。

震动再次来袭，比刚才的更为强烈。

工业码头上的居民沉默，他们沉默于无所事事。他们总是站着、坐着、躺着，伸出手指，用指尖抹自己的眼睑。他们的眼睑上是钢屑，有的人厚，有的人薄。积了厚厚一层的人，往往是站着睡着了，或是坐着睡着了。他们睁着眼睛睡着了。

但他们躺着睡不着。只要躺着，他们永远也睡不着。所以，当他们的眼睑最需要清理钢屑的时候，他们费力地躺下来，工业码头的震动会把他们推到各个奇怪的角落。他们就这样，在滚动中清理眼睑上的钢屑，偶尔手指陷入眼睛的深处。

这里不是我的故乡，我不清楚清理钢屑的必要性。清理钢屑像是自我束缚的困顿。每次清理完钢屑，眼睑都会变得红肿，角膜也随之变得凹凸不平。

每个人的眼睛都因此变得巨大，甚至要占掉鼻子与嘴巴的空间，凭空伸出两片阔大的裙边。

巨眼的居民就这样，以巨眼的沉默在码头上来去，用变形后的眼睑承载更大量的钢屑。

我看到一个小朋友，问他关于我堂弟的事情。但是他的眼睛已经太大了，让他的嘴巴没法讲话。他用手抹了抹眼睑，板结的钢屑大块大块地往下掉。他的手很短，他还想往更高的地方够。

他大概想让我梳一下他的睫毛，因为他自己够不到。

于是，我伸手在他两排睫毛上拂过。他的睫毛已沾染太多的钢屑，变得鞭子般柔韧锋利，把我的手指抽得很疼。我收回手，看到手指上几道红印，像是断指再植后无法消除的痕迹。

他的眼睛可以转动了，但嘴巴依旧没法讲话。

我对他说："小朋友，去玩吧。"

他一下子就跑开了，消失在巨型垃圾大厦的烟雾中。其实，我会选择问他，也是觉得堂弟或许和他一起玩过。

这么一想，我突然有些担心了：堂弟现在还好吗？他还会是一个长着蛇颈的正常少年吗？还是被斩断蛇颈，变成了蠕动的防波堤的一部分？抑或缩短了脖颈，与码头上的居民一起站着、坐着、躺着，伸出手指，用指尖抹自己的眼睑？他是否也长着鞭子一样的睫毛？

这些我完全不得而知。我甚至不知该如何与码头上的居民交流。他们有耳朵，却没有嘴巴。他们有舌头，却没有声音。他们拥有最多的是无所事事的沉默。

在这样尴尬的震动、轰鸣与沉默中，我发现自己还背着双肩包。我像刚上小学的学生一样，背着双肩包。我眺望工业码头的深处，双手还搭在背带上。

这让我意识到，来到这个工业码头，除了寻找堂弟，我还有其他艰难的任务。我要在这个岛上丢垃圾。

我的双肩包里是易拉罐，整个双肩包都是。我把易拉罐背到岛上，要把它们丢进巨型垃圾大厦里去。

这件事情比起寻找堂弟，相对不那么艰难。我已经完成了前半部分。接下来，只要跑到大厦的垃圾处理口前，将双肩包丢进去就行了。巨型垃圾大厦就在那边，并不难找，也并不远。

我穿过钢屑的烟雾，来到巨型垃圾大厦前。我走近大厦，发现大厦并不像大厦，大厦更像是一面延伸的墙，大厦底部比想象中宽广得多。但从远处看，大厦就是大厦。

大厦底部也是白得耀眼，整整齐齐地码着一长排垃圾处理口。每个处理口都方方正正，但很小。

我勉强把头挤进垃圾处理口，伸长，看到里面有人。那人正背对着我，拿着水管冲洗垃圾场。

"能——丢——垃——圾——吗？"我喊道，因为这里实在太吵了。即使这样，我仍听不见自己的声音，不确定声音是否够大。也许我只是从喉咙底下发出了几个喘声。

我的声音在轰鸣声中被蒸干。这里是工业码头的工业中心，所有的轰鸣声都从这里发出。

他回过头，巨型的眼睛里汩汩地徘徊着泪水。看来他还是听到了。他冲我缓慢点了点头，我得到了他的认可。期间震动再次来袭，整个巨型垃圾大厦像是跳动了一下。他在震动中没有动，点完头后，他又转过身去。

"但——是——处——理——口——太——小——了！"我又喊道。

他也又回过头，冲我缓慢地、定格似的点了点头。他再次认可了我。

我明白了，在这噪音的中心，与人交流是徒劳的。询问是徒劳的，友好是徒劳的，认可也是徒劳的。但转念一想，自己为什么要一次就把垃圾丢完呢？我可以把双肩包打开，把易拉罐一个一个地扔进垃圾处理口。

打开双肩包，易拉罐像海浪一样涌了出来。我把它们飞快地捡起。它们源源不断。此时我发现，垃圾处理口在逐渐变小。为了把垃圾全部丢完，我必须更快。

我动用我所有的手和脚，把易拉罐塞进垃圾处理口里。我接连不断。虽然我仅剩一双手，仅剩一双脚。

我终于把仅剩的双肩包也丢进了垃圾处理口。

作为一个从海水中来的人，我原本有更多的手和脚（它们一点也不多余）。而现在，我仅剩的手脚在丢垃圾之后，变得酸痛无比。我需要休息，我需要招待所。工业码头上一定会有招待所，我要去招待所，我一定能找到招待所。

去招待所的路线似乎极其复杂，一会儿我就迷路了。或者，一开始我就不知道它在哪里。我在钢屑的烟雾中来来去去，找不到去处。我偶尔停下来观察：震动、轰鸣还在持续。

我绕过一幢废弃的房子，发现了码头的充气蹦床。那是一座儿童城。奇怪的是，蹦床上没有丝毫钢屑，颜色也十分鲜艳。

蹦床从钢屑的烟雾中冒出来，接着是蹦床上年迈的老者。他们跳跃，他们的皮肤干瘪、下垂，在跳跃中甩动如翻滚的饱嗝。可以看到他们的笑容。他们还拉着手，节奏一致地跳动。身体正在老去，心脏却是鲜活的。更让我惊讶的是，他们跳跃的节奏与码头震动的节奏一致。

都无法确认，是他们的跳跃带动了码头的震动，还是他们顺应了码头的震动而跳跃，自愿成为码头的附庸。

当我站在一旁，观察老人们跳跃的时候，背后传来一个声音。那声音问："你是在找招待所吗？"

奇怪的是，码头上的居民不是没有声音吗？

他走在了前面，留给我一个臃肿的背影。我被这臃肿的背影压得喘不过气来。但我仍跟着他走，我相信自己可以喘气。我们远离充气蹦床的震动，远离轰鸣，沿着杂乱的工业小道，走到一幢鲜红的房子前。

"到了。"他对我说。然后消失得无影无踪。

我推开招待所的大门，一个鳗鱼般的身影从眼前掠过。是堂弟。我一眼就认了出来。他比以前更健硕了，白皙而水肿的蛇颈上，没有沾染一丝一毫的钢屑。他也没有被斩断蛇颈，没有被堆在防波堤上。他依旧游移无声，钻入招待所走廊更深处的门。

堂弟还完完整整地在这里，这让我欣喜。

我也扬起头钻入走廊的暗流，跟随堂弟掠动的身影，穿过走廊一扇扇门，一直来到走廊的尽头。走廊尽头有一个投币饮料机，堂弟在那里停下了。边上是走廊的最后一扇门，那扇门将通往另一个世界。暗流被阻挡在门外。他往饮料机里投了硬币。顿了顿，又投了硬币。饮料机里掉出两瓶玻璃瓶的粒粒橙。

"你要喝吗？"堂弟说话了，他没有转过头。

"好啊。"我说。

可堂弟似乎没有听到，他把多出来的粒粒橙递往另一个方向。

"喝完以后，玻璃瓶是要还的。"堂弟说，"这样机器会退我们每人五毛钱。"

我再走近一点，才发现在堂弟的身边，还有另一个堂弟，一个与堂弟一模一样的堂弟。

"堂弟……"我说，"你变成双胞胎了吗？"

两个堂弟都把头转向我，异口同声地说："我们本来就是双胞胎啊。"

我不知说什么好，只好站在那里。迟缓的暗流在脚下堆积，暗流快失去一切动力。

两个堂弟也没有说什么。他们喝完了粒粒橙，一起把玻璃瓶塞回机器里。机器咔嚓咔嚓，掉出一枚一元硬币。

其中一个堂弟伸手拿过硬币："那就我先收着吧。"

他们又转向我，异口同声地问："你还有别的事情吗？"

我想了想，只好说："没有了。"

两个堂弟一起"哦"了一声。

他们交替着说："我们今晚就住在心室里。不过一旦进去，就再也出不来了。如果你有要紧的事情，就进来找我们吧。"

我想了想，也"哦"了一声。

我转身离开鲜红的招待所。我没有获得招待所的动力，没有深吸一口气。我依旧拖着疲惫的脚步。但也感到从没有过的轻松舒畅。我又来到防波堤边，蛇颈已经老了。她们已不再光滑、白皙，而变得皱巴巴的，像是嗓子。巨型垃圾大厦依旧是强有力的，倒映在理解的海水里。现在，还有什么事物是不能被理解的呢？在这样工业的海边，我突然想到一个很喜欢的词语：柔软。

我觉得工业的码头就是柔软，就是一摊老去的蛇颈的柔软。震动还在继续，还有轰鸣。一切都遥远、沉闷。震动与轰鸣混杂成一种无法摆脱的钝响——你以为这是什么——"是心跳。"

低　糖

　　……周末就降临了。与我一样疲惫的城市人，会在这样的时刻奔赴低糖。奔赴，是缓慢中带着急切。我们是千军万马、松松垮垮，我们没有任何组织，像不经意间奔腾的烟。在荒凉的夜间，各自乘上仍亮着晃眼的前灯的公交车出发。（汽车启动：车身留在原地，车上的人穿过挡风玻璃，脱离汽车，沿着地面平行前进。）有人会在出发前冲个热水澡，换上宽大单薄的深色睡衣。摘掉眼镜，坐在床边，他的皮肤感到一阵战栗，感到奇异、轻微的粗糙，清凉的空气进入肺叶。而有的人，则穿着狼藉的西装，趿拉着拖鞋，抽着软塌塌的卷烟。猛吸一口后，手上的卷烟变得更软。在去往低糖的夜间道路上，一边走一边看报纸。这些都没有关系，没有人会在乎你从什么地方来，没有人会在乎你怎么到来。在疲惫之中，城市人不需要了解彼此，甚至不需要相互看见，只要在脑海中短暂地确认，像在时间流动中确认一个片刻。有这个词语就够了，低糖。交错地、互不干扰地使用这个词语，无论轻声，或者大喊。低糖。

　　于是，稍晚一些的时候，再晚一些，城市的灯几乎都熄了。只有几个高处的建筑上，还留着一点纤细的光。如果看得仔细，会发现那是纵起的火舌。凝视得再久一些，它就会缩小，会变回灯光；也可能越燃越烈，烧毁整个建筑。不管怎样，这个时候我（们）已经穿过铁皮卷曲的、生锈的大门，进入了低糖。沿途是沉默不语的兔子、发条松动的熊。当我（们）走过一条鳄鱼时，它像钟表指针一样向我转动，但没有张开嘴。它们都逆着低糖行走。

第一次奔赴低糖是什么时候？我清楚记得，在习惯奔赴低糖前，在我还是学生时，我是糖的居民。

放学通常很晚。放学后，我坐上公交车，乘到一个医院门口转车。这个医院我从未进去过。再次上车，再次行驶，城市变得更加安静。经过公交车站时，车门打开，可以看到广告牌上布幅正在滚动，切换广告发出轻微的声响。

这样的时刻，我会用手指敲击公交车的栏杆，希望车门快点关闭，希望快点到达目标站。我要快点走过小区奔跑的栅栏，快点穿过黑暗的楼道掏出钥匙。我在自己的椅子上坐好了。

倾斜的、崭新的糖停在那里。糖在不断下坠，糖在杯底击打发出声音。是糖在击打我。

"停止。"我对自己说。

我打开数学竞赛练习册，在桌前做上几个小时，父亲或者母亲才会回家。他们给我带回冰凉的饭菜。

他们不知道，在这之前，我已经进入了糖的世界。那里有温热的水，发出咕嘟咕嘟的声音。我让自己浸在水下，睁开眼睛看着糖像丝绒般融化。舒适的、失去戒备的眩晕冲上我的头顶，柔韧、鼓起的恶心抵在我的喉头。我的舌头肿胀，继而身体尽数麻痹。

我喜欢在这样的感觉里解数学题。让各种数列在我脑中来去，像无尽的火车，又扭曲如分子式，被突如其来的方程拆解。或环绕如圆，被一片几何体证明。数字沿着神经系统，抵达我身体的每一个末梢，像电。

恋人在这个时候靠近我，从猫变回到柔软的人类。她的头发是下垂的星夜。她俯身摸我的脸，问我："还在低糖里吗？"

我已经清醒了，低糖快要在脑中消失，但些许的无力感还是一阵一阵地冲上来，像是抚摸。她也确实在抚摸我的脸，我能感觉到，她手指上的细汗是蝴蝶翅膀的鳞片。

我们第一次见面是在旅馆。夜晚，外面的灯光吵闹，她在我的窗沿上行走。那时我正在低糖中。她从窗缝里塞进身子，蹦到我的被子上，变成一个柔软的人类。她把手指按在我的嘴唇上："嘘——"

恋人本身就是糖，是绝无仅有的糖，是温热的糖。城市的夜晚撑起一枝荷叶，撑起在冰凉的长柄上，带着茸毛的表面在沁出汗来。窗户没有关上，风吹进来，吹动丝绸般的夜色。床头的灯在糖中关掉。

恋人可以去任何地方。在大学附近，我们一起走上一幢居民楼，一起爬上屋顶。我们也在书房里。

恋人可以去任何时候。在感冒高烧的时候。或者在两个人之间，只点燃一根烟。当我们在缓慢的浓雾中，在互相渡着一口烟的时候。

除了，恋人无法抵达糖，也无法抵达低糖。她会皱起眉头，神色变得古怪，像是吞吃了什么。

每次受挫，她都会朝一边倾斜身子，落到地上变回一只猫，从窗缝溜出去。这个时候，她的毛发是杂乱的，看起来很疲惫。她在床沿上行走几步，停了下来，也不回看我一眼。直接消失在灯光中。

我也会在这个时候，更加强烈地希望奔赴低糖。低糖，比糖更简单、普遍。那里没有甜腻，只有荒凉的真实。

我认识到糖的虚伪，是认识环保大使之后。在高中时，他是我的同学，有很好的自然科学天赋。

他告诉我，他喜欢煤气。每次父母不在，他就会把热水器打着，吹灭里面的火苗。整个屋子都会弥漫煤气的味道。在父母回来之前，他会打开窗户通风。

他和我讲起他的煤气。那里所有的灯都是煤气灯，所有的人都提着煤气灯来来往往。在黑暗中，没有人把灯点亮，只是提着。所有地方都有煤气的味道。提着灯是为了把气味传得更远。（后来，我提出过疑问，比如煤气灯的味道与煤气的味道是否一致？比如煤气灯的气味真的能传很远吗？他则告诉我，现实世界没有的糖山，在糖里就会出现。煤气也是如此。）

在听说煤气之后，我有了一丝丝的失落，我感到糖并不是唯一。而且，并不是每个人都爱糖。糖也许只是一个平凡的小地方。

　　我更加肆意地抵达糖，却加剧了这种失落。我进入糖的丰沛无边，温泉从地底喷涌而出，变成一条大河。我一头扎入水中，摸索到河底，摸到一个可供依凭的东西，让自己长久地沉在水底。

　　我和环保大使共同的危机，或者生活的转折，是低糖的出现。我们看到了一个绝对的、唯一的、真正背叛的地方。

　　我们发现，比起糖或是煤气，自己更需要这种更纯粹的虚无。这种背叛是离散的，是无力的，但又最为锋利直接。

　　这是以后的事情了。

　　几天前，环保大使来找过我，他看上去很疲倦，但又带着满足。也许是工作太劳累，煤气对他身体的腐蚀也太强烈。他对煤气进行了改良，我也对糖进行了改良。我们大学时都这么做过。与他不同的是，在发现低糖后，我就很少奔赴糖了。他却可以在煤气与低糖之间随意切换，在他的理解中两者可以交织。

　　环保大使学的是化学专业，毕业后他成了环保大使。背着一包小玻璃瓶，里面密封着二氧化碳、二氧化硫……从一个小区到另一个小区，从一个楼道到另一个楼道，从一个门牌到另一个门牌，挨家挨户去赠送这些瓶子。

　　以及一本环保手册，上面介绍了一些环保常识。比如火力发电，每生产一度电，相当于增排多少二氧化碳、多少二氧化硫、多少氧化氮……相当于几百个（或几千个？

我听完就忘记了）这样的瓶子里的气体。

有一段时间，还会有情侣主动找到他，问他买这样的瓶子。他们想系上红绳，作为情侣间的某种信物。

他会摆摆手："这个不卖，只送。"

从包里取出两瓶送给对方。当然，也不会忘记附上两本环保手册。

借助这个工作，他对煤气进行了改良。回到家里，他会挨个取出这样的瓶子，整齐地码在桌上，再掏出小锤子，仔细地敲碎。

"这比热水器安全多了。"他说。

我曾到过他的家，坐在沙发上敲碎瓶子，尝试一起抵达煤气。但最后我还是去了糖。从糖出来，我看到他在新鲜的煤气里，融化成了一道褶皱。他是灰尘，是工业的空气，也是环保的对立面。他横亘在两者之间。

我仔细闻了闻，什么味道都没有闻到。

环保大使来找我，大概是因为新的危机。出于奇怪的态度，他先是认真询问了我关于恋人的事情。恋人啊……恋人吗？上次见到她，似乎是夏天了。

她像是从客厅的吊扇上滑落下来，踩在我家的沙发上，悄无声息。她兀自走进我的卧室。她变成柔软的人类，背后蒸腾的是繁茂的夏天的热。在空调房间的玻璃以外，万物都在蒸腾：彼此啃噬的樟树、裹着细沙的青蛙、即将被晒成脆铁皮的待租的白色面包车。

她拉上窗帘，躺在汗津津的我的身边。我也没有说话。她等我从柜子里翻出劣质光碟，一起靠在床上，随便看一部电影。

一直看到天黑，两个人都有些饿了。

"我们出去吃饭吧。"她说。

我说好。

环保大使对我的恋人没有好感，他总是尴尬地笑笑："她没法进入低糖，也没法进入煤气或糖。"这是致命的问题。恋人无法进入低糖，而我在遇到恋人之后，也无法摆脱低糖。

这种隔阂是彼此之间的，不是其中任何一个人的问题，似乎也无法让步。

但这次环保大使来找我，对我的恋人的态度却有所缓和。他对我说，肉块的居民要革命了。他们会把整个城市变成一座超级市场，街道就是货柜。在饱含防腐剂的日光灯下，是琳琅满目的商品，是城市的应有尽有。

环保大使说："也许你的恋人就是肉块的居民。作为煤气和糖的敌人，更是低糖的敌人，她付出的宽容比你更多。"

是这样吗？她怎么会是肉块的居民？她是猫的居民。但猫的居民，一定是肉块的居民。猫是纯粹的肉食动物。

环保大使说的，也许就是事实，是我早该想到的事实。

我也曾梦见过肉块，我们低糖的居民都会梦见肉块。它并不比糖、煤气高明多少，更比不了低糖。它是我们真正的反面。它是最平庸的，它也喜欢平庸，它是世界上最宽阔的地方。

低糖是一枚细针的针尖，悬在某个地方。而肉块是平等的，是广泛的，它不需要唯一，不需要绝对。它太容易进入了，是一种日常，没有任何惊喜。它根本看不见低糖。

在梦里面，我坐在硬邦邦的椅子上，从城市高楼狭窄的房间向外望。不知道这是不是我自己的房间。楼下恰巧是一个公交车站，装饰得像蛋糕店。

那些提着公文包、打着遮阳伞的肉块在等车。

有的肉块已经不再新鲜了，没有血色，被风吹得表面有些干皱；有的肉块带着兴奋的表情，乃至锐利，像是刚从城市的狐狸嘴边逃脱，身上的孔洞正在滴血；有的则闷声闷气，很难想象他们还能走路，小心翼翼地裹在塑料盒与保鲜膜中。

肉块确实可以占据一切，肉块已经占据了一切。

我能阻止什么呢？阻止这些也不是我的职责所在。作为糖的居民，我又是否有职责？肉块是平凡的，也是伟大的，它早就渗透了生活。现在他们想要革命，想要变成洪流，只是出于一种无聊。是肉块的突如其来的无聊，毕竟他们对革命的结果不感兴趣。他们没有必要考虑结果。

环保大使离开以后，又过去好几个日夜。我像曾经的梦里一样，坐在窗口，看楼下的肉块革命愈演愈烈。

直到某个夜晚降临。我看到恋人在窗外漫长地擦蹭。窗户没有关，我为她留了一道窗缝，但她迟迟不肯钻进来。她在窗外看到了我，端坐起来盯着我看。最后，我还是没有忍住，打开窗户，把她抱到了书桌上。

她在书桌上瘦了，她在书桌上瘦成了一副骨架。我只能这样抱着她。我抱着瘦得毫无道理的她，抱着瘦得不可救药的她。

我把她抱到床上，把她塞进被子里。她从来没有这样虚弱过，虚弱到轻得发烫，虚弱到几乎没有。她变成柔软单薄的人类，在被子里越变越小，像在冒着热气。这个时刻，她没有说话，但我看得出来，她比我更想说话。而我，却更像一个可耻的人。

还是说话比较好受。把话说出口，产生一个躁动的空间，让它去容纳生活的躁动。这样彼此都会若有所得。

虽然如此，虽然让人哭泣，但一切还是结束于玩笑似的两个字，或者一个看似模糊的动作。模糊中有着明确的隔阂，仅是薄薄一片，此时只是必然的验证。只要短暂一碰，碰到明确，就能互相推得很远。

所以，我和她坐在床上，夜晚持续降温。我们之间是填充夜晚的泡沫，是抒发、怀旧，是发条玩具不断拧着自己的发条。没有人咳嗽哪怕一声。

就此告一段落吧。

再后来，肉块的居民彻底拥上了街头。他们举着横幅，摇摆画着肉块的旗帜，他们往前走。有的人拿出喇叭喊起口号。他们的口号是："蔬菜不好，肉好！"

整个城市的上空都在回荡这句话。"蔬菜不好，肉好！""蔬菜不好，肉好！""蔬菜不好，肉好！"

可他们自己就是肉。走在街头的肉块在推崇同类互食。肉块彼此见面，会拿出小刀，从对方身体上剔下一块肉。回去做成什么菜比较好呢？是做汤喝，还是炖肉？

这个口号不需要重点，也不需要原因。只要知道，肉好。蔬菜不好，肉好！这还不够吗？

我打开家门，楼道上已经贴满关于肉块的海报了。街道上鲜血横流，却没有一个肉块死亡。我像是走在一个空荡荡的午夜场影院。空荡荡的，不断拥着人群的街道。

我走入人群中，和他们一起呐喊。我的眼神没有停止，我在人群中搜索环保大使的身影，但是一无所获。

我是为自己的可耻而自责吗？我到底是谁呢？

我的喉咙哑了，我的耳朵也聋了，我心里充满对恋人的歉意。她是一只猫，她留给我许多犹豫的时刻，而这次却不可能再回头了。哪怕我走在这里。在这样蒸腾的躁动中，我更加走入人群，我走得更加广阔，或把自己狠狠捏成一块。我突然感到身体在消失。低糖来了。低糖在这个时候降临到了我的身上。当夜间的恋人在床沿上兀自行走，这座城市虚无的背景，恰巧是低糖最合适的门面；或者——

洪　水

炼油厂的居民，正在电视机里等待洪水。隔着屏幕打量他们，像是观赏玻璃缸中的热带鱼。得注意，别让他们跳出来，以免电视机受潮短路。在厂台新闻组的策划下，他们打着雨伞、穿着雨披，在过于冗长的新闻镜头中来去穿梭。他们也好端端地站在镜头中间。所有观众都能看出，雨天已经持续太久了，他们在等待洪水。这是炼油厂面对洪水的一贯措施。

炼油厂的居民聒噪，他们感到热，连新闻镜头也是热的。或静静出现在背景里，像倒影。有的人发出骂声，发出尖叫，全身吱吱嘎嘎的。他穿着亮黄色的雨披和胶鞋，走路摇摇摆摆，扮演一只鸭子。有的轻轻套了一身透明雨披，没有声音，她的雨披像用刀片削薄了。她是独自浮游的水母。雨披下是干净的碎花连衣裙，阳光打在橱窗玻璃上，裙子掩映在里面。除了阳光，没有什么能刺穿这层薄玻璃。

对，就是她了。就是这个穿着碎花连衣裙、套着透明雨披的高年级女生了。我在放学路上看到过她很多次。

每天中午，炼油厂子弟小学放学的时候，也是炼油厂午休下班的时候。所有的工人都骑着自行车，在马路上形成车流，形成交替前进的波浪。他们都穿着雨披，或打着雨伞，底下铅色的工作服被阳光洇湿了一大片。在潮湿的天气里，他们都渴得嗓子发痒。

她仍是轻轻套着一身雨披，没有声音，身影坚定地走入车流中。自行车在她前后舒缓地经过。

她一直走到马路对面，走到更无法看清的水流里。

这个暑假，整个生活小区都在光线里。奶奶家在居民楼的三层，樟树树枝带着浓烟翻滚的树叶，伸展到阳台上。奶奶戴上老花眼镜，提起水壶，朝外面浇水，浇在叶面上变成呛人的雾气。

我和弟弟坐在竹席上，听到奶奶在阳台上浇水。我们坐在棋盘前下棋。奶奶回到屋里，告诉我们尽量不要出门。据说有位爷爷，在路上站得太久，变成了一摊水，只留下拐杖和假牙。再过了一会儿，连拐杖和假牙也消失了。

幸好，我和弟弟并不出门。实在不行的话，我要出门的时候，可以由他代替；他要出门的时候，则由我穿上衣服替他出去。我们两个人尽量只让一个人变成水。

那电视机里等待洪水的人怎么办，他们会不会也变成水？他们是最感到热的人。炼油厂的洒水车会从他们身边驶过，什么都没有喷洒，倒是让他们沾了一身灰。他们只能继续躲到树荫底下，话筒的阴影笔直投在他们脸上。

更让我想起的是，那个穿碎花连衣裙的高年级女生。

在炼油厂静悄悄的晚上，生活小区的每个房间都会亮起一小块电视。不远处的厂区依然喧嚣，倒班工人在工作。

炼油厂的仪表在转动。"不管怎么说，洪水肯定是要来了。"现在，她也许仍套着一身透明雨披。"每个人都要有所准备，雨伞、雨披、雨鞋、救生艇……"她要穿过夜晚。"随时穿着，最好是每时每刻。"绕过厂台新闻，逐渐走到了电视机的背面。

炼油厂的居民，仍在电视机里等待洪水。把厂台新闻从电视机中捞出来，大概可以拧出水来。但天气还是那么干燥。

我坐在奶奶的床上，盯着电视机。弟弟不在，他每天都要回家。爷爷在隔壁睡着了，能听见他沉重地翻着身子，喉间发出沉闷的咳声。夜晚真的好凉，好静，也好干燥。向阳台外望去，在樟树树冠的后面，是垂直的夜色，像是一面无端存在的墙壁。

炼油厂的居民的等待是有道理的，因为台风已经先来了。有台风，那么洪水就不远了。在台风来之前，厂里派人修剪樟树，以免台风把樟树吹倒了。他们架起的梯子是火红的，熟练地爬到高处，双手使用剪刀。地面上一个黑色塑料袋敞开，在等候树枝。

奶奶正在使用洗衣机，滚筒的声音很大。洗衣机的排水管拖在地上，一直拖到洗手间的下水口处。整个房间都是潮湿的，能闻到洗衣粉刺鼻的味道。

我和弟弟坐在竹席上，我们坐着看电视。

电视机里，炼油厂的居民神情欢悦。一双双眼睛在他们的脸上滑动，连成一片，清脆得像一场雨。他们穿着雨披，或者打着伞柄修长的雨伞，发出玩具鸭子一样的嘎嘎叫声。新闻节目里的鸭子越来越多了，让人想用手指戳他们的胳肢窝。有时候新闻没有剪辑好，我们可以看到握着长长的话筒挑杆的收音师、拿着统筹表的现场导演。还有很多人，在边上忙碌地换衣服，套雨披，发脾气。电视机里还有很多人。

这些都不影响新闻内容的传达。就算一个冒充的剪辑师，也不会让这样的镜头太长。不会长得像炼油厂的雨天。一闪而过，镜头又切回到居民欢悦、清脆如雨的神情。有时，镜头里会飘起雨滴，刮起大风。能掀起雨披，掀翻雨伞。泥泞的雨点打在居民脸上，也打在镜头上，像一道溅射的涎唾。居民对镜头表示，风太大了，台风要来了，他们不能继续接受采访了。他们收起自己的眼睛，像电视信号一样消失在镜头里。

我总觉得，居民中会有人松动下来，从人群里脱落。他会表示怀疑，拉长脖子伸向镜头，从电视机里探出脑袋来，在房间里环顾一周，说："没有台风啊，连一丝风都没有。"那人背诵课本上的句子。但这样的场面从来没有出现过，从来没有人这样做过。也许是因为我不在电视机里，弟弟也不在电视机里。我不能想象自己像电视信号一样消失在镜头里。

终于，我似乎真的听到了，窗户外樟树被呼呼吹着的台风折断。台风，风毫无阻碍地穿过生活小区。接着大雨。海平面在雨水中上升，漫过炼油厂的街道，继续上升。洪水到来了，炼油厂被淹没在洪水之中。我在涨起的洪水里看到漂浮的电视机、书桌，看到穿着透明雨披的碎花连衣裙少女，她在水中游泳，更像是独自浮游的水母了。

由于台风的到来，天气不再那么热了。奶奶很早就出去买菜，因为周末到了，我的父亲要来奶奶家吃晚饭。

奶奶买菜回来，她的头发被烫焦了，身上的雨披也散发出难闻的塑胶气味。我深深吸气，去发现这片臭味里的空旷。臭味是无聊、无所事事的，正如这个毫无目的的暑假一样。

我和弟弟坐在竹席上，我想和他一起出去打乒乓。我们都不想下棋了，也不想看电视，我们想在生活小区的樟树底下，打一下午的乒乓。趁着奶奶在厨房洗菜的空隙，我们溜了出去。

生活小区的铁栏杆被晒得掉漆，深绿的漆片像鞭炮的残骸，炸了一地。有些樟树，粗壮的树干正燃着火焰，长得过分茂盛，靠在小区的铁栏杆上，快把栏杆压垮。消防队员来修剪的时候，怎么漏掉了它们呢？马路是一条蜷曲的虫，死在楼房之间。巨大的螳螂一动不动地举着镰刀，身上一层厚灰，在阳光里晒成了雕像。

我们奔逃，奔逃出生活小区，来到炼油厂的后街。拉面店早就关门了，门口的桌椅却没有收进去。烟酒零售店的外面，一如既往地摆着一排空烟盒，所有的烟盒都变成了白色，几乎看不清上面的字。超市垂下来的塑料门帘，大概完全黏合在一起了。不想走进超市里，不知超市里是否还开着空调。我猜空调在运转中起火了，整个超市的电路都烧毁，室温在越升越高。超市门帘仍垂在那里。

我们经过服装店。橱窗里的塑料模特正在脱去衣服。他们倒在一堆衣服里，衣服的纤维断裂，扬起一些碎屑。他们没有顾忌，潮湿地热吻，他们用硬邦邦的手指抚摸。塑料正在探入塑料，探到炼油厂樟树树冠的深处。整个炼油厂，在这荒凉的夏天中，升起潮湿的气息，升起一场无声溢出的洪水。

洪水已经到来了，这是炼油厂厂台新闻说的。晚上，我的父亲来了。在热腾腾的饭菜的衬映下，他面色凝重，像是刀刻。他从铅色的工作服中掏出一个纸包，纸包上的字迹潦草。把纸包打开，抖在手里，是一些白色的药片。

"我是来给你们送药的。"我的父亲说，"炼油厂的洪水已经到了新阶段。"他停顿，又把药片拿到我面前。

"这是止雨药，"父亲接着说，"工会偷偷给的。我们不能让洪水到来。"

"可洪水已经到来了，"我在心里默念，"厂台新闻说的。"

"洪水没有到来。"父亲的面色凝重。

"不但洪水没有来，台风也没有到来。"父亲说，"厂长想把我们都变成诗人。你知道诗人吗？就是……诗人。"

我想说什么，但喉咙干哑，甚至连默念都不行了。我的喉头像是被扎了洞，有什么东西在丝丝流过，是风。

"吃药吧。"父亲伸手，把药贴在我的喉咙里。

我没有再说什么，也说不出什么。

吃完晚饭，父亲就匆匆离开了。

我没有跟父亲回家。父亲走后，我想把白色药片呕掉，但是呕不出来。我看着洗手池的水面，似乎显出厂长憔悴的影子。

他表情哀伤，点起一根烟，说："晦涩啊，诗人。"

如果我弯腰，把脸完全浸到水面以下。面前是自行车形成的车流。炼油厂的工人骑着自行车，他们打着雨伞，或穿着雨披，底下是铅灰色的工作服。他们形成交替的波浪。套着透明雨披的高年级女生，没有声音，里面的碎花连衣裙干净，她尚未穿过马路。她在缓慢的车流前等待。

我低下头，发现自己手里握着一瓶红墨水。

弟弟到哪里去了？此时我才意识到，自己并没有弟弟。弟弟从来没有说过话，从来没有真正出现过。弟弟是一瓶剔透的红墨水。

这是夏天，但还没有到暑假。这是炼油厂子弟小学午间放学的时间。所以我也要穿过马路。

雷声响起，抬头看到天空中翻滚的乌云。大概快要下雨了。再低下头，发现那女生突如其来地，穿过了车流，在马路对面消失了。是走进了生活小区，还是绕过小区走向了厂区？我很想追上她，问问她是哪个班级的。我敢这样问吗？我手中仍握着红墨水的瓶子。

我也磕磕碰碰地穿过车流，到达马路的对面。我走进生活小区，也向厂区门口张望。

那个女生完全消失不见了。

雷声越来越大，让人忍不住想张大嘴巴，来缓解这巨大声音的压力。乌云里跳跃着电，像兽笼的铁条，像电流本身。

乌云堆叠里，一片混杂的反光。

雨点落下来了。下大雨了。

炼油厂的职工在雨水中消失，雨越下越大，雨声也越来越大。雷声被盖了过去，似乎不再打雷。什么都看不清楚了。

雨水中，传来一个遥远的声音："卖水母啦，卖水母。"

接着，是另一个声音的低语，在讨价还价。

那个声音也降低音量："你是要海蜇头，还是海蜇皮子？都很脆的，不用挑。"

我在这片晦涩里，继续寻找高年级女生的身影，却一无所获。我在阴影中奔跑，想穿透阴影。我的身体越跑越冷。雨继续下，我被水泥路肩的落差绊倒。

红墨水瓶猛地脱手，抛了出去。

我在雨水里爬起身来。大雨仍泥沙俱下。心脏的、下体晕出的血液，被瞬间冲散了。一切都干干净净，好像什么都没有发生。只有透明的墨水瓶残片还在。被雨水击打。

夏日的阵雨毕竟是阵雨，来得快，去得也快。没一会儿便拨云见日，阳光照射下来了。地上的积水正在迅速退去，水流缓缓消失在马路两侧的低凹处。很快连水洼都快不剩。一只蜗牛出现在路中央，爬到了墨水瓶的残片上，在顶端停住，伸长触角。

水泥地散发出雨后独特的味道。

"这才是夏天的热度和浓度啊！"要是一位作家此时经过炼油厂，一定会这样感叹。

卡车与引力通道

房间角落里，锈迹斑斑的传送机正在启动。传送机轰隆作响，像是火山爆发剥落锈块。从某个角度看去，机器在冒烟。不用担心，是鹦鹉躲在机器后面，偷偷抽着小说家的烟斗。

小说家把刚写完的书稿塞进传送机，机器发出嘀嘀的声音，意思是书稿太厚了。再试几次，还是没有成功。只好随便抽掉一小沓，再塞进传送机。机器又发出与刚才相同的嘀嘀声，这次的意思是：货物，收到了！

传送带动了起来，书稿被卷到机器的肚子里。传送机像是在吃一盘好吃的蔬菜沙拉。

小说家的书稿来到出版社。审稿编辑读了几页，觉得不算太好也不算坏，反正是过了出版门槛啦。

出版社的侦探小说家失踪了，情感小说家正好离婚了。那么就——赶紧加工出版吧！

小说家的书稿进入编校环节。编辑发现，这份稿件的语法太严谨，与正规出版物要求的质量有所偏差，就帮小说家增加了语病和错别字；又从库存里找来几页滞销漫画，作为封面和插图（编辑为自己使用剪刀的高超技巧沾沾自喜）。

书稿又转到了印刷厂。

印刷厂连夜开工，机器嘎吱嘎吱的。仅过去一年，一百册封面各异的新书就运到了宇宙快递公司门口。

快递公司的卡车司机穿着一件深蓝色的衣服，衬衫的左前胸有一个长方形的口袋，里面放着一个半瘪的烟盒。当然，烟盒里是烟，他的烟瘾大得很。和小说家的鹦鹉差不多。

小说家的新书，得由他运送到宇宙各处去。

卡车司机就抽着烟，看工人把书一箱一箱地装上卡车。一箱，两箱，好了搬完啦。总共就两箱，只是顺路捎带。

他熄掉烟，跳进驾驶室，关上车门。

他坐在那里，拧开收音机，里面正在播报新闻：结束了引力通道技术研发的工作，科学家罗罗罗教授准备进行新的科学探索，他要把一台洗衣机发射到宇宙中。

"嗯……引力通道，是个不错的技术。"卡车司机想。因为，他每天都得把车开到引力通道上。卡车借助星球之间的引力流，把长篇小说、短篇小说集、诗集——最主要的还是食品、服装、化妆品——运送到各个星系。

听了一会儿，司机终于转动钥匙，把火打了起来。卡车开始了有节奏的振动。

他踩上油门，加速一段路后，卡车离地而起——后面传来一声脆响，在清新柔韧中带着多汁。是哪个装书的箱子破了？不不，听起来是水果在滚动，撞到装书的箱子上去啦！那是一大筐宇宙特培多倍体水果。

宇宙快递公司的卡车冲出了大气层。司机把收音机拧得更大声（因为空气稀薄了），继续听刚才那个新闻。原来是个系列专题，随着时间的变化，科学家罗罗罗教授已经来到发射现场，与主持人做起了交流。

主持人："您好，罗罗罗教授。我想问的是，到底是什么样的理由，让您决定把一台洗衣机发射到宇宙中？"

罗罗罗教授："一台洗衣机，在宇宙的广袤中旋转着，清洗着结构内的衣物，宁静地运转……很美，不是吗？"

主持人："对，确实很美。但就我的感觉来说，这更像是一个诗人给出的理由，而不是一位科学家。对不起，有点冒昧。"

罗罗罗教授："没有关系。在我做决定之前，许多同事也向我表达过类似的看法。我能理解你们，但你们对科学的理解还不够。我想说，科学本身就是一首诗。咳咳。"

…………

专题报道越来越无聊，卡车司机选择了快进。收音机声音的快进，让卡车的时间流动也变快了，让卡车外的景物变换也变快了。宇宙冻成一块，因缺少空气而越来越像一块黑板。

枯槁的树枝伸到路中间，是惊人的土豆树，上面的土豆有半辆卡车那么大；宇宙银鱼珊瑚，细小白亮的银鱼穿梭在珊瑚的分叉间，形成共生；远古的鲨，静默、缓慢地将视线切开——

……………

　　主持人：“好，载着洗衣机的火箭马上就要发射了，让我们一起倒数！”

　　“三。”

　　“二。”

　　“一。”

　　“轰——呼呼呼——嗖——”火舌混合着风声，从卡车收音机中喷出来。

　　卡车司机吓了一跳，恰好前边的引力通道正在分岔。司机使劲打了方向，可一个轮子还是滚到岔口路肩上。这辆卡车先是慢慢地、轻微地、小小地扬起头，接着就滑出引力通道，彻底失去重量——“轰”，倾倒在了路边。

　　卡车司机从颠倒的驾驶室爬出来（咦，宇宙里还有上下之分），看到后面货厢的铁门摔开了。散开的货物是一个缓慢的喷嚏，朝卡车外冒着。小说家的书，正和科学家罗罗罗教授的洗衣机一样，宁静地飘荡着，飞向宇宙深处。

　　“嘿，追不回来啰！”

　　于是，卡车司机拍拍衬衫，把灰尘拍到宇宙中去，顺手往左胸的口袋里摸了摸。还好，烟没有压坏。他捕捉到一团气泡般闪烁的空气，凑到眼前。在行星之间，给自己点起了一根烟。

香 菇

现在，多数的人不知道自己是如何变成人类的。其实，人类是一种混合出来的生物。植物加一点植物，兽类加一点兽类，植物加一点兽类。上色，撒盐，出锅。

把筷子递到嘴边，作家咬开一颗香菇，突然意识到自己主要由香菇构成。

他不能吃自己的祖先。

烤　箱

　　烤箱可以融化一切，当然也可以融化小说。但在烤箱之外，镜子里的小说没有融化。

在流刑地

制造一台文本制造机，最重要的部件竟然是眼睛。只有把作家的眼睛取下，用罐子浸好装到机器里，机器才能正常运转。从机器里向外窥视，作家的眼睛获得了不朽。

蓝西瓜

　　夏天，他们走了以后，我就躺在蓝西瓜的瓜瓤里哭。虽然西瓜被他们砸得稀烂，但蓝西瓜还是那么新鲜、清脆。我躺在瓜瓤里，西瓜汁液大概已经流了一地吧。不要了，不要继续往上面戳三角了。我全身都变得黏黏的，但我不想动。空调房间里的西瓜皮，像我的肚皮一样冰凉。过了一会儿，我闻到了腐烂的气息。但我知道，那一定不是蓝西瓜散发的味道。又过了一会儿，外面下起了能让人想起消失的雨。

浴室迷航

　　他一个人被弹射到了荒芜的星球，他一个人建立起一个新的人类文明，他成为一所大学的校长。他去学校的公共浴室洗澡，学生们在热腾腾的雾气中来去，与他打招呼。他们是那么光洁，他们是新的人类。他一个人在空中呆立了许久，面对上百米高的公共衣柜，还是没能想起自己的衣服放在了哪一个格子里。

送　件

　　普罗米修斯来到办公室门口，发现办公室关着门。他敲了一会儿门，没有人来开。他给收件人打电话。电话那边说："学校的文件呢，以前都是从门缝底下塞进去的，现在每个办公室门上都挂了文件袋。""所以呢？"普罗米修斯问，"所以我放在文件袋里就行了吧？""是的。"电话那边说。普罗米修斯把火放在了文件袋里。

夜访烟酒店

大概感觉到了什么，醒来了——

夜晚，完全没有夏日的郁热与躁动。坐在床上，看到空茫茫的冷气从地板升起来。窗户外面，炼油厂的夜景明亮：输油管道、锅炉、油管构成炼油厂，装置灯、路灯、手电灯照亮炼油厂。炼油厂是冰块，在我牙齿间碰撞。

我这样坐着，能想到工人如何行走。他们穿着铅色的工作服像铅一样重，戴着安全帽，在夜色中行走如梦游。他们倒立着行走在管道上，他们倾斜，与走在平地上无异。用灯光的锐角割开管道，扬起扳手敲击锅炉。一切井井有条，不需要任何声音。

这就是炼油厂的夜晚，静得像烟囱的洞。

或者，会突然有爆炸般的巨响。

响到让人听不见声音，以为自己在做梦。

也许我就是在这样的响声中醒来的。这样的响声，总是来去迅捷，不留一点痕迹。钢筋般扎入我的耳郭，从另一边扎出，彻底穿透我的所有神经。当我从眩晕的梦中，从枕头里打捞起自己的脑袋时，它们早已逃之夭夭、毁尸灭迹，消失在可疑的空气里。

我就这样醒来了，觉得肚子很饿，而且很冷。

还是从床上下来了，但不想去厨房。在床头柜的那些杂物里翻找，找到一袋散装的核桃糕。我不记得自己买过，也不记得自己以前吃过。拆了一小包。尝起来很奇怪，很糯，不甜，也不粘牙。比想象中好吃得多。于是我把它们拿到客厅，坐在沙发上，一片接一片的，把一整袋核桃糕都吃完了。

夜晚的饥饿缓解了，但我还是冷。我决定做一些运动。我原本是不爱运动的，但我感到冷。我唯一擅长的运动就是跳绳了，可以连跳一千个不断。于是我找到了绳子，在客厅连跳了一千个。也不知楼下是不是被吵醒了。

热了。但还是觉得空虚。

不管在卧室还是客厅，不管坐着还是躺着，都觉得空虚。突然想到，现在确实是夏天，空虚就是郁结。郁结的热气白天浮在滚烫的水泥地上，晚上就变成空茫茫的冷气，被吸到肺里。

想要抽烟，发现家里的刚抽完。决定下楼，去探访生活小区里的烟酒店。据说烟酒店是不关门的。

走到楼下，才发现夜晚的小区不如想象中的平静。炼油厂的工人不仅在厂区的夜色中行走，还扩散到了厂区之外，走在了生活小区里。炼油厂是一只巨大的蟑螂，被钉在地上。工人则是缓慢流散的黑色汁液。

有的人贴着小区的栏杆走，或者在草丛里漫行。有的人弓起身子，把自己卡在樟树的树枝里，寻找合适的姿势入睡。他的眼睛闭着，只是不断伸长脖子，扭动脖子，感到不适。

他们都决意在夜晚中暂住，已疲于回家。

我是去探访烟酒店的，我的目的明确。所以，步履匆匆地穿过他们的身影，像穿过一片形形色色的雕像。

在路灯下，我忽然瞥见一个小东西。走近去看，发现是一只十几厘米足展的宠物蜘蛛。浑身毛茸茸的，蜷缩在那里，大概也是在睡觉，或者觉得冷。宠物蜘蛛被蟑螂所吸引，捕食蟑螂。

我把手伸过去，触碰它，小家伙没有理会我。我便放心地把它整个抓起，塞进裤袋。

我到了烟酒店。灯光明亮，烟酒店里烟雾缭绕，大家坐在小店中间打麻将。摆上麻将桌后，烟酒店几乎没有多余的空间。一个倒班工人，穿着工作服摸了一个萬，不要。旁边的人，摸了八条，也不要。他们都没有说话。

他们只在吃和碰的时候偶尔说话，他们讲普通话。有时，连吃和碰也不说了。连沉默也是普通话的。

在沉默中，有人赢牌了。

洗牌。稍微搅动了凝滞的气氛，烟雾的流动也加快了。终于有人注意到了我，问我："买烟吗？"

他从牌堆中抽出手，起身走到柜台前，问我："什么烟？都是好烟。烟好，世界销量第一。"

我随手点了一个牌子。我对烟的要求不高，也不认牌子，只要是烟就可以了。

他把那包烟从柜台中取出，用一个小塑料袋装好，打上一个结，又问我："酒呢？酒也好的。都是好酒，世界销量第一。"

我没有理会，想起了什么似的，问他："有清凉型的烟吗？薄荷的。"

他说："有有。"把塑料袋上的结解开，帮我装了一包，再打上结。又问我："酒要不要？酒不错的。酒好，世界销量第一。"

我说："不用了吧。"

他执意塞给我："买回去烧菜也行的。不给钱也行。"

于是进了我另一个裤袋。

我小心翼翼地拎着两包烟，走在生活小区的路上，再次穿过缓慢行走的工人。突然想起了前女友，突然很想去见一下她。

她也住在这个生活小区。不过，她已经结婚了。她和她的丈夫都是炼油厂的工人。

我想去见一下她，再回自己家。

或者说见一下他们。

很久没有去过了，都快记不清是哪个单元。走上楼道，来到门前，敲了敲门，门没有开。我在门口站了几分钟，声控灯亮了又灭，灭了又亮。我感到喉咙很痒，想抽烟。现在他们肯定是睡了。我决定抽完一根烟就走。

把手伸进裤袋摸打火机，却被什么扎了一下。我这才想起，宠物蜘蛛就在裤袋里。幸好它应该没有毒。我把它从裤袋里取出来，发现它变成了一个十几厘米高的裸体男孩，脖子上套着绳索。

就在这时，房间门打开了。是前女友开的门，她穿着睡衣站在门口。她的双手下垂，掩在睡衣的袖子里。

我手上的男孩一看到前女友，就吓了一跳，惊恐地跑动起来。沿着我的手臂、腰、腿，一直跑到了地面上。

他还想继续跑远，前女友说话了："是礼物吗？"

前女友抬起穿着拖鞋的脚，在男孩身上轻轻一抹，男孩倒在了地上，身下流出一摊汁液。他躺在那里，扼着自己的脖子，好像是被绳索勒住了。没过几秒，他就不再动弹了。

走进房门，前女友引我来到厨房。厨房正在煮什么东西，让这个夜晚变得温暖了一些。我们一起坐在狭窄的厨房里。我们都坐在高高的椅子上。

刚在椅子上坐好，她就身体前倾，问我："你还喜欢我吗？"她的眼睛盯住我，里面有雾。她没有沁出一丝汗。

"该怎么说呢……"我有点语塞。

"该怎么说？"她又靠近了一些。

"还有点吧。"

"只是有点？"她收回一点身子，眼睛转投在了煤气灶上，"这么晚找我有什么事情？"

"睡不着觉，去烟酒店买了点东西，想顺便过来看看……"

"那就别走了。"她打断我。

"啊？"我摸不清她的意思。

"不要走了，晚上住在这里。"

"你老公呢，还没有回来吗？"

"是啊，还没有回。"

"你们吵架了？"

她的脸色一下变得很不好，脑袋转得更远，背对着我。我们半天没有说话。时间又像是回到了当初分手的时候。当时，每次问到他们的关系，她就歇斯底里地重复"我就是爱他"。之后就是大段的沉默。几年过去，她不再大声喊叫，但仍使用沉默。

为了打破尴尬，也为了让气氛不那么像过去，我只好硬着头皮，没话找话地问她："他是在倒班？"

她这才慢慢转过身子，指了指煤气灶："高压锅里煮了一部分，浴缸里还有一部分。"

她的双手戴着橡胶手套，我刚才没有注意。她的一只手耷拉在大腿上，刚刚为我指了煤气灶；另一只手摆在小腹的位置。不知为什么，我一下觉得她老了。刚才她不是这样的。她很疲惫，可以说疲惫不堪，也老了。在煤气灶上，高压锅正不断吹出热气。

"你一个人砍的吗？别开玩笑了。"我说。

"对，所以是你帮我一起砍的。"她把脑袋靠在墙上，无奈地笑笑，看上去更有倦意了。

我心里一惊，觉得自己今晚不该到这里来。换一个角度，可能到这里来是注定的。这场梦游般的夜访为何一直缓慢，一直窒息，为何充斥空虚、郁结，似乎都得到了解释。又像是什么都没有说，什么都没有解释。

屋外像是燃着一场火焰。在这夜访的晚上，楼上楼下都在紧急逃生，他们像虚构的影子，从窗口不停掠过，坠入火海。

其实什么声音都没有。没有火焰，也没有什么警笛。只有我们坐在高高的椅子上。

她把手伸向煤气灶，把火关掉："熟了。"又说："你还是走吧。"她的脸转向我，再次盯住我。她在仔细观察我的表情。

"多陪我一会儿也行，等高压锅没气了再走。"她摘掉橡胶手套。她变得年轻了一些，她处在年轻和衰老之间的模糊地带了。

"还是不走了，"我说，"在这里过夜吧。"

"你真好。"她把脸贴到我的脸边，给了我一个短暂的吻。她的神情难以描绘，流下了眼泪。

又小声说："但不管怎样，也不能杀人啊。"

我回吻了她，说："没关系的。"

厨房里是满溢的肉香。在这样空虚的夏日夜晚，肉香倒是能让人变得满足，让人重新找到确认。也有可能是把人彻底甩出现实。我的手变得冰凉，肚子也再次开始饿了。

现在不能跳绳，手边也没有核桃糕了。

"要不要抽烟？"我突然想到。

"好啊！"她说，"烟，世界销量第一。"

我打开塑料袋，把薄荷的那盒递给她。她推了回来，取了另外一盒。拆掉塑封，打开盖子，她熟练地摸出一根。打开煤气灶，低下头去点燃，也不顾头发被烧着。又迅速熄了煤气灶。我自己也摸出一根，凑到她嘴边，借她烟头的火星点燃。烟是细的，味道甜丝丝的，一直凉到了嗓子里。

气氛一下子柔软起来，开始冒烟。

"那酒呢，要不要酒？"我问。

"酒就不用了。"

于是，我们在狭窄的厨房里抽烟，一根接一根。我们互相继承着火焰。无论火焰是真实的，还是虚假的。要是可以的话，希望夜晚就这样迅捷地过去，不留一点痕迹。要是一定会留下痕迹，那么我知道，夜访烟酒店的人是世界上销量第一的。今天晚上，我刚刚卖掉一个这样的人。

地 下

　　女佣一边尖叫，一边疯狂踩动缝纫机。她就在那个最底处的房间里，把她们缝在一起，直到针线穿过自己的手指。她像是丝毫没有感觉到。她把自己和她们缝在了一起。房间的墙壁上，出现一张巨大的、拉链般的脸。旋即消失。她不该这样下去，不该继续缝纫，连蓝胡子都感到一丝残忍。但蓝胡子没有阻止她。

恨猫的人

猫被一个坏人踢到了空中，明亮得像一团火球。

"那是什么？"别人问他。

"是抛物线。"他说。

他曾经很喜欢猫，后来渐渐失去了感觉。或者说，只剩下恨。不管怎么说，他恨得有一点过分了。

他为什么把猫恨成这样？猫真的有错吗？一只有错的猫是否值得原谅？

那么，一个踢猫的坏人，又是否值得原谅？

夜　游

　　深夜，作为电台主持人，我照例坐在对谈节目的现场。在难以掩饰的哈欠里，我不经意闻到了对方身上的味道，像某种糖。再仔细去捕捉，应该是薄荷糖。除此之外，这个对谈节目没有丝毫乐趣。以往的任何节目都没有乐趣，就算将滚烫的开水泼向电源插座，也不会有什么改变。到底是不是糖？不知怎么，我竟然真的问出了口。"没错，就是薄荷糖，我把薄荷糖涂在了身上。"她说。

　　"我是来夺取你们电台的。"她继续说，"现在，巨型机器人应该开始工作了。"

　　果然，地板下面传来了声音，我们的录音棚开始震动。又过了几分钟，震动渐缓，变成了有规律的波动。巨型机器人在步行。机器人把整幢楼拔了起来，搁在了背上，要走到不知哪里去。这是我的猜测。短暂的停顿后，我们继续对谈节目。总之，这个夜晚变得有意思一点了。

木匠的剧

我感到自己的灵魂在门外，在楼道里上上下下，走了许多个来回。他磕磕碰碰的，好像失重。而我坐在剧场中央的桌子前，等待话剧开始。这个剧场在生活小区的居民楼里，是一套普通的房子。但几乎没有装修，剧场里所有的家具都是木头制作的。剧场地面铺满了木花。所以这是木匠的剧场，即将开场的是木匠的剧。我的灵魂在敲门，我仍然坐在桌前，没有去理会。可是木匠一直没有来。

外面天彻底黑了，有光线从窗外照进来。他们拿出家中的照明设备，到楼下跳广场舞去了。

敲门声越来越响，空气里扬起木屑。木匠的剧很可能只是一个游戏。那么，我是谁呢？

我想起自己曾经犯过的错，我曾经将剪刀扎在别人的胸口。所以，剪刀现在也扎进我的胸口。

我从椅子上站起来，身上沾满木屑。我来到窗户前，胸前的伤口开始流血了。

炼油厂的广场上，他们的舞蹈是慌乱的，在慌乱之中，我看到了话剧的火焰。它从木匠的剧中逃走，逃到了人群的缝隙里，疾奔。

　　如果不是身中一刀，我可以走下楼去，侧身走进人群的缝隙。广场的舞蹈静悄悄，静悄悄。

夏日摩托车与学校宣传片

夏日，阳光径直照进我们的保健品店，割走一块滚烫发亮的地板。保健品店外的小镇，一如往常。总有人往窄细无人的街道上泼刚洗过下体的脏水；总有人在午睡；也总有少年像几年前的我一样，在这水分蒸腾的午后，踩着快要融化的白球鞋，挑拣街心稍微干净的部分，一路踢开装着烂萝卜、菜叶的塑料袋，踢开快被晒成粉末的塑料模特，穿过滚滚向上的垃圾、尿素味道，去废弃的铁皮屋顶菜场里，寻找一块安静、私人的荫蔽。

他会像几年前的我一样，坐在菜场生锈的屋顶下，玩一下午电子宠物吗？不管什么时候，电子宠物上的游戏都不算多。我会打开一个赛车游戏，每辆赛车都像一个"大"字。赛车越开越快，我在赛车爆炸的一团团烟雾中，度过了整个下午。有时候会有低年级的孩子，别着塑料刀剑，裤袋里重重地坠着一沓水浒卡——

"一起拍水浒卡吗？"他们问我。

"不，我玩电子宠物。"

"只拍卡，不赌。一起玩吧。"

于是，我把电子宠物收进裤袋。几个人凑成一个小圈，直接坐在地上。有倾斜的铁皮屋顶挡住阳光，菜场有着与外边不一样的气息。偶尔窜入鼻息一缕滚烫潮湿的腐烂味道，也带着些许不可告人的凉意。一个下午倏忽过去，小镇散发臭气的速度缓慢下来了。天黑了。我一边裤袋坠着莫名其妙赢来的水浒卡，一边裤袋塞着电子宠物，抄近路回到我们的保健品店。

我为何不在自家的二楼，在自己的房间里，在房间内侧的床边地面坐着，打开老式空调，身体不由自主地向下滑去，双腿伸得直直的，把脑袋埋得比床面还低，像在自己房间里消失了一样，玩一下午的电子宠物呢？

母亲会在一阵松动的空气与郁热的头疼中醒来，从一楼保健品店的大厅穿过，寻找我的踪迹。就像我去了废弃菜场一样。

她打开我的房门，发现空调开着，而房间空空荡荡，我不见踪影。于是拿起柜子上的遥控器，将空调关闭。我也装作不知，在她的脚步声渐渐远去后，悄悄从床的另一侧站起，重新打开空调。我像是潜艇冒出了海平面。

小镇的少年各有各的生活。我不再在自己的房间隐身地待一下午，玩一下午电子宠物，而选择去废弃的铁皮屋顶菜场碰运气玩水浒卡；我不再去废弃菜场，而选择这样百无聊赖地在我们的保健品店里看店；都是因为，小镇的少年各有各的生活，而我，正从这些样式各异的小镇少年身体中穿行而过。

在小镇的夏日中，一下子过去了多年，我长大了。

我已经不再喜欢现在的生活了。虽然电子宠物重新换上纽扣电池，还可以玩赛车游戏，但我已经不喜欢赛车游戏了。

我都不知道，这样臃肿的夏日，还有什么事情可以排遣无聊。

就在这时，高中时的狐朋狗友雷二和陈富竟然相互搂着肩膀，出现在了保健店门口。他们站得扭扭捏捏的，但好歹削去了门口的一片热光。他们也不嫌热。眼神越过坐在保健品店中间的我，歪歪斜斜地投在货架上。

"买保健品吗？"我问。

"不。"雷二把胳膊从陈富肩上撤下来，"我觉得饿了，想吃东西。"

"来这里买？"

"不，"雷二笑了，"是来叫你和我们一起买。翻墙买夜宵，像毕业前那样。"

夏日的蝉声肿胀，我仔细思量了一番，决定再次将空无一人的保健品店留给午睡中的母亲。

不知道一会儿她从风扇震颤的声音中醒来，穿过空荡荡的保健品店大厅、穿过交叉的楼梯、打开我的房间寻找我时，大厅里那空荡荡的风，是否与几年前我在家里消失的下午有几分相似。

我和雷二一起坐在陈富的摩托车后座，向小镇另一头飞驰。时间开始在小镇中变换。一路上仍与往常一样，有人将新鲜的空啤酒瓶成箱地甩到街上；有人在街上呕吐，吐着吐着身体就融化了，卧倒在街道上；有人拿着捕蝴蝶的网兜，在街上游来荡去，期待遇见以垃圾为食、沉默不语的巨白兽，它们肉质鲜美。

现在小镇上的巨白兽已经很少了。自从人们开始食用它们，它们的末日就不远了。而小镇上的垃圾，自然越来越多。

我们躲避着各种垃圾，在一如既往的阳光中颠簸。时间像是过去了好几天。越过小镇唯一的一座桥后，我们到达另一半的小镇。又穿过一片作物高过头顶的田野，我们驶入了一条小巷。

小巷的上方，也有倾斜的铁皮屋顶。小巷里是各式各样杂乱的建筑。门窗在阴影中闪烁。房子连着房子，内部互相交错。这条黑暗的小巷，似乎长到没有尽头。我不由抱紧了雷二。

他反过身来，轻轻拨开我的手。

"跑这么远，我们要买什么吃的？"我问。

"买什么？"他停顿了一下，"其实我想买保健品，买一大箱。"他的声音变得模糊，但又能让人感到他的真诚。

这个时候驾驶摩托车的陈富也像是想到了什么。

"去他的！"陈富说，"终于想起来了，我的摩托车坏了，我们得去镇子另一头修摩托车的。"

陈富的摩托车继续行进，小巷越来越暗，像一个潮湿的地牢。甚至可以闻到水的味道。小巷变成了封闭的地道。我们的车速渐渐慢了下来，在颠簸的视野里，前方浮现了一个窗口。窗口方方正正，有竖直的铁栏。猛烈的阳光从窗口外面打进来，被铁栏切成一截截长条。一片黑暗之中，唯有窗口亮着光。随着摩托车的前行，窗口在我们的视野中越来越大，直到高过我们头顶。

陈富将车停在了窗口前。窗口很大，但铁栏的空隙很小。窗口高过头顶。我和雷二下了车。陈富也下了车。我这才知道陈富的摩托车哪里坏了，原来是没有轮子。刚才我们怎么没有发现？前轮后轮都掉了。怪不得车身这么矮，一路上总是发出刺耳的磨地声音。除了轮子，这辆车别的部件都像新的一样。

"铁栏的空隙这么小，摩托车该怎么拿过去呢？"陈富说。

"拆了吧，反正你已经要修了。"雷二提议。

"说得对。"

于是我们在窗口这边拆起摩托车来。拆着拆着，我们发现徒手拆车很累，就把窗口的铁栏一根根踢下来，铁栏的一端在地上砸扁，可以勉强用来拧螺丝。拆着拆着，我们都饿了。

我一摸口袋，发现口袋里恰好装着一板保健品。

"保健品，你们要吗？"

恰好十二粒，我们每个人吃了四粒，觉得不那么饿了。嚼完以后，嘴唇上留有樱桃与车厘子果酱混合以后的清香。

"行了，我们走吧。"陈富站了起来，面前已是一大堆拆卸完毕的摩托车零件。我也站了起来。

雷二还在嚼刚才的四粒保健品，嚼个没完，完全没有站起来的意思。

我们将身体塞过窗口，才发现那边根本就踩不到底。像一个悬崖。陈富已经抓不住了，手一松就掉了下去。只听到椅子重重翻倒的声音。我把头侧过去往下看，发现下面是一间教室，这个窗口是教室后墙上高高的窗户。

于是我也将手松开，身体重重地砸在了陈富身上。

我们在窗户底下大喊："快——把——摩——托——车——丢——下——来——啊——"

"来——啊——"

"丢——下——来——"

我们喊得此起彼伏。

可惜的是，雷二好像完全没有理我们的意思。更可惜的是，教室里同学越来越多。新进来的同学，每人背上都是一把椅子。快要上课了。同学要用椅子占据教室的每个角落，端正地坐好。

"快——啊——雷——二——"

晚来的同学，把椅子叠到别人身上，踩着别人的肩膀坐到椅子上。更晚来的人，就坐到第三层去，或者第四层。现在我突然明白了，为什么这间教室这么宽敞、这么高。这里的校规很严格，学生都很用功，是我们那一半的小镇没法比的。

我和陈富，只好逆着拥进教室的人群，向外面挤。等挤出教室的时候，我已经找不到陈富了。我继续向外挤去，一直挤到教学楼大厅。我看到大厅外边，有更多行色匆匆的学生，或者端着高过头顶的教科书，或者顶着椅子，向教学楼里拥来。我实在站不住脚跟，倒在了地上。

无数张鞋底踩在了我的身上，带着优等生的理所当然。

铃声响起来。几秒钟后，教学楼大厅一片安静。

我站了起来，在教学楼大厅里走了一圈。教学楼大厅有柔软、通透的风，大厅中间是一面大镜子，我可以在镜子上看到自己的惨象。大镜子的左边和右边，没有楼梯。左边是两条交缠的木头滑梯，右边也是。共四条。大镜子没有楼梯。

这个时候大厅里的挂钟敲了起来。当，当，当，敲了十下才停。看来他们学校是十点钟上课，但上课铃早了半分钟，或者大厅的挂钟晚了半分钟，或者两个都不准。

挂钟敲完以后，上方的小匣子突然打开，弹出一枚连着弹簧的眼珠子。颤动几下以后，又收了回去。

我坐到其中一条滑梯上，身体不由自主地顺着滑梯滑了上去，一直滑到顶楼。我这才意识到，这边的教学楼不需要楼梯，因为他们是用滑梯上楼的。当然也用滑梯下楼。左边一上一下需要两条滑梯，右边一上一下也需要两条滑梯。我恰好坐到了向上的滑梯上。

这个教学楼的顶楼，与所有教学楼顶楼一样阴暗，阴暗到已不像是夏日。我看到自己踩过的地方，都留下了脚印。教学楼的顶楼已经积了厚厚一层的灰。很久没有人上来过了。

我看到一个木头箱子，就把脚放了上去。木头箱子比枕头更柔软，凹陷下去一块。我把脚拿开，木头箱子打开一道缝隙，缓缓吐出一张纸条。我等纸条吐完，撕下来一看，发现上面写着我的姓名、性别、年龄、身高、体重、心率。

教学楼顶层的喇叭突然响了起来，警报声夹杂着人声：有入侵者，保持警惕；有入侵者，保持警惕；有入侵者，保持警惕！

当我惊慌失措时，喇叭的警报声停了，里面的人声说："请到另一个箱子上再测一遍。"

我顺着他的提示找到了另一个木头箱子，它在另一条向上滑梯的边上。我把脚放上去。与前一个不同，这个箱子坚硬无比。把脚拿开，这个木箱同样吐出一张纸条。

"请入侵者下楼。"喇叭里的声音说。

由于是入侵者，我被罚和学校的学生一起上体育课。这里的体育课，内容就是大家挤在一起，互相撞来撞去。他们把彼此挤压、彼此冲撞纳入了日常课程。

这个班的班长或者学习委员，一个男生，向周围人打着手势。他的身体接连不断撞上我的身体。撞了一会儿，我发现自己口袋里的电子宠物不见了。原来在互相碰撞的过程中，每个人都是小偷。我身上的东西在一点一点被偷走，最后我赤身裸体，仍被不停地撞来撞去。

下课铃响了。我觉得自己终于解脱了。

"电子宠物，把电子宠物还给我。"我朝他们喊。

"我的电子宠物也弄丢了，也是刚刚弄丢的。"男班长或者学习委员说，"是不是你偷的？"

"肯定是你偷的！"男班长或者学习委员从口袋里掏出我的电子宠物，"我打个电话试试，如果在你身上你就死定了。"

他拨通了自己电子宠物的电话。

他口袋里传出了电子宠物的叫声。他的电子宠物好好地在他自己口袋里。

"哈、哈、哈、对、不、起——"他拿着我的和他的电子宠物，一阵烟跑开了。

我刚想追上去，一位老师把我拦住。

"同学，请做课间操。"

我被带到做课间操的大操场上，大操场上停满手持双剑的变形金刚。

"快乘上去。"老师说。

周围的同学开始一起脱校服。他们剥掉短袖T恤，褪掉半脚短裤和裙子，去除夏日一切的纷纷扰扰和汗涔涔。与我一样赤身裸体，登上变形金刚。我也登上了变形金刚。

课间操的音乐响了起来，手持双剑的变形金刚做起了整齐的课间操。我总想挥剑将前面同学的头颅砍下来，却总是失败。

整个视线渐渐模糊，整个镜头渐渐拉远。

出现学校的名字：另一半镇中学。

这个时候，我突然想到了陈富，想到了雷二。他们到哪里去了？我还是更喜欢另一半的小镇，那个抛满了垃圾、臭气熏天、巨白兽来来往往寻找食物的小镇。我从睡梦中醒来，发现自己正睡在保健品店的二楼。我在自己的房间里，我自己的床上。老旧的空调正在运转，而我全身是汗。母亲恰好打开我的房门，向内张望。她当然看到了我。她什么也没有问，只是无声地坐到我的床边。她对我说："我刚才在电视上看了一部电影啊。"

"叫什么名字？"我问。

泪水却顺着母亲的脸颊流了下来。

"那我自己去看吧。"

到了电视机前，那部电影果然又在重播了。电影的名字叫《沙漠金锥》。一群人在广袤的沙漠里，发现了一卷布，开始疯狂地剥这卷布。他们剥啊剥啊剥，飞快地剥，剥了十几层还没有剥完。我没有耐心看了，把电视机关掉，才发现天都黑了。

我走下楼，保健品店的店面还开着，母亲不知道去哪里了。我觉得空气松动，郁热，头疼，那些与保健店不相干的陈富、雷二、学校、沙漠、金锥子，还有飞快地不停地剥布的声音，重复回荡在空荡荡的保健品店大厅里，也许也重复回荡在空荡荡的小镇上空，掩盖了小镇原有的热烈、阴郁、腥臭、芬芳。

此地来了石化工人

　　此地来了石化工人，他们决定建造一座炼油厂，所以他们就造了。每天中午，他们穿着铅色工作服、骑自行车穿过此地，像一串清脆的噪音。他们白天在炼油厂上班，晚上去打台球、喝啤酒。不过，炼油厂在哪里呢？炼油厂的大门又在哪里？炼油厂也许拥有一座流动的大门。

　　有一段时间，他们想要寻找刘诗意，他们找了他好久。最后，他们还是没能找到刘诗意。

浪

　　骑鹤人已经三天没有来了。剩下我们这些骑鲸人，漂浮在浪上。没有什么规律，只是慵懒地浮着，随意浮着。有时，我会发现自己腿上的伤口，看上去像烧伤。可是哪里有火呢？我的记性也越来越差。骑鲸人的记性都不太好。鹤大概是飞不动了吧，又不肯停在浪上。鹤怎么可能飞不动呢？鹤是唯一的希望了。在记忆消失之前，我还是相信鹤。我相信骑鹤人还会出现。

去　处

　　我们的朋友失踪了，我们不知道他是什么时候失踪的。我们的记性不太好。我们寻找了各个去处，都没有找到他。最后，我们在树上的一间小屋里发现了他。我们跳到比他更高的树枝上，看见他就这样挤在里面，瑟瑟发抖。那应该是个鸟屋。

　　"喂！"我们喊他，"你怎么啦？"

　　他抬起头看到我们。

　　"我怕猫。"他说。

　　"可我们就是猫啊。"我们说。

　　"对。"他说，"但总有一些时候，猫也会怕猫的。"

　　我们不太相信他的话。他可能是到树上捉鸟吃，睡在鸟屋里忘记出来了。我们不相信猫说的话。

私　宴

　　是一场车祸，她的父亲坐在驾驶室里，当场死亡；她的母亲坐在后座，把她抱在怀里，也重伤去世。刚结束一场宴席，她既不明白宴席的意义，也不明白车祸的意义。她目睹了父母的死亡。多年以后，在父母亲友的帮助下，她过得很好。她长大了，有稳定的工作，有不错的收入。她与帮助过她的人一直保持联系。某天，大家接到她的邀请。她也设了一场宴席，想请帮助过她的人吃饭。于是，大家出席。宴席进行到后半部分，她表示要表演一个节目。她站到了桌面上，站到转盘中间，脱掉自己的外套。一件接着一件，丢下自己的衣服。她跳了一出脱衣舞。但是，她的衣服下面什么也没有，没有身体。她怎么可能有身体呢？她消失在宴席的桌面上。

夜　食

　　我的哥哥患上了绝症，他总在夜里起来吃东西。我们曾经在半夜骑上自行车，骑出去很远，去吃砂锅。他吃得很多。我和他都很瘦，但他实在吃得太多。我不再和他一起吃砂锅。每到半夜，听见他起来翻找零食，每晚我都感到残忍。他赤着上身只穿内裤，冲进夜里，在黑暗中拆开零食的包装，蹲在地上咀嚼。在黑暗中，他因进食而流汗。他的那些食物里，我都投了毒药。他是知道的，他怎么可能不知道？他还是吃，在地上打滚。看到他打滚，我更不愿意带他去抢救了。我盯着黑暗中残忍的他。他因为夜食的绝症而去世。

　　他去世以后，再也没人半夜一起去吃砂锅。整个房子只剩我一个人。我在房间里进进出出，对这里的生活充满烦厌。

　　远房叔叔给我打来好几个电话，问我房子要不要出租。我不知道他想把这套房子租给谁。

　　那些租客从四面八方赶来，将旧有的家具搬空，露出刷了半截的浅绿色墙漆，还有白墙，还有屋子里上浮的空气。他们将装满的背包，以及可以深陷其中的沙发，搬进房间。这个曾罹患夜食绝症的房间。他们要烟，他们也在夜里弯起脖子，低头绕过门框，骑自行车出去买烟。他们坐在二手沙发上抽烟。

他们热烈地爱、热烈地恨，他们互相赞美、互相诋毁，他们生气盎然，他们在夜里大声哭泣。

就与这个曾经活过的房间年轻的时候一样。

白银饭店

我们要去白银饭店。白银饭店在一座热带海岛上。据说，那边白昼时会有细盐从穿顶落下来，呈一道道细线，落进人的脖颈里，像是有谁在搓碎白银。去白银饭店之前，我特意买了一把长柄雨伞。我把雨伞举起来检查了一番，但没有打开。

熊128先生对我说，去白银省就是看白银的，带伞过去就感受不到白银了。我不信他说的。等到了那边，才发现白银饭店竟然连屋顶都没有。可能我还缺了一顶帐篷。

陈西米姑娘把我们接上船，我们乘着铁皮船从白银省的大街上经过。我双脚踩上桅杆，身体挂住，整条街的景致尽收眼底。

我看到白银在街道上流动。

我们是下午两三点抵达的白银饭店，这个时候细盐下得最厉害。我能感到搓成针的细盐蘸了汗液，在我身上耐心穿刺。

船在白银饭店门前停稳。我回头看熊128先生，他看起来挺自在的，吹着口哨。在路上时他就吹个不停。我下船的时候，他还坐在甲板上拍打身上的盐。

白银饭店里蹿出一只盐白的猫，跳到甲板上，冲着他叫。盐白猫的叫声像狗。

我把旅行箱的拉杆抽出来，向上拎起，箱子却不堪重力，分崩离析。行李从箱子里翻了出去。

陈西米姑娘冲着我们笑，似乎感到不好意思。

我们被带上三楼，是白银饭店最高的楼层。这里没有屋顶，没有墙，没有床，只有厚厚的一层细盐，还有一个游泳池。

除了我们上来时穿过的楼梯口，三楼地板上还开了不少四方的小口，大概是让细盐往下落。我小心地走近，凑过头朝下看，恰好看到一楼大厅中央的白银饭桌。细盐正在我脚下流动，速度飞快。我要是再不走开，就会跟着细盐一起落下去。

陈西米姑娘对我们说抱歉，因为上一批诗人刚走，还来不及打扫。也许吧，我觉得这样的房间不需要打扫。我把行李随意抛出去，砸到了什么硬邦邦的东西，掩在盐堆下面。我找到一台打字机，好像已经不能用了，锈得厉害。熊128先生也跟着一起找，他发现了一根扎头发的橡皮筋。

他把橡皮筋叼在嘴里，像个傻子在三楼跑来跑去，"扑通"一声跳进了游泳池。他全程四脚着地，继续扮演那个动物。

我没有理他，踢出一床细盐，准备睡个午觉。

"记得下来吃晚饭！"陈西米姑娘侧着脸说。她抬起脚踏进一个小方口，她往下走，细盐像涌流没过她的头顶。

我醒来的时候，熊128先生坐在我身边喝水果。天色有点暗，细盐渐渐稀落下去，快停止了。

"你要吗？"他伸手插入盐堆里，又掘出一个水果。看起来挺重，外壳坚硬。他把水果上的金属拉环揭掉，递给我。

"喝完水果我们就下去吧。"他说。

话音未落，我的喉间就钻过一条慢慢长长的嗝。我实在太渴了，水果实在太好喝了。我继续把水果喝完，继续打完剩下的嗝。二氧化碳带着白银省的新鲜热量，消散在傍晚的空气中。

下楼的时候，我们听到大厅里的交谈声。有新的诗人到来了，除了我们之外的诗人。他们趁着穹顶不下细盐，趁着夜色，终于赶到了白银饭店。所以有柔软的烟雾，顺着楼梯上升。

陈西米姑娘接我们的时候，就提到过他们。陈西米姑娘是这样说的：过一会儿，我还要去接"你们"。我和熊128先生都没听懂这是什么意思。陈西米姑娘说了好几遍，我们才理解，这是另一拨"我们"，是本省的"我们"，是白银省的诗人。

于是此时，视线越过楼梯与细线般的盐，我们看到我们正坐在白银饭店大厅的沙发上，抽着纸牌烟，轻巧地嘲笑那些白痴。

我们走下楼梯，坐入我们之中。我们挪动了一下屁股，让出一片凹陷的沙发。我们继续讨论白银、细盐、白痴和诗人。

盐白色的猫从天花板某个小口坠下来，坠到我们脑袋上，没有人理会它。它在不同脑袋间蹦来跳去，终于蜷卧在了熊 128 先生的头顶。猫困倦了，而我们兴奋地统一了意见：我们就是白银。

一位我们从腰间掏出扑克盒，为我们每人发了一张纸牌烟。我们将纸牌烟卷起、点燃。我们抽烟，不断说着白银，白银好。

我们与我们混成一片，带着智力上的亲切感。

陈西米姑娘端上来一碟象环。她向我们介绍说，这是白银饭店原主人的拿手菜。

"他长诗第一部分的结尾提到过这个菜，说是将大象切片以后得到的。"

不一会儿，陈西米姑娘又端上一碟翼龙翅。

"这是蝙蝠的翅膀。"

我们纷纷按灭手中的纸牌烟，陷入惋惜与缅怀之中。在我们看来，白银饭店原主人才是真正的诗人，是所有诗人的先驱。

所以我们觉得，坐在白银饭店里吃饭，是诗人的荣幸。

陈西米姑娘丢给盐白猫一根尖锐的骨头。

多年以前，温带大陆骨架的游乐场里，我和熊128先生套着猩猩的粗手臂，比赛奔跑。大人们带着小孩，来观看我们，他们在欢呼。画匠坐在最差的座位上，带着画板和廉价牙膏，把我们比赛的场面变成油画。

大陆骨架处处都是庞杂无端的油画：商场招牌是IMAX油画；地上的斑马线是细条油画；车行道边上，透明洗手间挂着油画；甚至交警的脸也被拆掉，换成小幅油画。

要不是白银饭店原主人，这一切都不会得到改变，诗人将永远生活在大陆骨架的白痴们中间，套着猩猩手臂，比赛奔跑。

（熊128先生不像我一样，他没有那么厌倦猩猩手臂，他对一切都不那么有所谓。直到现在，他还喜欢四脚着地，亢奋地跑上一圈。而我更喜欢穿宽敞的衣服，说文明话。诗人就该如此。）

我们吞咽：象环、翼龙翅和海马干。时候已晚，我们筋疲力尽、口干舌燥，不断有古怪的气体从我们喉咙里冒出来。有人想跳迪斯科，以此缓解疲劳。陈西米姑娘离开了大厅。陈西米姑娘取来了钥匙，带我们去地下迪斯科舞厅。

地下迪斯科舞厅，也是白银饭店原主人的遗产之一。为了让迪斯科更吵，原主人在舞池里垫了钢板。

只要在白银饭店吃饭，就能免费跳迪斯科，这是白银饭店原主人制定的游戏规则。白银饭店刚建成的时候，还有许多不知轻重的白痴来吃饭、跳舞。吃饭时他们还能品头论足，但舞曲一响起，他们就知道自己来错了地方。

因为白痴不喜欢钢板。但诗人都喜欢，诗人一晚上可以踩坏三张钢板。不论雌性诗人、雄性诗人，都在夜晚脱掉衣服。诗人换上白衬衫，抹上猩红嘴唇，穿上高跟鞋跳舞。那高跟鞋，那鞋尖，那鞋底，都得有铁皮。踩起来嗒嗒响。不要缓冲，不要减震。要跳到铁板凿满小坑，跳到鞋跟掉落，跳到双脚骨骼粉碎。

诗人跳坏了一张钢板。更换钢板的间隙，舞曲没有停止。在嘈杂中我对陈西米姑娘说，想参观原主人的冷藏柜，我想见见原主人。陈西米姑娘把眼神投到了别处，不自然地摇摇头，表示我不该提出这样的要求。

于是，我们又跳坏一张钢板。大家终于心满意足，灯光全亮，疲劳已一扫而光。

我们上楼，来到地面的大厅。陈西米姑娘端出一碟磨好的细盐，我们用手指蘸了细盐，抹到自己的鼻子里。

明天天一亮，我们就要去白银省各处采集细盐。不同地方的盐有不同的气味，我们采集的盐都会存在白银饭店里。

今夜漫长，有的诗人准备穿过夜色，赶回自己家，明早再聚；有的诗人，已陷在沙发里睡着，仰起的鼻子上有一片细盐。

"快上楼睡觉吧，你们是客人。"陈西米姑娘小声说。她的声音，还有身影，都轻得像快要消失。

我与熊 128 先生上楼，大厅的灯熄了。我们发现没有屋顶也没有墙的三楼，在夜色下更加广袤，与白银饭店外铺满细盐的地面连在了一起。分不清界限，也没有边际。夜色是细碎干燥的。

　　我做了漫长的梦，梦里我仍睁着眼睛，听到打字机敲击的声音。也许我是被这个声音吵醒的。于是，梦境也是干燥的，颗粒细小，像微风一样打在我的脸上。我的睫毛的栅栏，在我眼底投下阴影，透过栅栏我发现三楼的盐堆在起伏不定。

　　熊 128 先生距离我好远，他在另一个盐堆里睡眠。他的眼皮一定是关闭的，但宽阔像毯子，他一对柔软的手臂在盐层下流动。他摸到另一双手臂，光滑、疲惫的手臂，细致、纤长的手臂……那双手臂一定是凉的，直到在细盐里化成一摊水。熊 128 先生用眼皮盖住自己的身体，眼珠在毯子下飞速转动。

　　细盐正从他们身边往下渗，是抛动的绳索。

　　有一声轻微的喘息滑过盐堆表面，轻微却穿透耳膜。熊 128 先生手臂的摩挲声迅速盖过了喘息声，他套着猩猩的粗手臂。

　　渗到楼下的细盐开始漫出地面，细盐在反向流动。细盐涌出小口，终于喷涌成直线，直喷到了天上。

　　我的眼睛被细盐掩没，沉入盐的底处。

　　在白银饭店的门口，我们跨在自行车上向我告别。天亮了，细盐又一层一层地筛下来，我们要去白银省四处采集细盐了。据说在白银省的边界，能看到有人在海面上行驶。他们也骑着自行车。他们是从大陆骨架来的。我和熊128先生也是从大陆骨架过来的。我和熊128先生不是骑自行车过来的，因为我不会骑自行车。主要是我不会骑。我们乘坐的是海上长途客车。

"你真的不去吗？"我们问我。

"不了。"

我心里想的是，该如何修好那个生锈的打字机。昨晚在盐层下面，那干涩的声音响了整夜，是谁在敲击？

熊128先生和我深深地拥抱，向我告别。他掏出一个纸团，塞在我的手里。我将纸团展开，是一张邮票，一张来自大陆骨架的邮票，上面我和熊128先生正在比赛奔跑。

"记得给我写信。"熊128先生说。

熊128先生也跨上自行车，我们踏动自行车踏板，离我远去。从此，白银饭店只剩下我和陈西米姑娘。

"好啦，没关系的。"陈西米姑娘说，"还会有新的你们到来的！"

接下来的几天，我都躺在三楼的广表中修理打字机。在每天下午细盐降得最猛烈的时候，我跳进游泳池游泳。游泳池底有三五个发烫的大冰块。陈西米姑娘偶尔会上楼，端一碟象环给我。

"下来吧，"陈西米姑娘说，"下来一起生活。"

我没有下楼。天气越来越冷，我把双脚埋在盐层里。

白银省的细盐越下越稀薄。有时中午才开始下，下午三点钟就停了。

端上来的象环也不再鲜嫩，卷起一圈硬边。

"下来吧，"陈西米姑娘说，"我带你去见冷藏柜。"

"不！"我从盐层中直起身子，打字机终于修好了。现在，我可以用打字机写一封信，贴上皱巴巴的油画邮票，寄给熊128先生了。"你说我给我们寄信，我们能收到吗？"

我们能收到吗？这里是白银省啊！

"下来吧。"

陈西米姑娘把我带到了厨房。冷藏柜上，我见到了白银饭店原主人的大脑切片，整整齐齐地摆成一行。装在载片里，有三五十片。不只是原主人的，还有别的优秀诗人的。有些大脑还来不及切，卷心菜似的堆在一起。也可能是不够优秀，不值得展示。

白银饭店的理念是，所有的诗人都应该死于脑力枯竭，而非其他。枯竭的大脑被存储在冷藏柜里，成为一种荣耀。

但现在，我们骑着不可靠的自行车，去白银省边缘寻找各种细盐，无法回来，不再回来。我们在浪费仅剩的智力。

寒冷忽然而至，这气候变化该怎么理解？白银省变冷了，再也没有炽热、烫脚的细盐了，再也不是诗人的最佳栖居地了。

陈西米姑娘端起一个大脑，忍不住流下眼泪。她试着抱住我，我抵住她的肩膀。她抬起头问："没有食物了，我们要不要把这些大脑吃掉？"我让她把手放开，我们勉强生起了火。

盐白猫已经连吃好几天诗人的大脑了。大脑的神经元还能互相交流的时候，存储的是智力，而现在只有热量。

生起火后，我们觉得一切也没那么糟糕。

最后，我们把盐白猫也炖成了猫汤。我们每人拣一个诗人的大脑，往汤里面削。换成以前，大脑一定已经瘫软成皮子了，但白银省的夏天已经永远过去，僵硬的大脑在我们手中，只化掉薄薄一层。已经不需要特别冷藏。

"多谢你们。"陈西米姑娘对着大脑说。

我们喝掉猫汤，恢复了一点活力。陈西米姑娘将手放在我的膝盖上，我感到一层细细的凉意。但猫汤在我胃里，是暖的。

我把陈西米姑娘的手轻轻推开，彼此都感到一阵陌生。

"你知道吗，"陈西米姑娘说，"曾经，白银饭店比现在还冷，冷到只剩我和另一个人。"

"快猜，接下来怎么了。"她继续说。

我没有理会她。她把嘴唇凑上来，对着我吹气，满嘴都是猫汤浓白的、甜滋滋的果香。她拢了一下自己的头发。

"我就在这里，和他造了一匹马。"

"我们来造一匹马吧，怎么样？"她说。

"猜呀！"她说。

"暖和一下吧。"她说。

"你喜欢迪斯科吗？你喜欢跳吗？快来，我们跳迪斯科，我们跳！"她说。

……耳畔充斥着她湿热的气息，外面突然震响起了迪斯科的声音。我心脏一搏动，身体也活了过来。我彻底醒了。我知道我们回来了，我们每个人都采集了好几瓶细盐回来。那是深蓝色的细盐，很多年没有人见过的细盐。我们一进门，就把细盐丢到沙发上，胡乱抹了红唇，迫不及待去跳迪斯科了。

我想离开，但陈西米姑娘盯着我。她不在乎迪斯科舞曲的声音，不在乎天气开始回暖。她仍在我身上摸索那把长柄雨伞。

她摸到了长柄雨伞，从我身体里抽出，竖直举起，摁下按钮。伞一下撑开，差点掀翻过去，大到胀满整个屋子。有细盐从三楼地板的小口漏下来，落到伞面上，发出一阵沙沙声。

白银饭店恢复了细盐，细盐在雨伞上积聚。伞面渐渐绷紧，伞骨积蓄了极大的力量。我们在长柄雨伞下面，没有说话，空气中也滞留沉默的压力。又过了一会儿，迪斯科的声音更大了，高跟鞋踩踏钢板的声音震耳欲聋，天气也更热了，回到了我们刚来白银省的时候。此时更是无法说话，无法呼吸，无法相视眨眼。时间无法流动。

伞面终于撑不住了，猛地撕裂，伞骨迸射出去。陈西米姑娘仍竖直地举着长柄雨伞，没把伞柄放下。我看到迸射的伞骨在我们四周不断落下。它们白、弯曲，一端尖锐，像下雨，落到地上发出清脆的声音，碎成一地瓷片。

好一会儿，我才发现迪斯科的声音已经消失，在雨伞崩裂的时候就停止了。其实整个白银饭店都在崩裂，在剥落，在四散。摆着白银饭店原主人大脑切片的冷藏柜倒在了地上，天花板也一块一块坠到我们四周。我闻到潮腥的气息。诗人们一定在瞬间全部死去了，大脑在下落中纷纷爆炸，空气里处处游走着不可告人的智力。他们变成骷髅骨架，混入不断落下的伞骨中。盐白猫的标本在摇晃的屋子里，不安地跳来蹿去，飞上天花板。

"是白银省幸存的恐龙。"陈西米姑娘说。

"什么？"

"伞骨，是恐龙的骨骼在散架。"

我们恢复了声音，恢复了呼吸，恢复了对视。在热量与细盐中，在造马声与猫汤的白甜果香中，陈西米姑娘举着孤零零的伞柄。没有一块天花板，没有一块恐龙骨骼落在我们身上。

电视城

……断续的、空茫茫的信号在夏天连成一片。这些流动的、不规则的噪点中，总会突然闪起一块象征信号缺失的白渍。

你认为这与别的噪点并无本质区别，只是略微大了那么一点。它混杂于别的噪点之中，往往只出现一瞬。

无论如何，闪烁总会在视网膜上留下一块灰色印记。闪烁的频率在增加，你认为这是对你的干扰。你睁大眼睛观察这些噪点，靠近这些噪点，想从中抓住那块白渍，却终于发现了任何人都能发现的：噪点也在闪烁。你发现信号是流动的。由此，你也成了真正的眼睛。

噪点在闪烁，但只有白渍的闪烁给你带来这样的灰色印记。你开始试图理解，并被这种流动吸引。在一次灰色印记逐渐淡去时，你会期待下一次。你觉得灰色印记逐渐淡去的过程，有一种微妙的甜味。

无意外的，闪烁的白渍再次出现，你的视网膜上又溅起一块灰色，这是它与你之间的双向确认。但当你等待微妙的甜味泛起时，却发现灰色印记没有消失，它在逐渐扩大。

这一次，白渍不再是无限波粒中无本质区别的一分子，而真正在一片噪点中停住，成为无限中一个逐渐扩大的定点。

你把眼睛向扩大的白渍的方向递出，白渍扩大的速度在变快，你看到飓风一样的电视扫描线，你看到工厂。白渍上的巨型烟囱冒着电磁的烟，信号覆盖网在烟的边缘渐淡。

白渍扩大成夏天里一座午睡的电视城。

信号噪点中突起的电视城，总是这样的：

外面下着细雨（是细钢丝般的电视扫描线），二楼阳台的门开着，有一些风吹进来，带来空气的循环，同时也带来细微的噪点。

这是一幢二层楼房，你和哥哥、姐姐、弟弟、妹妹静坐在二楼的客厅里，在风的循环里，等待别的死去的亲戚复活。你们是否感到无聊呢？你们在面面相觑。

你们发生于一种信号的无性增殖，以及显像的倒置。

有不够耐心的弟弟，找到一个球形显像管，在客厅中间的方桌上敲碎，显像管的清香立刻循着风的循环充满二楼，汁水淌了一桌子。你们每人拣起一块玻壳，嚼出清脆的声音。

有亲戚从信号的咀嚼、吞咽中苏醒（声音沿着咽鼓管传到他的鼓室，他像是在梦中听到身体内部的摩擦），这是突起的电视城真正苏醒的标志：年长的人醒来了。

过一会儿，就会有更多年长的人醒来，发现电视城之外是噪点的沙海。他们把卡车开进沙海，将成吨的噪点运回城内，赋予它们秩序。在突起的电视城，一切的目的都在于建造。

可被排除在建造者之外，在噪点中无所事事，你们此时能做的只是打开卧室的电视机，让一片白噪音与噪点倾泻进屋子。自动化的搬运。再过一会儿，电视机里就会显示出清晰的画面，因为秩序逐渐建立，亲戚们也纷纷复活。他们不说话，也不看电视，从信号的咀嚼、吞咽中走下来。他们比你们坚定，也比你们成熟。（打开的电视机，能为这幢二层楼房提供些什么？在电视城，电视机似乎什么都无法提供。信号总会稳定的。）

在电视城的夏天中午，他们围坐在一张小桌子前打牌（牌面模糊一片，牌尚未复活），房间内的权威重新被年长的人夺取。

你们——你、哥哥、姐姐、弟弟、妹妹此时更期望能溜出房间，去看个电影。电视城的年轻人不看电视，只看电影。

事实上，你们已经这样出发了，年长的人并未阻拦你们。从二层楼房下去，已经感觉不到循环在风中的噪点，视线中已经没有沙海，只有悬挂的巨幅电影海报。但电视扫描线还在继续下着，落到地上、皮肤上、衣服上时，它们倏然消失。

你们看到一座环形建筑，是电视城的购物中心，底下留了半层作为停车场。你们要从停车场穿过，去对面乘公交车。

这半层停车场阴沉沉的，你们走进去的时候，头顶的装置正在喷水，是缓慢的雾。从环形建筑另一端冒出来，每个人的发丝上都沾满细小的水滴，没有人抱怨，每个人都欣喜。你们都觉得，这是真正的雨，与噪点、电视扫描线相异，是电影的前奏。

所以，你们甚至改变了主意，直接拦下一辆出租车。好在电视城的出租车有着良好的延展性，能够容纳以无性增殖的方式存在的你们。

电视城从信号噪点中突起的过程，是严谨的建造，也是对时间最严谨的虚度。你们身处一个倒置的显像，眼前的这一切在过去某时都已发生过，与视线对接的只是几帧过时的图像。

比如二层楼房的电话铃突然响起，你看到电话铃声闪电状地从电话机上冒出来。是你同学的电话，通知你参加同学会前会。通话结束，铃声闪电状地掉落在地。

你从未见过他们，也从未去过学校。你从未真正存在过。世界上的时间其实刚刚开始。接下来的日子里，你将依次经历：同学会前会（与同学会拆分开来仅为虚度更多的时间，也制造更多谬误）、同学会、毕业典礼、升学考试、恋爱、开学典礼。除此之外，你还将经历些什么呢？

从二层楼房下来，你乘上一枚巨眼。这巨眼无来由地停滞在楼房前，比电视城的任何事物都更为光滑。你也无来由地乘上去。你站在登机梯上，热泪盈眶，像是忽然度过了一生。

你们上升、悬浮。你从巨眼的窗口向外望，一切发生于缓慢的旋转，你们悬挂于电视城上方，像一个钟坠。这期间，你们掠过一张信号衰微的粗糙地图，上面缩写了电视城的一切。

你看到一些劣等学校的缩写，它们由纸张折叠而成（向内吹气，建筑从地图上鼓起），外墙随手涂了颜色。在巨眼看来，这些学校的建筑昏暗、不值一提，蒙着变质的噪点。

面对它们，你生起一种仇恨，想到自己并不属于它们，你甚至感到庆幸。

驾驶的巨眼再次停滞，在一幢教学楼前，弧形的影子遮蔽了半幢大楼。站在倾斜的登机梯上，你感觉到气浪。滚烫的气浪从巨眼下方冒出，一阵一阵地冲向教学楼。老师与同学正在教学楼前等你下来，微微合着眼皮，像要成片睡着。你猜测，教学楼的墙面已经失去了水分，手指一戳就能留下一个小洞。

同学会前会的主题是，去哪里虚度同学会。你对他们的讨论并不感兴趣，所以径直从教室出来，穿过阴沉沉的走廊（你们在一楼的教室开同学会前会，这是走进教学楼后、沿着走廊笔直向前的第一间，不知为何，走廊很暗，只有几缕衰微的光线）。

走出教学楼，操场正变成空茫、闪烁的噪点之海。你看到一片灰色在眼前起伏，了无生趣。而那个巨眼停滞在远处，逐渐变成一枚死眼，表面的像素一块一块地剥落，脱离电视城的引力，缓慢向上升去。

你拿不定自己的身份。如果你是一名劣等生，此时满可以掏出一根烟，嘴里喷出一股像素的残骸，混入风里。与巨眼冒出的烟一样，它们向上脱离电视城。但你折回了教学楼，也许减少注视可以减缓巨眼的衰亡。

你又走过灰暗的走廊，发现一楼第二间教室的灯也亮了（第一间教室在走廊尽头，嵌入教学楼的内部；第二间教室在尽头右拐处，右转是另一条更长的走廊）。你好奇地走进第二间教室，看到与第一间教室一模一样的同学，看到另一个自己。另一个同学会前会。

这是电视城又一次的无性增殖，每一次的增殖都会导致人口的增加、基础建筑的坍圮，以及平均智力的下降——只因电视城信号的总量不变，甚至偶尔还有损耗。

损耗是电视城的本质，增殖是电视城的表象。

由此，同学会前会的讨论变得更为简单，可以确定两个不同的主题，同时举办两场不同的同学会。有人让两个自己参加同一个同学会。而你不这样想。你让自己参加两个不同的同学会，像左边的眼球和右边的眼球，分别注视不同的电视节目（或者电影）。

你的左眼与老同学一起走在操场上。操场的信号稳定下来，景象变得清晰。全校的同学都在操场上忙碌，因为学校要在半夜举办一场运动会。你们的同学会，就安插在半夜的运动会里。

你的左眼与老同学在操场的环形跑道上走着，走得很缓慢，聊着你们并不知道的过去，细微的风吹过来。电视城真的拥有过去吗？而风总会把像素吹到眼睛里。有同学往操场边搬椅子，还有同学在操场另一边架设露天银幕。那个巨眼已经找不见了。

你的右眼正在准备一场出游，你们要去电视城的影星动物园。与你的左眼一样，你的右眼感觉到一阵欣喜，像是在刚刚从白噪音与噪点中复活的夏天午后，你与哥哥、姐姐、弟弟、妹妹一起穿过一座环形建筑，发丝上沾满水滴，去看一场电影。

你的左眼在操场一边的椅子上坐下，同学会和运动会即将开始了。校长把学校上空的光线撤掉，操场一下进入了黑夜，上空只留几枚白色的像素作为点缀。操场另一边的银幕上，出现了黑漆漆的人影，露天电影开始了。

露天电影开始的同时，运动会的马拉松也开始了，参赛的同学要在操场上跑满一百圈。这足以让同学会进行到更深的深夜。

电影非常无聊，开始大家还认真地看着，嗑着像素。到后来干脆扭转头，把电影抛到一边，边嗑像素边聊天了。大家把椅子打乱，随便坐了起来。用最大的声音聊天。

你们活动区域的一半在操场跑道上，许多椅子被摆在了跑道内，每次一批马拉松运动员跑过来的时候，坐在跑道上的同学都得把椅子举起来，高高地举过头顶，站在一边。

跑道上丢满了嗑完像素后的噪点。

你也成为嗑像素聊天的一员，把一片小尺寸的图像卡在齿间，发出清脆的一响，几颗像素溅入口中。聊天。

夜更深一点的时候，你们已不去理睬那些跑马拉松的运动员，只顾自己聊天。有同学抽起了烟，有同学喝起了电磁的酒。

在这样的深夜，你突然感到一阵紧迫，像是有什么未完成的事情，在这个瞬间无法记起。你匆匆与同学们告别，告诉他们以后再见，你要赶回家去，去想起一件未完成的事情。

你逆着操场的跑道，离开这场同学会。马拉松比赛还在进行，坚持比赛的同学已稀稀拉拉，他们在夜间的跑道上掠过，像一片片影子。电影也在重播，主角在银幕上反复死去。

你回过头，椅子在操场跑道上摆得到处都是，这场夜的同学会将无休止地进行下去。

于是，你毅然离开了学校，在校门口搭上一辆公交车（这辆公交车，仿佛电视城复活时，你们本该搭上的那一辆）。公交车驶入纯净的、无像素的黑夜，你在公交车上感到倦意，你的眼球在失去注视。你在想，睡着是怎么回事，死亡又是怎么回事。

你的右眼在一个春风和煦的上午，与老同学一起抵达了电视城的影星动物园，公交车把你们送到学校的后门。

从学校的后门进去，是一座假山，假山下方有个小山洞，从山洞钻过去，就到了影星动物园。电视城的影星都关在这里。影星听到皮鞭的声音了吗？

你们纷纷钻过山洞，眼前豁然开朗。两边都是低矮的假山，内里掏空，装上两排铁栅栏，影星被关在栅栏后面。你的身后有太胖的同学被卡在了山洞里，你也无意理睬，只是往前走。

铁栅栏后面，有的影星在打牌（牌面模拟了电视城复活时的空白），有的影星在驾驶巨眼模型，脱离电视城的边缘。你知道，前者来自历史片（重复演绎电视城复活的历史），后者来自科幻片（对无限的电视城的探索）。

有两片磁带狗在影星动物园追跑，在这假山与栅栏的迷宫间追跑。你看见动物管理员腰间别着一大串长锁，正在巡逻，长锁碰撞得沙沙作响。他每走过一道栅栏门，就往上面加一道锁。

你发现有的栅栏门上，已经挂上了几十道锁，栅栏后面的影星也已经很老了，站着昏昏欲睡。

你不禁感叹，至少在电视城，磁带比胶片更为真实。电影，只是年轻人的一抹虚妄，远不如卷起一小片图像，点燃、吸食后，口中喷出的像素残骸更为真实。

在一道铁栅栏后面，你看到了你被山洞卡住的同学。他是你的同学吗？总之这并不稀奇，你的同学也可以是影星。只要心怀一阵欣喜，每个人都可以是影星。

你的身后，胖到卡在山洞里的同学，终于成功钻进了影星动物园。他和你一样，来到这道铁栅栏前，看到里面的影星。那个影星的面貌、身材和他一模一样，对视如同照镜。

你知道这源于电视城的无性增殖。

栅栏后的同学，穿着背带牛仔裤，两道背带深深地嵌入肥肉。他悲伤、沉寂地看着你们，然后转身离去。在你们的注视中，假山、别的影星消失了，唯有你们之间的栅栏依旧。电视城的镜子依旧。

他在栅栏那边跳来跳去，轻盈得像一个气球。视线之外，一头公牛向他奔来，公牛的脑袋高高隆起，是一个电视显像管。

他从背后摸出一枝玫瑰，用玫瑰斗牛。几次交锋之后，公牛识破了他的诡计，将牛角径直戳进他的身体。他的身体瞬间漏了气，戳开的气孔里奔涌出一长串噪点。

他的身体随着噪点的涌出，在空气中旋转，越变越小，终于掉在地上滚成了一枚眼球。你在犹豫，是否要过去将其捡起。此时天上斜斜地降下电视扫描线。

你再望向身边，身边的同学也不见了。和影星一样，和栅栏后的同学一样，消失了。

你的右眼意识到，必须找到你的左眼。你在影星动物园寻找动物管理员，从他手中夺来一串钥匙。你打开了有巨眼模型的栅栏，登入巨眼（这个巨眼只有两米多高，仅能容纳一人）。

启动巨眼，你感觉到折叠。穿过栅栏的一刻你就感觉到折叠，这一刻更加明显。是光线的折叠，眼球可以折叠光。你感到这才是电视城最大的真实，折叠、逆转，才是电视城最大的真实。

这枚巨眼与消失的巨眼一样，逐渐变成一枚死眼，眼球内壁的像素一块一块地剥落，并向上升，聚集在巨眼内舱的顶部。这才是电视城的真相，溃烂的并不是眼球的表面，而是内壁。

巨眼飞离电视城的时候，地面产生巨大的拉力，软糖般被拉起一长道。拉长的地面在空中旋转成一卷触须，伴随着巨眼内壁的溃烂，这一切都充满夏日的蜂鸣和空泡。

你正在离开电视城，离开这个世界最大的烟：巨眼的溃烂、像素烟，都源于那最大的烟。你来到白渍上电磁的烟的边缘。

在这里，你看到一个巨大的女人正往脸上拍水，溅起的水珠一直飞了很远，飞到白渍的电磁的烟里，变成噪点。你知道这是一则商业广告。

电磁的烟外面，真实的你的眼球，正向流动的噪点之海递出，无限伸展地递出，深入噪点之海，与白渍完全贴合在一起。

你自然无法真正离开电视城，无法冲破白渍上巨型烟囱冒出的电磁的烟，你只能驾驶着巨眼，逆向看到真实的自己：一个器官分离、游移在深夜房间中的，结构松散的个体……

花木场与先锋衣

我们匆匆乘火车来到海边，与不合群的当地人交头接耳了一通，买下一块地，准备改造成花木场。

花木场建在海边，整个花木场都是花木。在花木场深处，我们新造了一幢有着白脖子般的烟囱的、裸体的、崭新的房子。

热天白晃晃的下午，从一行行的花木间经过，会有海风从植物的上空吹来（此时你四周都是花木，只有上方留给了空气），将植物深色汁液的阔叶面翻过面去，翻出一片白绿——只有一瞬。

但足以在我们心间，带上一阵空落落的怅然。

我们在花木场置放了许多桌椅，以便随时感受这种怅然。桌子与椅子也是怅然的桌子与椅子，我们能在空落落中感受到它们。我们倚靠在桌椅上。所以，怅然的我们像随身携带了桌椅，在花木场的任何地方都能坐下来，喝茶、聊天，在怅然的桌子上打一会儿牌，等到一阵海风。

总有不合群的当地人在我们周围睡觉。这块地出售给我们以后，本不应有其他人出现。但不合群的当地人仍会出现，不远也不近。不合群的当地人的儿童木床，总是跟着我们。在任何时候任何地方，我们一回头，总能看见他们中的他。他蜷着腿，侧躺在木床上，这样的角度看不到他的脸。

不合群的当地人的儿童木床，长不到一米五，是张小床；床面离地半米，四周又有半米高的护栏，其中一边留有一个出入口，下面是三根横杆；木床表面刷了彩色油漆，有时候是明黄，有时候是深蓝（每一次回头时，眼睛捕捉并定格不同的转瞬），彩色油漆外还有一层清漆；（从我们之中脱离）靠近一些用手指去摸，凝结的清漆保留了向下流淌的水滴形状，木床像是全身都在哭泣。

我们有时候，从怅然的椅子上欠起身子，到曾经的火车上取一些遗落的行李。我们根据铁轨寻找火车。铁轨恰好与海岸线形成直角，硕大的火车头拖着十几节车厢，冲入海里坠毁。

取行李的时候我们看到，前几节车厢是半浸在海水里的，海水不深。潮汐在车厢上形成遗忘般的平行渐变。火车头则在海水中几乎看不见。铁轨都快锈断了，有些被人一段一段踢远。

虽然没有真的看到，但我们还看到，有人像我们一样，选择在这里久居——

在某一段被踢远的铁轨边上，有个黑色的圆形入口，紧贴在地面。黑色的圆形入口，没有厚度，没有质地。入口处冒出两弯扶手，吸在铁轨上。他们通过入口来到地面。想必他们也会经常到火车上去，取一些什么。

火车边上，还坠落着火车的遥控器。只要盯住它，就能感到坠落从未停止。

取完行李，我们回到我们的房子。每一次回到裸体的白房子，我们都大梦初醒，像是第一次抵达。房子里有硬壳的甲虫在爬动，以甲虫的生涩笨拙，爬动。我们拎起甲虫的一只脚，像是和它握手，发现它细小的掌心里盈满海水。它曾爬行于海水之上。

我们在水槽里、床头的木箱子里、鞋子里发现平整的海水。海水表面清澈，底处沉了一层淤泥和沙。我们在海水中发现了以前的痕迹，证明我们曾经在此居住。

床头的木箱子被搬到客厅的桌子上，我们打开木箱的盖子，里面游着一只水母。水母全身透明，脑部嵌了一块木片，这使它比别的水母都更聪明。仔细观察可以发现，木片表面扎出许多细长、柔软的木刺。

伸手捉住这只水母，你把它从木箱中提拉出来，扔在地板上。木箱中的海水泛起一阵浑浊。你再次伸手，探到木箱底部，将箱底的淤泥和沙轻轻推开，再次捉住什么，向上提起。

"一件衣服。"你说。

那湿漉漉的衣服从海水中冒出，淤泥和沙往下坍圮，海水也飞速下坠。长袖笔直下垂，关节处的褶皱时隐时现，好像手臂随时会抬起来，做一个弯曲折起的动作。

你将这件衣服前前后后看了好几遍，不顾坠下的事物。

"这是先锋衣。"你说。

你将先锋衣递给我："穿上吧。"

我接过先锋衣，发现先锋衣已经完全干了，表面是舒畅的，比任何干透的衣服都舒畅。我将手伸进袖子，像伸进夏日一阵怅然的海风。先锋衣的内在也是舒畅。先锋衣穿在我的身上，空空如也。我什么也没有得到，什么也没有丧失。

我离开房子，走进花木场的正午。我看到花木场的所有事物，都有着倾斜的影子，唯独我的脚下空空如也。

我听到远处进行着一场文学讲座，有嘉宾在谈论我。嘉宾中的他与我们乘坐同一列火车，却在附近的城市下了车。他在城市里匆匆行走，拿着一个空的玻璃瓶。他从没有见到过大海。

我听到近处，铁轨垂直撞进海里。听到铁轨锈断。听到铁轨一段接着一段，飞到空中，联结成一条悬浮的轨道。

花木场的花木，在日光下异常繁盛、光洁。我穿过花木，感到树枝在我的先锋衣外面划过，像划在玻璃上。先锋衣让我毫发无损地穿过花木。我在好几个拐弯处发现之前摆放的桌椅。

四张，或者三张。数量全凭海风带来的、空落落的感受的多少。

在数量中，我没有坐上任何一张椅子，我只是循着声音，去寻找飞向空中的铁轨。我以嘉宾的方式匆匆行走。穿过花木时，我无意间踢到什么东西，低头发现了火车的遥控器。我发现了一段持久的运动。只要盯住它，就能感到铁轨的上升从未停止。

这增强了我寻找空中铁轨的信心。

低头时，我还发现自己的鞋子没有鞋带，鞋带孔处空空如也。所幸一边的泥土里，纠缠着两条白鞋带，上面裹着深绿色的苔藓。

我给鞋子穿好鞋带，打上死结。

这里的泥土表面，铺着厚厚一层蚯蚓粪便，是粪便之沙。有蚯蚓来到粪便之沙粗糙的表面，潮湿地翻滚身子。一片蚱蜢般的小刀，在蚯蚓粪便上跳来跳去，留下巨大的影子。寻找纸张，也将翻滚的蚯蚓切断。

这里是影子倾斜的正午，远处一定在下雨。拿着遥控器，我已十分接近空中的铁轨。

我拨动遥控器摇杆，试图发现铁轨。不远处的花木抖动起来，断头般飞起几个灌木树冠，一个黑色的圆形向上飞起。

我明白了，黑色的圆形并不是入口，地下世界也并不存在，那是一个飞行器（遥控器也不是火车的遥控器）。两弯扶手正是飞在空中时，防止摔落的扶手。

我踩上黑色的圆形，缓缓升起到高处，看到空中的铁轨浮动延伸向大海的上空。海边正在下暴雨，铁轨直入暴雨之中。

我踩着黑色的圆形，沿浮动的铁轨向前追踪，冲入暴雨。火车剩余的车厢正驶向大海，引擎的力带动火车发出巨大的声响，和暴雨的噪音混合在一起。火车一节一节从铁轨上坠入海里，溅起水花。车厢的残骸和泡沫一起浮在海面上。暴雨和海水让人知道，原来火车是用硬纸板制成的。

我追上火车，拉住最后一节车厢。火车行进的速度减缓，几近停止了。我手握住的、被雨打湿的硬纸板已经变形。就在此时，一个尖锐的声音被拉长，我看到车厢向一边倾斜。旋即，整列火车都失去重心脱离了铁轨，向地面坠去。

火车用硬纸板制成，车里的货物当然也是。我跌入一个装满螃蟹的车厢，轰然一响，黑色的圆形碎成几块。纸板做的螃蟹在我身上疯狂爬行。螃蟹是有生命的海潮，是我身上的海潮。我站起来追捕螃蟹，螃蟹逃得更快，逃到车厢外面。车厢外的暴雨没有停止。

大多数的螃蟹都上过色彩。螃蟹在暴雨中褪色，满地都是喷香的蟹汁。我追上螃蟹，捉住螃蟹中的它。我把螃蟹一只一只塞进先锋衣的口袋。先锋衣的口袋像是永远装不满。

由于追得太慢，之后捉到的螃蟹都是硬纸板原本的颜色。暴雨过后，商人们还来不及上色。

我的先锋衣里装满螃蟹。我按下遥控器，黑色的圆形复原了，飞到我的面前。我踩上黑色的圆形，去裸体的白房子找你们。

白房子里到处是打开的木箱，不管是桌上，还是地上。箱子里的海水都只剩一半，浑浊不堪。地面也是湿的。我看到天花板上藏匿着一只水母，在我发现它的时候，它迅速从窗口溜了出去。

这是一只小水母，它脑中的木片仍是淡青色的。它是一只未成年的、清澈的小水母。

我离开白房子，来到花木场深处，在回头时的转瞬发现了你们。儿童木床这次漆成了深蓝色，哭泣的清漆像在奏着音乐。哭泣，成了栅栏。你们坐在不合群的当地人的木床上，不合群的当地人不见踪影。你混迹在你们之中，我已分不清哪个是你。

"我……"我刚要说话，你们打断了我。

"我们在花木场摘了水果。"

"什么水果？"

"柿子。"

我从先锋衣中掏出一只纸螃蟹，恰巧是没有上色的，对折，里面滴出鲜艳的红油："我捉了螃蟹。"

在海边的花木场，我们露天做了一顿美餐，螃蟹柿子羹。羹汤里没有坠入一滴眼泪。我们吃得默默无声，不断有人口吐水母。没人可以口吐火车。除了穿着先锋衣的我，你们每个人的脑子里都有水母，水母在你们体内循环。

旅　馆

　　从广场经过的时候，有人在将熊滚动。充胀了气的熊躺在广场中间，有半个广场那么大。我仅仅是从广场经过，要去不知哪里，我不知道他们为什么要将熊滚动。

　　我走上立交桥，在风衣口袋里摸到一根细木棍。细木棍只有半根手指长，也比烟细得多，两端都是平整的圆截面。细木棍是一根坚硬的木烟。我在立交桥上看熊，也把我的细木棍端到眼前，盯着看了一会儿。

　　其中一端的截面是深蓝色的。站在立交桥上看，这个小点像是广场被击穿后的漏水口。这端是烟嘴。

　　我把烟嘴塞入嘴里，点燃细木棍，一个拖着旅行箱的女孩拉住我的风衣。

　　"先生，让我和你一起去旅馆吧。"

　　女孩只比我稍矮一些，因为我本来就不太高。她留着长发，估计十六七岁的样子，但比同龄人更成熟一些。

　　"不，我不去旅馆。"我喷出一口烟。

　　"可我要去啊，先生。"

　　于是，我盯着她看了一会儿。她应该不知道，我注意的是她的眼睛。她的瞳仁中间有一个深蓝色的圆点，与细木棍香烟的截面类似。

"不，我不去。"观察结束，我还是拒绝了她，并迅速向立交桥下走去。我吸了一口细木棍香烟，烟灰蜷曲起来，掉在地上。一阵凉意抵达我的肺部。

"先生！"女孩在后面叫我，"还有一个女同学，和我一起。"

"女同学？"我回过头，"好吧，可我没带什么钱。"

"没关系，"女孩说，"能去旅馆就很好。"

我点起一根新的细木棍。她自己拖着旅行箱，走在后面。我们走进船底（一个巨大的船形建筑搁浅在广场边，人们在船底凿了洞，变成旅馆的大门）。船内部潮湿而咸，大概因为这是搁浅的船吧。我在前台交了押金，女孩扶着旅行箱在一旁看着。

上了楼，到房间门口，女孩阻止我开门。她把旅行箱的拉杆收了回去，将旅行箱推到门口，立直摆好。

"走吧。"女孩说。

"去哪儿？"

"从后门进呀，旅馆都是这样的。"

我们穿过打牌的人们（旅馆把大厅的地毯一直铺到房间门口，门口摆满了休憩用的圆桌和椅子，许多人在这里喝咖啡、抽烟斗、打牌），绕到房间后面，房间确实有后门。

房间的后门外面，是高档餐厅和花园（上方的甲板开出一个圆口，恰好让阳光照亮花园，花园像一个天井）。

从后门进房间不用钥匙，因为后门并没有实体的门，后门只是一个通道。我们走过通道进了房间。房间建在建筑的拐角处，房间的形状也像是拐角。房间的面积很大，光线也挺好。我走到卧室，把窗帘拉开，窗外就是旅馆的花园。

　　"你的女同学呢？"我转身问女孩。

　　"快看，这有电视机。"女孩站在一面电视机前。这套房间有八面电视机，卧室的墙上就挂了两面。

　　女孩伸出一枚长手指，对电视机的按钮戳戳点点。电视机没有反应。

　　"坏的，只能当镜子。"说罢，女孩掏出眼线笔，对着电视机屏幕补起了妆，"你先去洗澡，我来做饭。"

　　这套房间还有客厅和厨房。

　　浴室里也有电视机，洗澡的时候，我一直盯着黑漆漆的电视机屏幕，总觉得屏幕后面有一只纯黑的猫在滚动。也可能是熊。

　　洗澡出来，女孩已经做好了饭菜。客厅里有一张长桌，还有六把椅子。女孩和她的女同学（女孩的女同学更可爱一些，留的是齐肩短发，发梢在肩上微微卷起）坐在一边，我坐了另一边。还可以再坐三个人。女孩给我们每人都倒了红酒。"你的女同学呢？"我失去继续问的权利。

　　女孩做的饭菜很好吃。也可能是女孩和她的女同学一起做的。其间我很想抽烟，但忍住了。

　　"你懂文学吗？听说你是个作家。"女孩的女同学抿了一口红酒说。

"不，我没有工作。"我说。

"那你是小说家？你写什么样的小说？"

"不，我什么都不是。"

客厅的电视机突然亮了，三面电视机都亮了，屏幕上一个（三个）酒保模样的人说话了。

"你们需要书吗？纪实文学、流行小说、情色小报，我们旅馆应有尽有。"

"不，不需要。"我回应。

"你们需要作家陪聊吗？大学教授、业余作家、职业枪手，我们旅馆应有尽有。"

"不。"我站起了身，把三面电视机的插头挨个拔掉。

还没回到座位上，就听到有人进来了。是那个酒保，他推着一辆手推餐车，餐车上摆满各式各样的书。

没等我反应，他坐到我的座位上："我是这个旅馆的大学教授，著作等身的作家。你们想和我聊什么？"

"不了。"我说，"我们吃完了，帮我们收拾一下桌子。"

"好的，请稍等。"说完，他盯着我们，从口袋里掏出一把细玻璃球，撒在我们的饭菜上。他离开了房间。

剩下我们三个人，在房间里静默地坐着。

女孩看看我："我没有吃饱。"

"我也没有吃饱。"女孩的女同学也表示。

"那我们出去吃吧，边上就是高档餐厅。"我穿上我的风衣。我们从后门出去，来到高档餐厅。

"我们提供全自动自助餐，你们在房间里等待就行。我们旅馆的服务是全世界最好的。请你们回房间等待。"高档餐厅前台对我们说。

我们只好从几张餐桌间挤回去。那些客人在咀嚼海参和鱿鱼，汁水顺着他们的胖下巴往下滴。

撒了细玻璃球的饭菜还放在桌上，酒保还没有收掉它们。女孩和她的女同学坐到了床上，叫我过去坐。但我只觉得生气。

我把电视机插头插回去（只插了其中一个），屏幕上出现酒保的图像。

"桌子还没有收拾，为什么？"

"哈哈，是这样的——"酒保说，"我遇到了一点小麻烦。你看到鞋架上那个便携式电视机了吗？对，就是那个。"

我打开便携式电视机，酒保的图像出现在上面。

"你拿着这个，来我这里一趟。我给你指路。"

再次穿上风衣，我拿上便携式电视机，独自去寻找酒保。我在旅馆里绕来绕去，便携式电视机上酒保的图像越来越模糊，终于闪出一道白线，彻底熄灭。我把便携式电视机丢进垃圾箱，抬头发现自己已经在船形建筑外了。

冷风灌进领口，我的手在口袋里摸来摸去，摸到一根细木棍。奇怪的是，这根细木棍不是圆柱体，在手指间滚动能感觉出棱角。它的横截面应该是六边形。我将细木棍从口袋中掏出来，烟嘴是墨绿色。

抽着烟，我走上立交桥，广场上的人依旧在将熊滚动，熊的肚子已经有些瘪了。我不知道他们要将熊滚去哪里。

走进船底，上楼。穿过抽烟斗打牌的人，我来到了房间门口，看到女孩的旅行箱。我忘记女孩把旅行箱放在了这里，女孩也忘记自己把行李箱放在了这里。是不是女孩的行李箱堵住了门，导致我们只能从后门进出？我扶了一下旅行箱，发现里面似乎是空的。

边上喝咖啡的女郎看到我的动作，藏在倾斜的咖啡杯后笑了起来。

我不知道她在笑什么，只想快点回到房间。但要是不能从前门进去，那我就从后门走。

转身后，我听到女郎大声地说话（像是故意让我听到），她对同桌的绅士说："你输了，他去找后门了。我就说他进不了房间。"

这让我停住脚步，思考到底从前门走还是后门。或者我都进不去。可我为什么一定要进房间呢？

此时整个旅馆突然倾倒，女郎和绅士们都坐到了地毯上，一起滑向低处，只有酒保一个人沿着倾斜的地板向上跑，喊着："冰山，冰山！"我也坐着滑向低处，酒保在视线里越来越远。我的脑海隐约浮现站在立交桥上抽烟、看广场上的人将熊滚动的情景。

午　后

　　在无数个夏日，尤其是炎热稠密的夏日，最重要的事情是去图书馆还书。午后，我走在炎热的正中央，不住地流汗。只有费力地旋转肥胖的身体，带动柔软修长的双臂，才能将手臂抛上头顶。像是午后的一种游戏。但我尝不到快乐，我笑不出来。我确实想擦拭头顶的汗水。

　　可气的是，柔软修长的手臂甩到空中，会滑稽地缠在一起，手掌相叠贴上脑门。稍有不慎就会盖住眼睛。脑门黏滑的汗顺着手臂上的通道向下流。

　　像在河流中呛了水，汗液流入鼻腔，带来的是淡淡的鱼腥味。我只好猛烈地咳嗽。旋转身体并没有解决流汗。

　　我将随身携带的书撕开，扯下几页阔大的纸张，继续抛动手掌贴到头顶，我的流汗才勉强缓解。

　　图书馆不是烟囱（虽然也会因烧书冒出黑烟），也绝对不是两三层高的扁建筑。那双手抓了一把楼梯、窗户、椅子，干巴巴地撒在一张大纸上，卷出一个宽高均等的环形建筑。

　　在环形建筑底部戳一扇门，我走进图书馆，是一个环形的视界。环形视界的中心摆放着一个支架，上面架了一张纸。支架立在那里像是肚脐。但图书馆地面太滑，我难以走近那个支架，甚至感觉支架在地面的轻微抖动中越来越远。

我便不再试图接近支架，转而走向图书馆内壁上的楼梯。图书馆每隔几米就会有一个楼梯入口（每个楼梯入口又对应一条楼梯），这降低了我走向楼梯的难度。整个图书馆没有楼层，只有内壁和外壁的区别（都是纸），外壁镶嵌了窗户，内壁旋转着一条条相互贯通的楼梯。

选择楼梯入口，沿着一条楼梯向上走，像走在细密的牙齿上。图书馆的内壁摩擦着我肥胖的身体。楼道太窄，以至于走到教授面前时，我都无法侧身走过。况且，肥胖的身体的侧身动作，需要牺牲一定的浑圆性。（我是否愿意牺牲浑圆性呢？照理说应该愿意，但走到教授面前的时候，我又想抓住自己的浑圆性不放。）

教授把椅子摆在图书馆的楼梯上，他坐在那里烧书取暖。夏日里的一切都在蒸腾，只好用烧书来缓解这种闷热。

我旋转身体，摆动双手，以此示意教授给我让路。教授却无动于衷。他继续从图书馆的内壁上抽出书来，丢进火堆。火焰直通通地上升，像是一簇玻璃。

我更大幅度地旋转身体，示意教授给我让路。教授终于从椅子上站了起来。他的脚很长，有着比一般人更多的关节。站起来的时候，他所有的关节都在发出响声。我看到他纤长的身子微微后倾，忽然抬脚，在我鼓起的肚皮上来了一下。他的脚踏入肥胖里，踏入肥胖里的缓慢——

　　缓慢地飞出楼梯窄长的领域前，我的双脚在空中交替踢动，想要挂住些什么。这却加剧了我的上浮。我的身体不可遏制地旋转，滑出楼梯的扶手，向图书馆的上空飞去。气流也在击打我的肚子。我仰起脸，只能不断回想自己的借书密码。如果能回想起来，也许我还值得一救。

　　上升的过程中，图书馆内壁旋转的楼梯……在我面前也展现得更为完整。低空的楼梯比较密集，布局整齐，我寻找借书密码也更认真。视线在楼梯上读取，发现楼梯之间的交流。高空的楼梯更疏朗，各自横亘、延伸，视线也随之变得涣散……

　　在即将飞离图书馆最高的楼梯时（这才发现，图书馆没有屋顶），有人抓住了我的手（幸好我的手臂自然下垂）。她把我的手绑在最高层楼梯的扶手上，摸到我的吹气口，帮我放掉一些可悲的空气。她让我安全回到了图书馆的楼梯上。

　　"你怎么在这里？"她问我。

　　我喉咙里发出风声。看来放掉的空气太多，我的喉咙贴在一起，无法正常说话了。

　　她俯下身子，对我补吹一点气。

　　我得以说话："我是来还书的。"

　　"我以为你也来听讲座。"

　　讲座？我明白过来，原来图书馆地面环形中心的支架上，是下午讲座的信息。我感到地面的轻微抖动传到了楼梯的最高处，但她似乎毫无察觉。

"你知道吗？"她继续说，"我是你的女朋友。"

"我没有女朋友。"我说。

是的，在任何一个夏日，我都没有女朋友。无论是炎热，抑或肥胖，我都是一个人进行的，没有例外。我无法相信她。想到她救过我，我也无法不相信她。此时，最重要的事情仍是还书。

我把书从口袋里掏出来。书被我撕掉了封面，又在口袋里受到挤压，已经变得皱巴巴。一些灰烬从书页上扬起。

"你有女朋友，你还得陪我听讲座。"她的表情认真。

"哪里可以还书？"我问。

"不行，我们先听讲座。"她从我手中夺过书，继续向楼梯伸展的更高处走去。那里几乎已没有楼梯可走。在图书馆的最顶端，她停了下来，那里有一扇细针般的门。打开这扇门，可以走向图书馆虚无的外壁。她没有打开。她只是坐在了门前，我也走过去坐了下来。

图书馆空无一人，刺眼的阳光在内壁切出环形影子，切断一些楼梯。除了直通通的玻璃黑烟，再无任何讲座即将开始的痕迹。

根本没有讲座。我感到无聊，站起身子想要离开。她也站起来，说："不行，你要走的话，我就从这里跳下去。"还没说完，她就翻过楼梯扶手跳了出去。不知怎么，我也跟着跳出扶手，坠到了地面。女朋友看起来已经死了。

教授走到我们身边，指认我杀了女朋友。"但是，给我两个学分，我可以帮你找个旅行箱。"我从口袋里抠出两个学分，丢到他的身上。教授果然从楼梯上拖下一个旅行箱。

"再见！"教授帮助我把女朋友的尸体装入箱子，帮助我来到图书馆大门（地面依旧很滑），他对着我挥手。

我转身走入夏日的午后，感觉身上不那么黏腻了。从午后走过，身上的鱼腥味几乎闻不出来。抬起手臂，也正好可以够到头顶。

我走进寝室楼的电梯。电梯像一枚竖直的透明电池。刚才下楼的时候，我身上的肉挤贴在玻璃上。现在，拖着旅行箱站在电梯里，空间仍绰绰有余。甚至有多余的风。我按下按钮，电梯旋转起来。

走出电梯，寝室走廊看起来仍是一楼，地面潮湿的一楼。可以猜到走廊两旁，在排列的寝室门的后面，房间一定开着空调。我敲开其中一扇门，果然开着空调。空调正不遗余力地吸走潮湿，也制造冷凝水。正午偏移了，没有了肥胖和鱼腥味的汗液，却有清凉的空调，夏日又有了存在的理由。

他们在寝室中间摆了一张桌子，他们在打冰块牌。我也想加入，但没看懂规则，只好先把装着女朋友尸体的旅行箱藏在床下。其中一个人说了声"吃"，就把对方打出的牌拿过来，整个吞进肚子。我猜他已经吃了很多牌，因为他的屁股硕大、瘫软，有一些未融化的冰块牌从椅子两边溢出去，幸亏有皮肤兜着。

在那里站着，看他们玩了一会儿冰块牌，突然有人敲门，是寝室管理员。我以为他是来询问我女朋友的事情，但他不是。他也坐到牌桌前，和大家一起玩起了冰块牌。站起一个人，像腾起一阵烟，无所事事地走出寝室。又像一阵烟般走了回来，拿来一个冒着白色热气的盒子。

他把盒子倒拍在桌上，又是一副新的冰块牌。大家吃得太快，桌上必须补充冰块牌。他们让我也去外面的冰箱取冰块牌，但我看得入神，不想离开，便让女朋友帮忙去取。取的冰块牌越多，吃的冰块牌也就越多。随着时间的推移，每个人的椅子边缘都溢出一圈冰块牌的形状。

清凉的夏日寝室，碰撞不断的冰块牌声中，我开始重新思索肥胖和炎热。

悬浮石

城市的地铁口往往是这样：一道自动扶梯倾斜，通往地下，另一道与之平行、方向相反，从地下缓缓吐出人群；两道自动扶梯在高出地面的时候变得平缓，须鲸似的梯级在临近地面处咬合成一个高度均等的平面，水平地进入一块波纹细致的金属踏板；或者远离，从平面状态逐个断裂成须鲸，沿着斜线向地下而去。

走出地铁口的时候，人们总会不自觉地轻击鞋跟，在地铁口留下久站后的疲惫；或者音乐，也许是某个塞着耳机的人无意中哼出的小曲；更多的人留下的是稍纵即逝的影像。有人双手持着一柄直挺挺的尖嘴鱼，那是刚从超市抢购来的；有人单手拎着兔子的长耳朵，兔子的双腿一直在空气中踢动。

毫无意外的是，他们都没有发现悬浮石。悬浮石在地铁口的上方；自动扶梯冒出地面以后，两边是半透明的玻璃，往往是直角、钝角三角形，其中一个锐角指向空中，告知人们行进的方向；扶梯上方，覆盖以海浪似的遮蔽顶，略微长于两边的玻璃；自动扶梯、地面、半透明玻璃、遮蔽顶，构成一个方形的空洞，这个空洞便是狭义的地铁口；遮蔽顶的下方总会有一块发光标牌指明地点；地铁口遮蔽顶的上方，就是悬浮石。

悬浮石静置于地铁口遮蔽顶上方约一米处，直径两三厘米，长不过五厘米，但密度极高；近距离去观察，可以发现表面闪烁着颗粒般的光线，石头在缓慢旋转；再靠近一点，颗粒般的光线放大成一些细小的平面，回放着悬浮石记录下的城市影像。

并不是所有的地铁口都有悬浮石，但悬浮石一定会光临所有的地铁口。这说明悬浮石是运动的。某个时间，悬浮石会从静置的空气中松动下来，沿着与自动扶梯平行的斜线进入地铁站，在安全门前等待地铁进站，与等待中的乘客一样被地铁进站时的气浪吹拂，进入一列地铁，悬浮在乘客黑压压的头顶。

当悬浮石从一个地铁口向另一个地铁口运动，儿子发现了悬浮石。那时他青色的下巴正冒出胡茬，带来尖锐的、溃烂般的疼痛。他背着书包，书包里是身材弯曲的秀发和一双尖头绒面浅口皮鞋。灰色高大的父亲站在旁边，他的手掌粗壮有力，伸到头顶握住地铁拉手，身体随着地铁的行进微微晃动。悬浮石降得很低，靠近父亲的耳朵，它并未随着地铁晃动。有几次父亲突然与悬浮石贴得很近，甚至要撞在悬浮石上，好在没有。

从地铁口出来，父亲与儿子进入一家超市，超市门面的铁帘已经卷边，像父亲上班时穿的工作服。出来的时候他们推着超市购物车，购物车里起伏着十几只毛色亮滑的猫。它们没有发出声音。父亲与儿子将超市购物车推到马路上，他们穿过马路（遇到一盏红灯），将超市购物车推进一个小区，推到一幢住宅楼单元门下，从折叠上升的楼梯推到三楼，推入门内。

父亲转身把门关上，开始脱衣服。他掀起衬衫下摆，将衬衫用力向上扯，但领口处太小，随着几颗纽扣的崩落，衬衫终于顺利拉过头顶；他继续脱裤子，从腰部肚脐处把裤子撕开，撕口沿着大腿内侧一路向下，裤子应声变成两片破布；他摘下左边的眼球，脸庞突然凹陷下去，鼻尖向前弯曲，年龄增长了十岁；他卸下右手的无名指，摆在餐桌上，那是一根假手指。

儿子从书包中拿出身材弯曲的秀发、尖头绒面浅口皮鞋，父亲从超市购物车中抱出猫。他们把这些摆上餐桌，以供食用。父亲裸身坐在一边，儿子穿着衣服坐在另外一边。儿子弯曲四根手指敲击桌面，敲出一连串声音，算是餐前音乐。声音停止，父亲将一只猫塞入口中，整个咽了下去，玻璃球般的饱嗝沿着食道上浮，伴随着一声"喵"，父亲沉重的脸庞在模仿猫；儿子将秀发吸入口中，像吸食面条。

剩余的食材被装回超市购物车，以供下次食用。除了尖头绒面浅口皮鞋。儿子从椅子上站起，穿上尖头绒面浅口皮鞋，回到自己明媚的房间，把门关闭。在门即将关闭的时候，父亲恰好把头探入房间，脑袋被门关闭时强大的力斜削去一块。这并不能阻止父亲进入房间，父亲饱经世故的手臂向门锁击打，门正在损毁。父亲走进房间，拎住儿子的领口，儿子白丝绒般从衣服中滑落，留下父亲空举着人形的柔软躯壳。尖头绒面浅口皮鞋也掉在地上。父亲捡起来挨个塞入口中，从牙缝里取出皮鞋细长的钉子。

随之而来的是我的膨胀，我抬起手指不小心碰翻超市购物车，未吃完的猫从超市购物车中跑了出来，整个房间到处都是；我的双腿也在变长，正从伸直的状态变为弯曲，因为房间的面积不足以容纳伸直的腿；我的脊背碰到了房顶，但膨胀没有停止，我撞穿天花板，水泥和石灰落在我身上。落在我身上的不只是水泥和石灰，还有这些年来父亲给予我的水泥和石灰。

我跑出家门，跑向地铁口。虽然我变得庞大，但这段路程也被拉远了，目的地变得难以抵达。我跑得飞快，周围的行人可以看到一个巨人跑过，一个皮肤光滑、白皙的巨人，穿着海蓝色的、宽大的内裤，内裤上血迹斑斑；带起一阵腥臭的风。直到城市的时间进入夜晚，地铁口遮蔽顶下方的标牌亮了起来，我终于抵达地铁口。我爬上遮蔽顶，身体向上伸展，终于握住了一颗悬浮石。

火锅一

任何一个夜晚都应该吃火锅。我们潜入夜晚深处，找到一家火锅店。我负责吃，你当然负责买单。

火锅的汤底再次煮到见底。服务员来加汤，我顺便又要了一份青笋、两份虾滑、三份肥牛。你坐在对面，像只大鸟一样咯咯咯笑起来。然后双手撑在椅子上，手指轻微地敲着节奏，身体前倾，嘴角上扬地看着我。

我不理会你，继续进食。在此之前芝麻酱、花生酱、辣酱、韭花酱、姜汁、蒜泥已依次光临我的蘸酱碟，大骨汤、三鲜汤、番茄肥牛、仔鸡汤、羊骨汤、鱼汤、海鲜汤随着火锅汤汁一次又一次见底，轮流浇入我的火锅。

百无聊赖的你，把手掌垫到大腿下面，双腿在桌下伸直，算是伸了一个懒腰。观望窗外几十秒后，你又把手臂支在桌子上，手指交叉在一起。

见我没有停止的意思，你轻轻耸动一下肩膀，像是要站起来出去抽烟，又忍住了。

窗是落地窗，我们坐在窗边，落地窗是一整块纯净的夜色。商场、KTV、棋牌室堆叠在一幢幢楼房里，楼房仿佛直接耸立在我们身边。

夜灯亮起来之前，你曾多次出去抽烟，都被我差遣去打包小吃。炸酱面、小龙虾、鱼丸粉、烤土豆片、蟹炒年糕的空盒子，在我桌子上叠得沙沙作响。我想把盒子也吃掉。

你就这样坐着，抑制住抽烟的冲动。

一个电话击中夜晚深处的火锅店，你的手机在响。你接起来说了几句，把手机递到我的耳边："找你的。"

手机里的声音像火锅的白雾，完全听不清楚。此时我腮帮鼓胀、喉头打结，言语万分困难，胃里未嚼烂的白菜叶、香菇像是要从喉咙满出来。要下咽，下咽才是夜晚的要务。

不耐烦地嘟囔了几句，将手机从耳朵上甩掉，我继续咀嚼。你问我："谁啊？"

我满不在乎："不知道。"

"是不是她？"

当然不是。此刻她应该也在火锅店，但不是这一家。她没有理由不在火锅店。她会持续观察我们，她也应该持续观察，最好是戴上白色手套。在另一家火锅店，观察这一家火锅店。自从把两个盒子送给我们，她就变得干净、得体，不像我们这般出入夜晚中最普通的火锅店。她一定已经选好锅底，坐在另一扇落地窗前，紧张地捏着一本书。她衣着整洁，在等一个坏事做尽的恶棍。

"两个盒子，任选其一。"她对我们说，"不过你们有两个人，所以两个盒子都得选走。"

"如果我不要呢？"你说，"我们两个都不要。"

"那我丢下盒子就走。"她说，"你们会不会报警？"

很难说，毕竟送东西给别人属于犯罪。但她还是这样做了，毅然留下两个盒子。逃之夭夭，再无音讯。

当然，我总是知道她在做什么，谁让我打开的是透明的盒子呢。我由此知道了一切。我不知道任何具体的事情，但我总是知道她比我们痛苦。因此，报警的念头也烟消云散。

你选择不透明的盒子，打开以后里面是源源不断的纸币。同时，你也遭受了惩罚。在拥有金钱的同时，你确切地丧失了食量。

严格来说，你获得的是付钱的义务。正如现在，你只能坐在椅子上等我终结这场火锅，看我的味蕾在餐盘上赴汤蹈火。

进食的权利在透明的盒子里。虽然拥有这个，仔细想想算不得什么好事。我深知自己拥有的，顶多是无差别消灭食物的食量，并没有对食物的甄别能力。但怎么说呢，只要我不去思考，我就可以不在乎。我乐在其中。

你从口袋里摸出银行卡，准备提前付款（当然是超额支付，连刷三次），却被告知刷卡机坏了。

"我去取现金，你在这里坐着。"你对我说。

说罢，你走出火锅店，敏捷地骑上一枚炮弹，转身对我怪笑。炮弹从尾部开始爆炸，分段式地把你推远，把你炸得屁滚尿流，你飞得比夜色中的商场大厦更高。

火锅的汤底又快煮到见底，我不想叫服务员加汤了。

我身上没有钱，一分钱都没有。但这又怎样呢？当然要吃。火锅的汤底可以告一段落，自助区的熟食凉菜不能停止。我不知道你会不会回来，不知道有没有人帮我付钱。这又有什么关系呢？我负责吃，当然要继续吃。我又让服务员加了汤，顺便要了一份竹荪、三份鱼片、五份羊肉卷。我忘记自己刚才的决定了。总有人过得比我惨，这就足够了。

鹤

故人预备设宴烹鹤，为此我们行走在山中。鹤也低头进了房间，有烟细的身材，在夜间变成一副扑克，或者一阵白雾。故人差遣儿子烹鹤："我们有两位鹤，一位歌声温和、有力，舌头像穿过树叶丛林的、长着翅膀的蛇；一位有着世界上最好的翅膀，却极少张开，习惯步行。请问烹煮哪一位？"

其实不用问了，所有的鹤都在经历烹煮。有时候我坐在房间，轻纱般的沙子成片地经过我，与我对话，接着奔赴下一个去处。某一粒沙子上，燃起一股夜烟，像一株艰难的花。最后，沙子过去了，只有我的脚趾缝里留了几粒。我在走路时感到疼痛。

脚趾的疼痛让我无法跃起，无法凭空抓住鹤的脖子。被夜色的水烹煮的鹤，静静经过我们身边，观看你，也观看我。

课间休息

那位庸俗、顽固的老师站在讲台上，告诉我们一则新消息，既好又长的新消息。他站得很直。下课铃声已经响了，他还没有停止，他似乎不想停止。我的手心冒出汗来，感到下一次铃声在迫近，下一次铃声抵在我的脖子上。课间休息就要过去，马上就要上课了。

在上课铃声响起的前一秒钟，他突然收起讲义，跑了出去。我也带领全班同学追了出去。当他跑到办公室门前时，我身后跟随的同学已经不见了。我感到失望。这些都发生在铃声响起的前一秒钟。

铃声响起了，我把手抵在办公室的门上，将他截住，我质问他。他恼羞成怒，想要拎住我的领口，把我拽进办公室去。"我们进去谈。"他说。

"不！"我说，"现在我们在办公室的门外，谈话的空间是敞开的，我们都处于空气的监狱中。空气的监狱是稀释、消解的监狱，你的权力也在空气中稀释、消解。如果走进办公室，你就会站到高处，权力像激流一样冲刷我。你成了唯一的监狱长。"

我想错了，他把我拽进办公室，办公室里还有另一位温和的老师。看来他不是唯一的监狱长。他仍然争论不过我。庸俗、顽固的老师想动手打我，被温和的老师拦住了。温和的老师像清澈的牛奶，像牛奶打成的泡沫，像泡沫般的啤酒。我喜欢温和的老师。

庸俗、顽固的老师在办公室里踱来踱去，大概越想越生气，从口袋里掏出打火机冲向我。

我想抬起脚绊倒他。这时，温和的老师抱住我的腿，说："别打架了，不要打架……"

他的声音轻得像梦话。他摔在地上，像清澈的牛奶，像牛奶打成的泡沫，像泡沫般的啤酒。他摔在我的脚下。

庸俗、顽固的老师手上的打火机，出火口中射出一道固体光柱，像收音机的天线。

趁着温和的老师抱住我，他把光柱戳进了我的身体。我逐渐失去知觉。在我最后的意识里，温和的老师仍抱着我的腿没有放开。我的嘴里涌出一口啤酒。

章　鱼

　　跟着父母出海捕鱼。我们白色的船，行驶在白色的海面上，头顶有白色的太阳。我躲在父母身后，什么事都不想做。我不想伸出手。父亲捞上来一团白色的章鱼，章鱼被扔在甲板上，在不停地嚼啊嚼的，也在悄悄呕吐。章鱼吐出来一摊生鸡蛋。爸爸告诉我，把章鱼晒干，可以喂给鸡蛋吃；等鸡蛋长大了，就可以喂给章鱼吃……

地球最后的夜晚

在外星人抵达地球的前夜，我想去学校外的超市买东西，我也不知道自己要买什么。那也是我大学毕业的前夜。我和同学一起走出学校，去超市购物。我总是想着省钱，也没有什么特别想买的东西，就这样走着。也可能是没有带钱。想到要同学垫付，我就焦虑。我不能焦虑。我走在超市的缝纫机和日光灯之间，什么东西都没有拿。同学拎着购物篮，已经选好了，准备付款。排队的时候，我突然想买一颗糖，不多不少正好一颗。收银员告诉我，一颗糖二十元，没有带钱的话可以抵押自行车。可我也没有自行车。超市可以把自行车借给我，我再把自行车抵押给超市。这样我就可以拥有一颗糖了。

同学付完钱，已经走了。他要赶去参加毕业典礼。我赶不上毕业典礼了。我不能焦虑。我还是陷入了焦虑。我要等超市把自行车借给我，我再把自行车抵押给超市，这样我才能得到一颗糖。

在不远处的一间客厅，离学校、超市都不算远，电视机正在播放新闻，诺基亚发现了外星人。新闻播出一段短片，这段短片是外星人发送过来的，是外星人对人类价值观的颠覆。但房间里没有人，没人看到新闻。主人躲在院子里，研究他的眼球草。他的妻子推割草机的时候曾见过这棵草。这棵草可以代替房间主人的眼睛，他只要躺在躺椅里就行了，用诺基亚手机遥控。

　　这就是外星人的价值观，他们更像是草坪里冒出的眼球。于是，他们决定在这个院子降落。但房间主人没有看到新闻，这个世界上没有人看到新闻。外星人在草坪降落的时候，螺旋桨斩断了眼球草冒出的茎。眼球落在草坪里，主人的诺基亚遥控器失灵了。

儿童节目

前一个儿童节目里，有个尽其所能破坏一切的男孩。他总是不高兴，经常大叫，在镜子前大叫，砸碎镜子。他得到一个塑料帽子，一个蘑菇形状的塑料帽子。就像那种蘑菇灯，有斑点的蘑菇灯，拉一下就亮，再拉一下就灭。他得戴着塑料帽子，扮演蘑菇，再也不能大叫了，也不能破坏什么东西。

后一个儿童节目里，有个长得很好看的女孩。她的头发很软，特别软，扎成马尾辫。她得到一个化妆盘，在镜子前给自己化妆。每化一遍妆，她就成熟一些，但是不好看，不如她以前好看。镜子外面传来鼓掌的声音，鼓得很起劲。

所以，谁会获得今年的诺贝尔奖呢？我的预测名单和老师的预测名单，有五个名字重合。该宣布奖项了，奖项颁给一个没有人听说过的人。为了庆祝，人们相聚在学校的操场，找来一台挖掘机，让他站在挖掘机的铲斗上。挖掘机把他运来运去，最后抛了出去。

他在空中划过弧线，稳稳地站在了地上。

周围传来熟悉的掌声。

顶 楼

　　有人特意从楼下走上来，向顶楼说话，在耳边悄悄地说。所以顶楼来检查我们的鞋子，挨个检查鞋子。我想干脆脱掉鞋子，走下楼去。可我没法下楼，楼下是一个无形的存在。一旦穿了鞋子就无法脱掉。

　　顶楼并不比我们好受。顶楼要被说话的人检查鞋子，甚至砍掉双脚。

　　失去双脚，仍然无法脱掉鞋子。

在阴影中

　　如果城市的地面是起伏不止的（那么城市的街道也一定是起伏不止的，坚硬的波浪被人类称为"坡"，有人用一根铁棍在坡上滚动他的爱轮），作家就该住在下坡处一个隐蔽的小区。周末的时候，夏天来到坡的高处，作家乘上冒着冷气的公交车，去见识夏天。

　　作家去坡的高处见识夏天，是不该带手机的。作家空空荡荡地登上公交车，不该带任何东西。但他有义务记下自己的灵感——见识夏天不就是为了收集灵感吗？幸好坡的高处卖场林立，一个热浪般的问题随之袭来：作家该购买哪些物品，才能保证自己顺利记下灵感？括弧，买的东西越少越好。

　　当然是纸和笔。但不可以是中性笔，自动铅笔也不合适。还是木铅笔最好。但不可以是没有削好的木铅笔（否则还得买削笔刀），也不能是没有橡皮的木铅笔。本子不能太好看，简朴为上。最后作家选择了一支三面棱角的木铅笔、一本干净的本子。没有选择六面或者八面棱角的木铅笔，是因为三面棱角的木铅笔握持感更好。（这是他暂时的看法，人的感受总是随时变化的。）

　　付钱的时候作家发现，最正确的买法应该是，只买一支三面棱角的木铅笔。因为超市收银员会免费赠送一张小票，只要把灵感记在长条小票上即可。（这次他拿到的是长条的，多数时候则是短条，不可预料。）（不过小票嘛，如果你真的想要，一定是想要多少就可以有多少。）

　　作家走在夏天的坡的高处的路上，挥手拦下一个滚动的爱轮。他在爱轮上观察夏天的阴影：阴影中潜藏的也许是香樟，也许是梧桐。爱轮正在下坡，坡的尽头左侧有一条弯曲的小路，通往作家隐蔽的小区。但爱轮到坡的尽头时，作家并没有下轮。他比较享受路两旁夏天的香樟抑或梧桐的阴影不断掠过爱轮顶部的感觉，并且想让这种感觉继续。

　　有人在阴影里等公交车或者飞机。阴影每移动一小点，他们就跟着移动一小点，直到彻底远离那块地名暧昧不清的铁皮牌子。但没有关系，不管公交车还是飞机，都喜欢停靠在阴影里。要知道，从阴影里抵达海南会更快，只有一跃而至的距离。

　　作家在爱轮上继续他与弗利萨的搏斗。他已经和弗利萨搏斗了一个月，直到《龙珠Z：复活的F》在影院上映了，他还没有打败弗利萨。这让他感到难堪，尤其是刚买的铅笔已经写钝了。也许是所有作家的尴尬。

　　他抬头看看阴影，突然渴望跃入其中，抵达海口某座黄昏的立交桥，从桥上向下寻找，发现一把削笔刀。在海南，每个人口袋里都藏有一把价值2元的削铅笔的小刀，轻快得像风。他们深知，随时都会有作家来询问：对不起，你有削笔刀吗？——作家不该随身携带削笔刀，不该随身带手机，甚至连铅笔都应该临时购买。这个前文已述。但热带无所事事的人类有义务为作家提供削笔刀。（以上这段是作家自以为是的臆想。）

在没有作家询问他们的时候，他们就在热带的而非坡的高处的夏天的阴影里，用削笔刀削番石榴或者青芒果。他们不用削笔刀削椰子，那需要更长更大的刀。

大象二则

一

我们找到一头大象，我们找到更多的大象。那个时候，大象弯起鼻子，捡草地上的胡萝卜吃。象人布欧站在象群的一边。大概因为某种原因，他不肯面对我们。布欧很少这样沉默。大象是世界上的一团嘴，布欧是世界上所有的嘴。我们是击打，击打在软塌塌的大象身上。击打吃饱了莫辨的善恶的大象。如果，什么时候我们可以不再击打大象，也许我们可以随心所欲地生活。

二

在街道的拐角处，他看到有人戴着大象的头套逃跑。等他回过神来，那人已消失得无影无踪。继续生活的他，逐渐发现周围的人都很丑，越来越丑陋。象面人为什么戴着头套，是因为自己的丑陋吗？象面人为什么逃跑，是因为抢劫了什么东西吗？直到他的周围再也没有一个不丑陋的人，他回忆起那个片段，才真正明白过来：象面人不是在逃跑，而是以逃跑的形态，对这座城市报以最大范围的击打。

少女与她的飞船

　　灰白色的鱼群，及另一群灰白色的鱼群，层云一般浮在头顶。看起来没有在行进。动作细微，几乎无法被观察到。鱼群中，有一条模糊地转过了身子，显得很热。鱼在盐水中缓缓放大，向你靠来，张开口唇。但并没有发出声音（有的也只是撞击玻璃的钝响）。

　　脚步拍击楼梯下坠，地铁宽大的楼梯下坠。阶梯表面是白色光滑的大块瓷砖，平展一层淡蓝的水。

　　可能是须鲸，或蓝色乌贼的血。你知道。

　　但依旧热。下楼梯的时候，热浪一阵一阵从海底袭上来，让你柔软潮湿的头发贴住了脸颊。这热浪中有呆滞的舌头，和多余、麻木的话。你没来得及听清，只觉得热，只想穿过热浪。通向海底地铁的楼梯倾斜、漫长、毁坏，没有回音，空无一人。

　　你来到地铁前，敲了敲门上的圆形玻璃。地铁门打开了。地铁中的人群也热，分不清是海底本身的热，抑或人群的热。一种洁净、透明的热。人群为你让开一条道路，门在你身后关闭。

你趁机咬碎一颗藏在齿间许久的海棠果。地铁马上就要启动，你要赶紧抵达船长室。海棠果为你带来一阵微咸的风，你有哭泣之后忧郁、凉丝丝的肺。你抵达了船长室。

这座城市的潮汐把建筑抛离港口，在空中形成弧线。你早就听船员说，夜间走在这座城市的港口（永远是热），会有奇特的飞鱼坠落下来，恰好落在肩上。如果扭头去看，就是柔软的水。

一切都被柔软的水包裹。一切都从水中抛出，由潮汐带到高处。这是一座崭新的海城，一座幽浮的、弯曲的鱼，一座港口，一座炎热耸立的冰块，一座荒凉的塔。

这里让你想起自己的故乡，想起从他口中听说的许多远方城市的故事。但是不宜久留。

地铁从海底崛起、加速，飞行的隧道上升，穿过几缕繁复的金枪鱼片。泛起白色泡沫，地铁猛地扎入（离开）海洋深处。

地铁抑或飞船冲出海面。建筑尖顶、须鲸和乌贼，在冲出海面的片刻之后，失去力气，从飞船的排水口溢出。乌贼软塌塌的。乌贼的壳碎了，蓝色血液像轻浮的夜色，流淌在飞船的致密表面。

本该多待几天，但一尾尖脚步行鱼战舰赶上了你们。它拥有折叠起（随时弹开）的尖脚，在海底跑得飞快。

飞船所有的行程都由少女制定，你是飞船的绝对领袖。所有的穿梭、战斗，船员的招纳与培训，都在你的职责范围。在此之前，你们抵达一座失态的露天游乐场。

　　游乐场没有闪电般的火焰，也没有机械臂的故障，只是旋转。你们飞临游乐场上空，感受到了旋转的力量。这旋转让人的四肢柔软、眼神蒸发，身体轻微发烫。飞船被旋转的力量吸引，也在不断卷入自身：悬浮在游乐场上空，像一团金属卷心菜。

　　你们垂直下降，步入这迷醉的旋转。游乐场的居民邀请你们乘坐他们自制的火箭，充气火箭；邀请你们进入游戏机厅，通过遥控手臂种植玻璃缸内的胡萝卜；或者一起走入拥挤的游乐场售票厅，从口袋里掏出望远镜，视线投过售票处的拱形窗口，看一台旧电视机：信号微弱的黑白电视剧。

　　少女最先从旋转中醒悟过来，找到露天游乐场偏僻角落里低浮着静电的透明管道。这是游乐场的神经末梢，总得有人把这透明的神经接好。少女闻到凉意在滚动，在鼻尖底下，像轻柔的绒毛线条在空气中滚动。

　　也有一次你们遇到巨人。巨人想让穿梭的飞船从他肚脐穿入，从他的口腔穿出，好撞掉他疼痛的牙齿。在巨人身体周围，陌生的热气和小雨滴滞留。你们从巨人口中飞出来的时候，巨人感觉自己喝下了一杯威士忌，而突然的排斥让他的喉咙迸出一块冰块，恰好撞掉了牙齿。热气被一阵无用的风浇熄。

　　船员的妹妹曾经失踪。你们将飞船悬停在能隐约闻到发丝气息的城市，这个城市一直在用肥皂洗澡。计算风速与浮力，变成飞行器的妹妹终于回到了船上。飞行器穿过空气，翅叶沾到肥皂水，有人在日落之前的大街上洗澡。

　　你们也曾遭遇瘟疫，整艘飞船没有人幸免。你们浑身发痒，羽毛从身体里长出，然后脱落。热恋般大病一场。

　　少女第一次在船上听到他的声音，以为是幻觉。"我以为你已经死了。"但逐渐少女发现，他无处不在。所以航行变得轻松而又紧张。少女有时候会需要他，更需要他，不顾一切需要他；有时候理解他，与他保持一些距离；有时候想忘掉他的存在，让自己头脑空空。

　　有时候飞船是一幢楼，破旧得只有楼梯。少女走到这幢楼的顶层，许多人拥挤在这里。这时楼外的探照灯全部熄灭，飞船引擎的振动也消失，只有夏夜的海浪不断撞击在楼底。在那片温热、酸楚的海沫里，可以看到一丝可耻。少女为他们每个人发上一张夏夜测验抽奖券，让运气最好的人在这个夏夜获得测验的最高分。"他也曾在飞船上。"少女对自己说。

　　当然，也许正是他获得了夏夜测验的最高分。但多数时候，如果脑海稍微浮出一点印象：这是一艘无所不能的飞船。那么电梯就会带走你，向你印证这是一幢现代科技的高楼。

　　你被带到一个高处，或者只是飞船的一端——失重中没有高低之分——开始了理所应当的太空行走，成为航行故事的一部分。

"我梦到过你。"他对你说，"你是一只猫，一只没有重量的、空虚的小猫。

"但趾甲很长。伏在我的手臂上，快灼伤我的皮肤。

"我想给你剪趾甲，觉得会吵醒你。更怕让你出血。"

少女很少走出飞船。某个雷雨天，她沿着飞船外生锈的梯子向下爬，发现飞船更旧了。在雷雨的背景下，飞船呈现一道狭长的裂口。

在这座城市，在这个雷雨天，少女适时爱上一位打着伞的三面宇航员。他宇航服的头部有三块鼓起的面罩，也许是昭示他有三张脸孔。但这又有什么所谓呢？

宇航员发出咕噜咕噜的声音，纤长的触肢轻轻按在少女身体上，宇宙射线在跳动着。

这是意乱神迷的，雷电中的意乱神迷。闪动的光、雨水、宇宙射线，接替着来到脸上（以及生锈的梯子）。脸也来到脸上。在一阵又一阵进攻性的波动之中，少女突然意识到，自己只是一个平凡、普通的人。

在雷雨里，自己更显得毫无特点。

三面宇航员的事情，少女从未向他提起。但她知道，他无所不知。这也是他令她厌恶的地方。这是他的基础，一旦戳破这层基础，他就将分崩离析、不复存在。他是一段程序，一段 DNA，烙在了少女体内。但没有实体。

直到有一天，他终于彻底自作主张，更改了飞船的程序。"带你去一个地方。"

飞船于是贴近一片刀锋般的舌面，舌面变成青铜的颜色，变成一块圆形的、锋利的齿轮摆件。穿过一块巨型始祖鸟化石，穿过素描的、三角尖头的爬行动物。

飞船飞临一块三角龙头骨。（"这是三角龙。""那为什么只有两只角？"）（"头骨上的裙边可以保护脖子。"）

一片鹦鹉螺海。（橙色的热带水果在宇宙中爆裂。）（"鹦鹉螺解释了月亮正离我们远去。"）（"它们交配，像在接吻。"）

这块化石，来自漫长的、雪白的生物（也许类似蜥蜴），有着胖的、柔软的肚子。（"来，摸一摸。"）

以及成片的蕨类植物，有牙齿正在咀嚼。这叶片让人惊恐，一定有毒。雾气低浮在叶片上。

飞船也同样经过地铁站、机场、边角卷曲的铁牌：人类文明的痕迹。飞船在房间白色的墙壁上下降，阶梯一般，逐格下降。飞船在墙壁上经过整个宇宙。

下降的过程中，你递给我一枝裂开的花。花瓣细致而尖、琐碎，像手指无力时突至的疼痛。我看到你头发柔软、微微飘火，不断有一股股色彩的暗流向上飞离，撞击在花瓣上。而花的嘴巴大幅度地张开、下降，停在桌面上，变成恐龙牙齿的摆件。

飞船在这面墙上留下轨迹，是阶梯般逐格下降的悬空书架；在这面墙结束的地方，转折成一个阶梯状的柜子（不同的阶梯是不同的抽屉），落到地面，成为书桌的一部分。

书桌上是青铜齿轮摆件、恐龙牙齿摆件，墙上是始祖鸟、鹦鹉螺海、蕨类植物。这是一间无趣、沉闷的书房。

你头发柔软，低头坐在我的对面，一切尚未开始。书房外，母亲焗油膏的味道飘进来。一切尚未发生，但我们已经老了。

"好久不见。"我对你说。

真的是好久未见，没有想到会这么久。但你一点都没有变老。你永远也不会变老，你仍然是少女。

飞船真正的形象是什么？它是心脏的样子，是拧了发条的心脏，会飞的心脏，旋转、失态的心脏。

你没有作声，只是轻轻吐了一口气。我感到空气细微的冰凉。

我转身离开书房，打开房门，发现书房外是洗手池。母亲的焗油膏就放在洗手池边上，还有一个沾染了黑色焗油膏的塑料袋。母亲不见踪影，可能是抹着焗油膏出门了。她戴着焗油耳罩，走到了户外的阳光中。

洗手池的另一边，是一只透明的碗，透明的碗盛着盐水，盐水里是一捧海棠果。母亲用盐水浸泡了海棠果，却没有端进来。

我端着海棠果回到书房，告诉你这些故事最接近真实的版本：

是我，我驾驶着飞船，离开了这座港口城市；而飞船来到另一座潮汐抛起建筑的港口时，行走在夜间的城市里，抬头便会看见少女倾斜起舞的雕像；毋庸置疑，不管在哪个版本的故事中，少女都是宇宙的起源。

所有这些故事，都是因为生活正在变坏。（而以前，生活还不那么坏。）只要在桌面上用力一抓，就能握住一把生活的琐碎（恐龙的牙齿）。多余的、麻木的牙齿正从手中往下掉，而一部分尖锐的牙齿，让手掌出血。手掌并非空无一人，手掌是真实存在的。

书房仍在接连不断地发梦。（"我睡着了一小会儿。"）发梦是因为生活正在丧失清醒，需要一遍又一遍地演示、预览。

直到没有人愿意离开琐碎。承认：我也渴望普通城市的热空气，洁净、透明的热。

所以，我在此讲述你的故事，讲述了多少个版本，有的有我，有的没有，这都没有关系。需要时，也许我会从背景中浮现出来，帮助你一分钟：无处不在。

或者，抹掉整个背景吧，顺便抹掉背景中的我。于是我独自缓慢地走在城市马路（或地铁）的热风里，获得了最终的自由与惆怅。

是一枚药水瓶。注射死刑的药水出现在桌上，在盛着盐水与海棠果的透明的碗边上。药水瓶只有子弹长短。还有酒精棉花、老虎钳、针筒。药水是微咸的，它涨潮时将淹没我。也许是舌尖偶尔感受到的那种味道。

也许是浸泡海棠果的盐水，也许是哭泣之后忧郁、凉丝丝的，城市下坠的奇特的飞鱼的咸。

一场清楚的雨，或者海洋……

猛 犸

　　我二十多岁的时候，患上一种名为精神不济的病症。这病症导致我无法继续以平缓、集中、可控的精神力研究星体艺术。每到傍晚我就开始头疼，那些由逻辑与道德构成的星空在脑海中化为乌有。只好穿上外套，双手插入口袋在城市中漫行，以此度夜。赤裸而汗津津的城市人，身体弯曲在彻亮的小型飞行器中，从我身边飞驰而过。相信我的身影在这城市宽阔的夜风里，一定显得分外瘦小。直到有一天，我漫步到城市边缘的海滩，那时气象局测量天气用的金属眼球还停留在半空没有收回（它轻得像气球，被风敲击得咣咣作响），我坐在码头的防波堤上，无意间睡着了。一片带着新鲜海洋气息的、甜美的蒙眬，我看到星体与星体重新建立了关系，寂静的星体们重新开始对话（并且这对话被我听见）。在气象眼球的咣咣声中，我畅快地呼吸。我的疲劳一扫而光。

　　我于是买下一座高灯塔，在一片私人的海域中继续进行星体艺术的研究。这片海一开始就建立在流沙上面，傍晚时海平面下降，裸露出干燥、炎热的淡蓝色沙砾，它们像词语般闪烁、发光；临近午夜，海水就会重新上涨，淹没这流沙，一直持续到第二天傍晚。海水与沙砾这无尽的流动，恰好与我目镜中的星空形成同构。但朋友们拒绝探访我。他们认为海域中的高灯塔会使月球的形象更为突出，而在星体艺术的研究中，月球已经是一个陈旧、干瘪的意象。为此，我不得不将各种文献中的月球逐个抹去，并在目镜上月球的位置点上小黑点。

朋友们将在周末赶到高灯塔做客，他们要跋涉过一片海。夜间他们穿上我的发明——尖蟹脚——将蟹脚的长针尖戳入流沙，找到合适的倾斜角度，保持上身的稳定；交替双脚，不断在流沙中戳入、抽出长针尖，达到行走的目的。在朋友们到来之前我开始焦虑，担心他们反悔。我陷在椅子里无所事事，好像精神不济的病魔又要袭来。我来到书架前取下一本经常阅读的书，打开书时书页间倾泻下一抹细沙。直到他们敲响高灯塔的门。

聚会的氛围很不错，以至于我主动将蒸馏海水用的机器敞开，让机器产生纯净的雾。大家各自拿玻璃吸管吸着雾。高灯塔炎热的夜晚，我在独自一个人时，也常常这么干，以此获得研究的灵感。雾是艺术的源泉。朋友们朗诵完我的星体艺术抒情诗，又听过了我收集的星体艺术CD，一致建议我展示一下全息星体艺术仪。他们认为，在眼下这个高端聚会上展示行业最新的仪器，不但能将聚会推向一个新的高潮，也对星体艺术的学术发展极为有利。在朋友们的万般请求之下，我还是不情愿地揿下了按钮，全息星体艺术仪从房间地面下缓缓升起。

它是一个椭圆形的球体，表面布满不规则的镜片，悬浮在这个空间的正中。房间灯光全暗后，星空在空间中展开了，全息星体艺术仪在这展开的星空中隐形。木星经过众人身边时，发出了厚重的声音；而水星则是碎金属的沙沙声。当全息影像切换到太阳，大家都纷纷后退，以免自己被跳动的日珥灼伤。在距离太阳系几百光年的一个小角落里，大家发现一个上锁的星球。这个星球被一个正方体的木盒装着，开启处挂着一把小锁。这也正是我刚才拒绝展示全息星体艺术仪的原因。

"这是一块带棱角的野石头。"我关掉仪器，房间灯亮了起来，"并不属于星体艺术的研究范围。"

朋友们议论纷纷，有人指出我的说辞带有显著的人类沙文主义——将对方称为野石头，是否寓意着地球是"文明石"？

"地球充其量只是打了肥皂的鹅卵石。"并且，"广义星体艺术的研究对象，也包括那些带有生物的星球。"

这感觉真是糟糕——我的朋友中何时混入了广义星体艺术分子？也许是刚才海水蒸馏的雾的作用，几乎所有朋友都表示要立即出发，要"见识一下这块带棱角的野石头"。只有我和一个小个子（他看上去年轻得不像话）选择留下。

"继续打开你的全息星体艺术仪吧，看看我们会经历些什么。"朋友们打开星行笔，转身进入背后的空间。

我知道他们都记下了带棱角的野石头的坐标。他们在我和小个子的眼前越变越小，瘫软下去变成一层皱巴巴的光影；同理，在他们眼中，地球会变成桌上一个萎缩的软橘子。

我再次打开全息星体艺术仪，将用于遮挡的木盒图像去掉，画面向前推进，看到两个猿猴部落正在为火种而殴斗。它们用兽骨击打对方。我的朋友们挺拔着身子，站在后边的丛林里，对这场殴斗发表意见。

"十分逼真，比实验室的蒸汽猿猴真实多了。毛发是高档的化纤丝。行动简洁、有力，又富有……弹性！骨骼一定是钛合金制造的。呼吸，当然是蒸汽。"

"那夸张的眼睛，是否灵活得过分了？"

"眼睛……天哪，这是人类的眼睛！它们盗走了人类的眼睛，这块野石头上的猿猴在屠杀人类，带走我们明亮的眼睛！"

刚结束一场殴斗的猿猴们，听到背后的声响，向我的朋友们扑去。朋友们用几声枪响终结了这有悖于文明等级的行为。一只小猿猴被朋友们捉住，他们给它注射镇静剂，小猿猴发出细长的叫声。

"由于某种原因，这里的蒸汽猿猴丧失了语言能力。"一位朋友把这句话记在本子上。

我关掉全息星体艺术仪的画面，但保留了声音，以保证联络。我决定和小个子一起，到高灯塔顶层的电影放映厅看一场星体电影。年轻的小个子告诉我，他是一位全息星体绘画师，全息星体艺术仪投映出来的画面，他可以一模一样地画下来。

"利用全息透视法。但今晚我不想画。"

当然，今晚已经够累了。让那帮人在带棱角的野石头上折腾吧，我们要上楼找到一张旧 DVD，看一场拍摄于上世纪末的老电影。同时，听风从高灯塔外吹过。

耳朵里一直传来"那边"的声音。由于宇宙时间流速的不同，"那边"的经历在我们这里像是快放。他们在丛林中找到了巨大的 DNA 链条，这里的原始生物依靠抢夺对方的 DNA 片段进化。朋友们还把雌性猿猴与雄性猿猴关在一起，让它们专注地调情，引人发笑。诸恶并行的朋友们啊！

我和小个子在高灯塔内壁的环形楼梯上走了足够久，但好像仍未到达高灯塔哪怕一半的高度。我们打算在楼梯上坐着休息一会儿。透过墙上的窗户向外望去，天似乎快亮了。这时小个子提醒我仔细看窗户外的景物。我看到朋友们在窗外生火，烧烤猿猴肉。这画面与耳朵中的声音同步。猿猴肉看起来是半透明的，像虾肉。我甚至可以闻到虾肉的味道。"不知为什么，我们能在高灯塔的窗户上看到你们。你们能看到我吗？"

传回来的消息是让人震惊的：带棱角的野石头上空，总是悬挂着一扇巨大的窗户，窗户上投映着高灯塔内的影像。

这让我感到恐慌，我让朋友们赶快回到高灯塔。也许我们的行为已经引起了宇宙空间的某种畸变。但朋友们不以为意，认为悬浮的窗户恰好装点了这带棱角的野石头无聊的天空。就在这时，一只细长的巨鸟，猛然扑在了高灯塔的窗户上。它停留在玻璃外，浑身颤抖，不停地咳嗽。

呕出一枚粉红色的鸟蛋，在窗槛上磕碎了。而"那边"也传来一声尖叫。我的视线越过巨鸟的身影，看到猿猴们正拿着我的凸透镜点燃一位朋友的衣服。巨鸟"嗖"地一下向上飞去，又转身下来，在窗口掠过两次，好像是让我们跟上去。我有一种感觉：高灯塔之下，海平面在无限降落，海洋在变回流沙，变回一个高起的沙丘，永远不再是含盐的深水。

我们继续沿着楼梯向上跑去，每经过一扇窗户，就看到细长的巨鸟从窗口掠过。我们也看到，朋友们被猿猴冲散了，朋友们的双手缩成爪子，在地面用四肢狂奔。而猿猴的下颌变薄，双腿直立着追赶——它们已显露出原始人的痕迹，进化在加速。我们终于抵达高灯塔的顶端。顶层的电影放映厅消失了，塔顶像被什么锋利的东西削平。一丝风也没有。湛蓝的天空中，我看到猿猴（或原始人）们正驾驶飞机向这边赶来。

仅剩的窗户里，朋友们已经完全变成了猿猴，而追赶他们的对象，从猿猴变成了一群猛犸。只有猛犸对他们感兴趣了。和我一起站在高灯塔顶的年轻小个子对我说，我害怕。话音未落就腾起一声巨响，高灯塔底层涌上一阵气流。气流中我看到细长的巨鸟又从头顶飞过，它脖子上垂下一根绳子。我立马抓住绳子，而小个子抓住了我的腿。巨鸟带着我们飞离高灯塔。飞到远处我才明白，是猛犸爆炸了。带棱角的野石头上猛犸爆炸了。球囊状的猛犸从天而降，砸向地面，砸烂肿起的皮肤骨肉。爆炸溅起的精液飞到窗户上。更多的猛犸从高灯塔底部拥上来——猛犸啊猛犸，太多了——从我们现在的位置看，高灯塔像一根挤着柔软猛犸牙膏的管子，或者冒着呛鼻猛犸烟的烟囱。高灯塔的表面布满金属的鱼鳞，整座高灯塔好像拉直的DNA 双螺旋。

我突然明白过来，这是进化。进化论救了我们。多谢这个世界进化出了鸟，多谢。我抬头看了看细长的巨鸟，它脖颈处有着几片鱼鳞，腹部也有极小的鱼鳍。这让我感到安全，像在暗示这是海底，而非空中。正如，我们感到天空越来越低，是因为自己被炸上了天。我低头时发现，小个子已经退化成了猿猴，这同样让我感到安全。我隐约地想，自己还有一台打字机，每个键钮都是猛犸象牙做的；还有一支猛犸钢笔。可惜都留在了高灯塔里。我同样隐约想起，在"那边"的星体艺术研究中，悬浮的窗户一定是个陈旧、干瘪的意象——如果带棱角的野石头上也有艺术。

老虎与不夜城

上

……老虎行走在漫长、瞬息的蛇骨中，有一个轻微的停顿；他像是突然惊醒，从持续不断的行走中惊醒。曲别针两个 U 形的间隙，试图别住他的耳朵。感到轻微的痛，腾起一阵热气，及痒。（正如老虎行走中的热气与痒。）老虎的耳朵也惊醒，呼扇一下，轻巧地躲开曲别针。他举起爪子舔了舔；抬过头顶，反复抚摸耳朵上的痒痕。

蛇骨横亘在荒漠里，脊椎贴地，肋骨向天空弯起。老虎踩在脊椎的链条上，两侧飞掠过弧形的肋骨。这是一条开放的隧道。在老虎看来，蛇骨是一个闪烁的、未合拢的圆（他看到蛇的横截面）。但并非所有肋骨都投下阴影，也有成片倒圮的，没有阴影可投（多数都是如此）。

这卷曲的、惊人的化石，将一直延伸到空间的折叠处。老虎行走的时间如果足够长，便会看到蛇的头骨。头骨姿势折转，下颌靠在自己的颈上。蛇也许正是因为咬断了自己的脖子，才横亘于此。或者来到蛇的尾部。老虎将在它细尾巴的末端（细得失去了力气），发现两只佝偻般的下肢，以此推断蛇也曾经历进化。

但现在，老虎只能眺望。广袤吵扰的蛇骨之中，老虎投射出他的视线，等待镜子。可视线并未得到折返。老虎眯起眼睛，闻到烂海藻的气息，证明海与这荒漠共时性地存在着。热的或凉的风吹来，老虎正穿越一片（片）重叠在一起的空间。他甚至梦见黑暗的海面，还有冰川。

空间的折叠处也在期待老虎的到来。它期待不止一只虎。它是空间在空间中的器官，是空间对空间的预言、运算，或者自证。是被摆放在空间中的空间。在穿过界后，继续向界行进，便来到真正的界之界，界之核心。

一双展平的手，正用手背遮挡自己的眼睛。在手背的遮挡下，眼睛缓慢滑动。也许是泥在墙壁背面滑动，在看不见的背面。一摊肿起的泥。这眼睛丰腴、柔软多汁。

这双手无数次用来拉开抽屉，用来签字，用来在尖叫时捂住耳朵。正如此刻，会议环形的桌面之下，每个人的脚底都在摩擦地毯。尖叫声早已产生，可以像长条刀片般切开这会议。但并没有任何声音。没有切割。所以会议的伤口更像是一道日常空隙，一片被挤压得窄长的气泡。

而（手的）眼睛则把目光投向阶梯：眼睛注视阶梯，眼睛在召唤一只老虎，眼睛在提前召唤一只老虎（老虎本该用交错的猫的脚步，缓慢地消灭距离）。眼睛感到一种无痛楚的凉意，毫无痛楚的……

于是老虎在光线中显现了。老虎显现的过程，是否应该轻柔如行星起伏的呼吸？从阶梯旁雕像般荒凉的墙壁上，穿过身子，轻跃下来。空间折叠处阶梯边的会议之墙上，是孤独的老虎之群，作为空间的旁观者，沿着墙壁缓缓行走。抵达的老虎，是老虎之群中（并不起眼）的一只。

但眼睛期待的场景是，一片无声的碎玻璃中，站起一只身穿宇航服的老虎。宇航服应该是沾满尘土的，有错杂的剐痕，面罩破损、凹陷。抑或，彻底的白。宇航服洁白如新，宇航服外有跳动的蓝色火焰。阶梯上，老虎从屈膝中站起来，老虎有着烟一样的爪子。老虎走来，不紧张也不犹豫。爪子舒展时，烟一样的，扎出了宇航服的手套。

老虎摘下宇航服的面罩，哈出一口白气，胡须正在颤动。他的身边除了玻璃，还有一粒胶囊、一架干瘪的海鸥。

被召唤的老虎乘坐胶囊。像有什么人用尽全力，朝着无所谓何处的方向，投掷了一粒胶囊。而胶囊在空中穿梭，进入空间的折叠处，击中瞌睡、悬浮的大厦（如果可以被称为大厦的话）。

一架干瘪的海鸥，则昭示老虎来自一片清爽、干瘪的海。

以上场景仅是眼睛的切片，是眼球表面毫无痛楚的切片。切片是一种快速抖动，是一种骤停，是大声呼喊前的一阵无法忍住的碎笑。但并非眼睛本身。并不涉及本质，并未真正进入眼球旋涡的内部。要屏气下潜，沉入旋涡的深处。眼睛能感觉到有什么冰凉、长柄的东西正兜着它。

实际上，它可能被放置（丢弃）于荒漠的某处，斜倚一棵高大、竖直的仙人掌。真正的眼球，厚如玻璃巨缸，敲击起来会发出玻璃巨缸的声响，尝起来也与玻璃巨缸一样清脆——带着荒漠中的渴。它充盈海绿或深蓝的液体，有什么东西正在内部游动，有隐现的影子。

当然，以上切片，只是切片中的一种。可以有一本插册，专门收集切片。就算不使用曲别针，我们照样可以从眼球上削下（夹取）别的切片，比如：老虎爆炸。

只要用一点点力气，指甲在纸上有规律地、小幅度来回刮动（保持一定频率），便可以把老虎抹除。老虎所在的位置变成一团模糊的雾。（炭笔在此处随意停留过几次，靠近看便会发现：不是雾，而是粉尘。）一些黑色的碎片（极细）分散在雾的边缘处，像是刚经历一场爆炸。老虎无疑是被击碎了。

老虎没有被击碎。老虎继续行走在漫长的目光中，行走在瞬息的蛇骨中。继续在海面一丝不挂地、心悸般移动。

老虎是世界上最炎热的老虎。老虎在行走中表现出极大的忧心忡忡，他的忧心忡忡从炎热的心脏抵达四肢，让他气喘吁吁。或者平静、昏昏欲睡。钝响，一切运作起来了。再次钝响，沉闷的炎热。老虎是世界上最炎热的计算体，他要开始吞吐信息，冒出一些答案来了。

蛇骨此时正发出振动的唇音，仿佛证明它不是干枯、坚硬的物，却是饱满、充沛：由于过分轻微，这唇音让人麻木（潮湿静止的舌）。老虎明白，这是一段特殊的唇音，一段普遍的唇音，隐藏于所有唇音之中，是所有唇音的本源。这唇音构成一切事物。最先涌起的是轻微的雨，刚落到皮肤毛发上，就消失不见。

老虎对这些感到麻木。老虎在唇音中睡着了，他梦见泡沫。也许是充满了盐的、海水的泡沫，也许是别的什么（蛇的唇音中的泡沫）。泡沫细嚼着破裂。回声般堆叠的白色浮泡中（左右晃动着下坠），有一个鲜亮、紫白相间的形象。渐渐地，翻滚的泡沫凝固成不规则的光滑石块，变得致密，变成白色的卵石。而卵石之间鲜亮、紫白相间的皱皮生物（老虎发现它是一只蜥蜴），在这种变化中惊慌失措，射精般跳动着尾巴，将纤弱的趾吸附在卵石上。有一根手指，把蜥蜴珠子般的心跳逐一弹飞。它终于放弃无谓的痉挛。（在光滑的卵石间，可悲的皱。）它被卵石卡住，动弹不得，只能像时间一样持续。

时间持续，听到一头长颈鹿正在地心行走。这皱皮的蜥蜴不知道长颈鹿踩在什么实体上，但听起来它并不在卵石的桎梏中（脚步声松软）。长颈鹿的身体可以穿透卵石（也许只是脖子）。甚至，这头行走在地心的长颈鹿，正在嚼碎石头。"吃我身边的这块吧，吃吧，解救我。"蜥蜴心想（老虎通过梦境听到了蜥蜴的心声）。但长颈鹿探起头嗅了嗅蜥蜴，就走开了。蜥蜴耳边回响着长颈鹿嚼碎卵石的声音。这声音像是发生在蜥蜴脑内。

一片白色的黑暗中，是爬行动物皮肤的黏液的气味。这气味在卵石间隙的风中缓慢干涸。

老虎许多次梦见这只蜥蜴，有时它穿着轻松的衣服，有时它直立行走。蜥蜴也会是高科技文明的头领。这梦境占满老虎的脑海，以至于满溢了出来。

老虎在蛇骨中行走，常常看到柔软的大象的幻象。大象在蛇骨外的空气中变形，拉长成一截轻盈的面团。轻盈、柔软的面团试图穿过蛇的肋骨（以挤压的方式，并与蛇的肋骨摩擦发出橡胶的声音，有空荡荡的气味），挤入隧道之中，来到老虎的面前。

许多次，已穿过蛇的肋骨的部分，会突然鼓起，变成一张丰满、潮湿的蜥蜴皮。老虎告诉自己，"蜥蜴只是趴在蛇骨上取暖"。过一会儿，蜥蜴皮便消失得无影无踪。

在荒芜的行走中，老虎也会见到一种无毛、旋转的鸟。这种鸟无论从哪个角度看，都尽可能向所有可指的方向伸出泥泞的手指，像打着什么奇怪的手势。七，或者十二。手指便是这种鸟的翅膀，但极少扇动。鸟濡湿的腹部中，包裹着一颗与鸟身体比例极不相符的眼睛。海风吹着这荒芜的眼睛。

曲别针再次脱落毛茸茸的耳。老虎已经感觉到，曲别针是他与空间折叠处之间的联系。他能感到一切近在咫尺。

事实也是如此。空间折叠处既在空间的任何地方，又不在任何地方。它不依赖抵达，它时常发生。总有一处空间会折叠。这折叠有时发生在普通城镇的上空，悬停在一个刚买完面包的人的头顶（有城镇的居民抬头看到了空间的折叠处，称其像一个即将融化的玻璃盒子，或者……环形走廊？但呈现在城镇上空的环形走廊，仅是一个局部，是冰激凌的勺子在空气表面刮走的一段弧形；有人走动在这窒息般的弧形中），有时则快速移动在无人的丛林。有人让巨大的石块浮在水面上，来建造这个奇迹。但空间的折叠处并非产生于建造，也从未完成。它是一种波动。

多数人认为空间的折叠处有着高塔的形态，事实上，它有时是碑，有时是雕像（由纯粹的光构成的凝滞雕像，微不足道的降落伞兵的影子投在这光线的雕像上；他们只是静止中悬浮的遮蔽物），有时是大厦，有时是凝重的黑色匣子，有时候是玻璃虹管（缓慢变化的虹光是一种记号）。多数时候，它是沙砾般掀动、嘈杂的声音噪点……它什么也不是。

老虎将抵达空间的折叠处，空间的折叠处即将发生。事实上，也许他原本就来自这里。老虎从起初而来。老虎将重返空间的折叠处。

起初，一片室内的、平静的、光线幽暗的海，浮上水面后脑袋会径直碰到天花板。但尚未完全被水充满，水面依旧存在。看不到房间的边缘，小兽与小兽之间也彼此离得极远。它们在水里。许多首尾轻轻咬合的小兽，在室内的水中。一些与兽有关的特性，在水中偶然地传递着，在它们之间滑动。急促的、水的舌尖，从室内的水面匆匆奔过，把浮上水面的小兽重新卷回水底。

房间突然破裂。或者说，房间松开、扩胀、四散了。水中是不断下咽的声音。首尾咬合的小兽在水的快速流动中，不自觉地松开了薄薄的牙齿。它们四肢舒展开来，它们的尾巴上有原始的齿印。

终于，它们区别开来，它们进入了不同的蛇骨：它们将从世界不同的位置漏出去，而蛇骨是漏向世界的管道。它们中的一只变成了老虎。

也有另一种可能。这个世界上曾存在过巨虎，后来分崩离析了。巨大的老虎碎裂时，零散的骨和肉从空中降下，如落雨般涌到地面的世界上。老虎的碎块被装在不同的纸箱中，漂流过波浪起伏的沙漠、河流和天空。互相经过时，它们就从口袋里掏出胶水，试着将彼此粘在一起。发出喀啦啦的、风一样的笑声。

空间的折叠处。它孤独地勃起在荒漠中，单调、无趣，孤立如一棵仙人掌。银质表面炎热的反光，让人怀疑时间就此停住，夜晚永远不会到来。老虎在空间折叠处的下方，注视了好一会儿。

总而言之，在这样的极昼里，哪怕是一个失眠症患者，也会迅速感到干渴，当场瞌睡。

老虎打了一个哈欠，恰到好处地表达了这种瞌睡。他再次蹲坐着睡着了，做了他抵达空间折叠处之前最后一个梦。

中

运算中的每一位先生都闻到了老虎。有人闻到了半只，有人闻到了3/4只。这没有什么关系。只要数据量足够大，所有运算中的先生闻到的老虎的总和，就一定是整数。综合来说，先生们闻到了一只完整的老虎。先生们忙着搬运与老虎相关的语境、动机、基本句型（装在纸箱中）。老虎敞开的身体正被摆放。一些先生搬运着数据，矛盾、闪烁地聚集在一个入口。先生越聚越多。他们叠在一起，簇拥在一起。（搬运时他们不进行运算。）突然，入口扩大了一般，先生们全部通过了入口。一切又流畅起来。

运算的先生们之间上下行动的电梯，仿佛一个游动的视点。在这个视点看来，忙碌的先生们像是钟面上剥离的线条、泪点、指针、水底的子弹（它们从钟面上浮起，投下轻微晃动的阴影）。有时候他们骑着极小的自行车（抽屉中的模型）。更远一点看，先生们则如海堤上莫名存在的、低洼的坑洞，浅浅一块指甲，在海堤上毫无规律地排列。有方格、移动的抽屉，用来收纳先生们。先生们携带信息，从一个格子到另一个格子（抽屉交替打开，以奏出音乐）。先生们听到风琴，忍不住在格子里热泪盈眶。

时不时会有一片肥大的影子扇动，掠过先生们的头顶。对空间的折叠处来说，影子是一块噘起的嘴唇般的缺失。

近距离看，先生有两张交替的脸。也许是三张。轻缓、急迫的脸，流动、平息的脸，圆形、多边形的脸。先生们在互相拥抱，拥抱时身体里若隐若现着一些几何体，也显现出先生们日常用品的形状：高跟鞋、皮带扣、无故弯曲的勺子。先生们会以相似的姿势脱掉帽子，放飞一些球体。这些上升的球体也是对先生们的反馈。先生们在流动，运算也在流动，钥匙在空气中长时间地鸣响。

先生通过紧密、细长的走廊（玻璃毛细血管）来到房间。进入房间的时候，他感觉到电视打开时臭氧的热气，还有屏幕的吱吱声。

先生坐到沙发上，在黑暗中取过一颗甜橙。甜橙已经干了，里面发出轻微的响声。甜橙是一个沙槌，也许可以与风琴协奏。嚼起来是清脆的，像是某种坚果。

电视上是一位踩着小碎步的健美先生（有着湿漉漉的热裸体）。先生换了频道，屏幕出现一只穿西装、打领带的老虎。老虎的脸颊上流下一丝血。

全息的老虎将他的失败告诉先生。

“他是一个邪恶的生物。”老虎说，“我在与他战斗的过程中受了伤。但我想做一件老虎应该做的事情。”

一个宇宙生物。一只铅白色、直立行走的大蜥蜴。没有褶皱的外表，没有间隙，没有折叠。尾巴长而有力。头部、肩部是光滑的蓝紫色甲壳——也可能是坚硬的凝胶。

弗利萨无限制地悬停在一切的中央，闭着眼睛，双手交叠在胸前，双脚自然下垂，有规律地摆动着尾巴。无法分辨他是警觉、蔑视，抑或不耐烦。他的身上散发着白光。

老虎从一块石头跳往另一块石头。他趴在一块石头后面，伺机观察弗利萨的破绽。石头与石头在缓慢旋转。

这是空间折叠处的中心（如果存在中心的话），深蓝色的软泥构成了这里的旋转。软泥中深陷着巨大的石块，仿佛夏日傍晚漫步海滩，在滩涂上偶然发现的水泥碇。老虎在深蓝色软泥的旋转中跳跃。老虎再次跳上一块石头，老虎伏下身体，听到让人心慌的鼓声。石头内里发出咚咚的回响。也许是空心的。鱼鳔般沉闷的石头。

在捕捉到爬行动物滑腻气味的一刹那，老虎瞬间移动到弗利萨身后（！）。蜥蜴尾巴的一记甩动，让老虎径直撞碎好几个石块。老虎被甩飞很远，而石块碎裂如清脆的坚果（悬浮的甜橙，或坑坑洼洼的星球）。

"嘶嘶。"弗利萨说，"我一直觉得蜥蜴的嘶嘶声是宇宙中最妙不可言的声音。"（他停止摆动尾巴。）

"这些悬浮的石块也妙不可言，不是吗？我刚到这里的时候，觉得石头好像直接落在我的耳朵里，直接发生在我的脑海里。它们是无处不在的、恼人的镜子，是无法数的镜子。在它们身上，我看到一千个弗利萨。而现在呢，我与镜子和解了。这也是我强大的原因。"

老虎抓住一块悬浮的镜子，以停下自己。有细小的鱼在石块上直立行走。老虎再次将气聚集到手指上，准备给弗利萨致命一击。而弗利萨在嘶嘶声的后面消失了。失去声音的慢放中，老虎看到旋转的深蓝色软泥里，蛞蝓正释放着红色、蓝色、金属、玻璃、白金色、剔透、缓慢、静止的电；老虎松了一口气，脸颊流出血来；老虎看到自己昏厥过去，以一道直线迅速没入层层的空间。

"他曾经是一只皱皮蜥蜴，而现在，他已经是光滑、有力的宇宙生物了。"老虎从先生的沙发上跳下来，重新跃入屏幕，消失在滚烫的像素里，"一颗甜橙。"

先生的房间四通八达，电梯直通室内。电梯也通到其他任何地方。经常有别的先生走错房间。而有时候，去一个地方又会异常烦琐，因为有开不完的门。切换房间与电梯，电梯的门不断眨眼。门可以遮住眼睛。一千只眼睛悬浮在空间的折叠处，目光柔软如敞开的钢栅栏。先生听到某处在下雨（也许是室内），阴沉的雨中燃烧着热气球。

先生将曲别针别上文件。先生拉开最细小的抽屉（只有手指那么粗，但极长），推回去；再拉开稍大一点的，推回去；一直拉到最大的抽屉。再倒过来，从大到小来一遍。最后，先生拉开了最小的抽屉，里面是一粒胶囊。起皱的胶囊。这粒胶囊是与别的先生拥抱时，别的先生给他的（他们曾一起放飞过球体）。先生开始捏动这粒胶囊。每次捏合手指，再张开，胶囊都会膨胀一点，表面也变得光滑一些。先生重复这个动作。先生脑中浮现一个不可挽回的场景：先生怀抱一根大胶囊，里面也许是羞耻的数据；先生走过抽屉与抽屉的间隙，停滞在某一个入口。

先生拉开稍大一点的抽屉，里面是胶囊的盒子。先生把盒子与胶囊分开放置。而现在胶囊已经无法装回盒子了（也无法装回原来的抽屉）。先生叹了一口气。将盒子翻过来，先生看到一个标价签，但上面什么都没有写。空白的标价签。

弗利萨被卡在了空间的折叠处。他陷在褶皱中，无法脱离，只能悬停。空间的折叠处利用弗利萨制造一切：转动的椅子、报纸、杂志、油漆、文件上一对蜷曲的引号（通过会议、运算、统计、纠正；弗利萨提供一种旋转的力）。

世界上任何一只老虎都讨好不了我。虽然我不厌恶他们，但也谈不上喜欢。先生正轻哼着歌。尤其是，这只老虎渺小、怯懦、平白无奇、躲躲闪闪。别的先生们可不这么想，他们觉得这温暖、宁静的老虎缓解了他们儿时的梦。"他也找过你吗？""统计一下吧。""我小时候也挑战过弗利萨。"

悚然的老虎、幽闭的老虎、稀薄的老虎、失重的老虎、肺不好的老虎。先生不喜欢其中任何一只。先生将与老虎相关的数据放入抽屉中，手上有热静电的味道。老虎的味道。房间没有乐器，先生哼歌。

抽屉会吐出统计的结果，像吐出一张波动的、幕布般的薄物。一个灰白色的球体滚动在幕布的不显眼处。

运算能让所有的先生都拥抱在一起，先生本身也是数据的一部分。这不是大厦的决定，而是统计的结果。先生的背上可以冒出几何形的脸，冒出别人的生活的形状，那么心脏里也可以涌起别人的情感。一切的秘诀在于数字。

先生把胶囊捏在手指间，吞下一声叹气，也吞下了胶囊。先生看到一颗发亮的玻璃弹珠浮在空中。正是夏日里那些闷热的中午，先生最容易吞下的玻璃弹珠。

随着玻璃弹珠的渐近，先生发现它是一个纤薄的光片。（也发现：它是从极远处飞来，并非原本就浮在近空。）先生用手指去触摸光片，感觉到一点点烫，指尖也冒起了轻微的烟。这是弗利萨的光球，因甩离手指时的高速而变成了光片。

先生身体上升，进入故事层面，看到一个巨大的弗利萨的头颅。弗利萨正低着头。他的头颅由成段的光洁面团、波动、旋转的蜥蜴残肢组成。而透过这些组成他外观的线条的间隙，先生发现他的内部是空的。

正当先生靠近，准备进入弗利萨内部时，弗利萨开始坍塌。一些线段、变形的抽屉坠在地上，变成软泥。先生张开嘴，释放出一些球体。而弗利萨的泥淖中，也浮起一些长着兔耳朵的圆片。这些圆片和球体在空中闪闪发光。

先生感觉到头痛，圆形让他眩晕。他被迫依靠回想电视中老虎健硕的形象来缓解头痛。非常有效，老虎的形象一下就替代了弗利萨。老虎在一个平面上发生，奔掠过先生身体的每一个部分。老虎扩大成一个充斥空间的空的影像。当他的影像来到空间的拐角处，就顺着另一面墙飞速延伸上去了。老虎的睫毛如停止的秒针，投映在墙上。奔掠、交错、闪烁的老虎。

洁白的老虎（通过宇宙飞船）跃入先生的心脏，先生觉得自己有一点点发炎。

眼前的老虎陌生、鲜活，是充满变化的。老虎站在房间中，站在先生面前。他穿着透明的衬衣，有着宽阔的肩膀，浑身发烫。片状、肥皂泡般的白光在他身上闪烁，像夏夜的闪电。"你的房间总有奇怪的吸水声。""空的房间像一场风暴的中心。""我需要一台跑步机。"

老虎住在了先生的房间。老虎垂着手臂，在镜子前流汗。毛巾挂在脖子上。先生将玫瑰花递给他。"没有甜橙了，只有玫瑰。餐后水果停止供应。午餐结束，每人（每位先生）可以嗅一下玫瑰。等别人嗅完，我把花带了回来。"

"也不赖。"老虎将玫瑰拿到唇边，轻咬下一片起皱的花瓣。老虎的热息吹动花瓣，身上仍在流汗。老虎把整朵花塞入嘴里，花瓣在老虎的牙齿间翻动。

"锻炼，最重要的是眼睛。"老虎在自言自语，"眼睛能让人看到更多。"

锻炼后的老虎召唤一个装置。房间中列车般升起一个装置，把其他家具挤到一旁。身体再生装置。老虎踏入这个太空舱般的装置中，一些营养液盈溢出来。（也像竖直的浴缸。）玻璃罩缓缓关上。老虎为自己连上气管、戴上口罩。玻璃罩下面是深蓝或海绿色的营养液，一些气泡在升腾。老虎紧闭着眼睛，眼球在眼皮下快速抖动。

老虎的力量在恢复，玻璃罩上有轻微的裂纹。

在房间的走动中，一些事情时有发生。老虎颈下有一圈温柔的白绒，耳朵上也是一层纤毛。热的风吹过后，老虎像巨大、丝绒的幕布一样舒展、柔软。老虎的热浪打在房间里，老虎的热浪也打在先生身上。

抚摸一个温热的动物，亲吻各种鲜汗淋漓的毛发。抚摸直到发软。亲吻如一阵发光、火烫的鸟群，有熠熠的、银目的翅膀，在透明的皮肤下掠过（首先要找到老虎的拉链，将他的皮毛掀起，露出人类的肉体；将他从廉价的热绒毛中解救出来）。

老虎像海水般沮丧、迟缓。老虎也有沉睡般的吼叫。老虎的腹部如平滑的白色象牙，老虎的双腿间是一片白色的荒凉沙滩。把漫长的手臂伸入老虎乱糟糟的潮湿之中，空气中有一阵抖动，仿佛什么松落了。凝视、波动的圆心中：一只语塞而光滑的老虎，仿佛只一击便可让对手丧命

（悬停的弗利萨，或者……）。

老虎有水仙般从皮毛中支起的骨。老虎精准、锋利、笃定，老虎困难重重。老虎轻微地颤动着。先生脖子卷起，柔韧、优美、精致。日影似的老虎斑纹正在晃动。

一只老虎厌恶自己身上的黑色条纹。一只老虎是对另一只老虎的戏仿，证据便是：他们处处相同，他们的斑纹不同。

所以有人沿着条纹，把老虎缓慢切开……被剪碎的这一只老虎（而非那一只），在空中形成条纹的环。

老虎的条纹的环与环之间，是老虎的空隙。

最后只剩下静电。静电在他们之间心有余悸地嗡嗡作响。壮硕的老虎在先生怀中，纤细得好像快要消失。

先生想，也许老虎是一把钝的剃刀。这把剃刀甚至无法刮去胡须，却能砸碎镜子。老虎正在威胁空间的折叠处，我呢，将他隐藏在房间里了。快隐藏不住了。又怎样呢，战斗马上就要再次开始了。老虎会给出他的致命一击。

而夜色啊夜色，夜色中有一千只悬浮的眼。"也许今晚的夜色中，会有滚烫的失眠。"（"是谁的失眠？""反复失眠，失眠中的失眠，复数的失眠。"）老虎开始打鼾。

老虎在打鼾前最后一个刹那，将自己抵达空间折叠处之前最后一个梦的内容，告诉了先生（以某种隐秘的方式）。在那个梦里，老虎是一座行走的雕像。梦中之梦。

雕像在荒漠中大面积地漫行，像是空间中一个无用的器官。它不时闻到海藻的气息。雕像在吸收烟，吸收烟和四周的光线。烟和光线一接触到它的皮肤，便迅即消失。雕像越来越高大。嚼动以后，雕像漫不经心地朝外吐唾咸腥的团块。团块以弧线下降，最终飞了起来，掠过雕像的头顶。它们是一些会飞的手势。广阔的目光之鸟。"叮——"，大象般的空气中，穿过一声鸣响。又是一声。

漫长的蛇骨，直挺挺地陈列在遥远的地面上。

下

行星的波浪带着波浪，从脚下传来，携来植物、雨水、强烈的阳光的气息。（这个度假般的）房间轻如大象的空气中，有什么在鸣响。有人开车行驶在行星表面，突然深刻地意识到，下方是一个广阔的球体。（他于是将车停靠在路边。）日影斑纹的轻微晃动里，房间有风吹过去，房间显得无所事事。我觉得自己应该喝一瓶冰啤酒。

老虎推门而入，脚下还粘着房间门口的色情卡片。他的下巴更加坚毅，他的嗓音闷热，像是刚从一个遥远的地方回来。他有着褶皱的目光。

他从牛仔上衣的口袋里掏出一枚热带钱币，钱币上是一只馥郁的老虎。

"我可饿极了。"他说。我递给他一瓶冰啤酒。

"如果我悬在弗利萨的位置，看到的一定不是镜子，而是飘浮的拉面比萨芝士蛤蜊辣椒末烤鸭炒饭胡萝卜豌豆啤酒圣代炸鸡拔丝香蕉饭团饺子奶油番茄酱绝品牛排……在失重的空间里，吃一个饱。"（弗利萨是空间中一个悬停的冰箱。）

老虎边说边嚼碎啤酒的瓶子。他喜欢嚼啤酒瓶，说酒瓶的碎片尝起来像冰块。

毫无疑问，我们的老虎胜利了。我等他讲述弗利萨的故事。等他嚼完嘴里的冰块。

"那是一个平原。"老虎说，"弗利萨被雨水困住，转身看见自己的父亲扭曲着。父亲在雨水中产卵。"

丰沛的雨水中，平原上遍布沼地、水洼。雨中突然直立起身子的蛇，是一种与蜥蜴近似的动物。爬行动物。健壮又修长的鹿掠过树林，惊得阔叶植物叶片波动，坠下大块的水。一只橘色的双头鸟有两张平行的弯嘴。雨水中，有一只无法驻足的、长翅膀的蛙（或巨蜥），一群喷涌而出的斑马。

——老虎也曾出现在这片平原的意识边缘（又倏忽消失）。老虎在这片镜子般明亮、无物的平原边缘闪烁，穿过斑马，想衔走一只雨水中的蛙（或巨蜥）。

冒着雨水，一群顽皮的少年走向那只产卵的蜥蜴。他们伸出手，捏着蜥蜴的脖子，将它提起来。蜥蜴惊恐地扭动身体，下身还卡着一枚卵。雨水顺着它的尾巴，倾流不止。

"爸爸。"弗利萨默念。在雨水中他发出妙不可言的嘶嘶声。此时他尚未与嘶嘶声和解，他痛恨蜥蜴的声音。更多的唾沫降下来。倾盆大雨似的唾沫。其中混合着蜥蜴的残肢。弗利萨厌恶这块平原，弗利萨躲闪到一旁。

少年们并没有带走蜥蜴卵，而是将它们摔碎在石块上，逐个摔碎。弗利萨像雨水一样有着空茫茫的失落。他感到恶心、眩晕，搅动口中波光粼粼的舌头，不可抑制地射出一口黏液。黏液变成一只行动迟缓的皱皮胖蜥蜴。少年们甚至没有看见它，就用脚跟把它踩死了。

雨水中正拔起一只蜥蜴，如地面拔起一幢尖利的高楼。平原的地面开始抖动，变成一张抖动的画布。画布上有一个轻微的突起，一个移动的点。是弗利萨伸出的手指的指甲，抑或尾巴的尖端，在画布后面迅速移动。弗利萨从这平原的画布中戳出。雨水消失，平原消失。一切物体都悬浮，旋转，四周变成宇宙广袤的深蓝色。

那里。弗利萨早已在那里了，像是本来就在那里。他的行动好像自然规律一样，不证自明。他是直接、有效、不可违背的。他漆黑如同真空。

悬浮的石块落下阴影，落在老虎的脸上，偶尔遮住老虎的眼睛。光线正在逐渐消失，因为弗利萨释放的黑洞。（黑洞迟缓。）再过一会儿，连阴影都要消失。老虎在黑暗中捏紧拳头，挡在身前，尾巴扫动着（探测蜥蜴的气）。老虎在思考对策。他在等待，他如阵雨般闷热（或畅快）。

光线几乎完全消失。一个强烈的波动出现，让老虎所在位置的悬浮石块刹那呈现半球状的陷落。陷落的边缘不断削出碎石，如刀刃。老虎使用瞬间移动，离开了这里。

在波动里留下扫描线般的影子。

金色斑斓、破碎的气息突然从老虎身体里涌出。老虎让力量灌满自己，也在这黑暗中刻意暴露了自己。

他于是制造更大的暴露：擦亮一簇火舌。火舌细长如辐条，向外跳跃如火剑、结晶、纤细的手。收拢，加剧。老虎的力量聚集。一个光球在爪子上诞生，向上飞去。光线就此恢复。金色气息的老虎制造了一个太阳。

这太阳带给弗利萨空脆、剥落般的灼热，他的皮肤开始起皱。炎热和缺氧困扰着弗利萨（虽然他不那么依赖氧气），尾巴摆动的频率加快了。

弗利萨不耐烦地伸出手指，将太阳击穿，光焰的中间露出一个空洞。光焰向内坍缩，最后融为一团暧昧不明的、晦暗的星球。太阳凝固成了月亮。月球带着火舌的余热，有着心悸般庞大、不彻底的宁静。弗利萨从月球背后升起，寻找老虎的身影。

而此时，老虎的一个（或多个）镜像在完成。镜像在完成镜像。老虎正变成一只困难重重的老虎。老虎不知疲倦、无休无止。一只复数的老虎。镜像既在分散，也在聚拢。每一个行动自如的老虎分身、残像，都冲向弗利萨。

在对方不间断的瞬间移动里，弗利萨击中几个分身，也击中了最真实的老虎。但脸上留下一道横向的伤口。一抹鲜蓝的血液向下流出，像因无聊而摊出的舌头。

"挺不赖。"被击飞的老虎在空中停住，"不过，是时候做个了断了。"

老虎的镜像回到老虎。老虎开始折叠自己的身体，界在他身上交叠。空间可以折叠，空间中的身体也可以：对空间折叠处的效仿。这是空间折叠拳，是界之拳。折叠身体将爆发几何级的力。但这样的状态仅能维持于瞬息。

瞬息就已足够。因为对折叠的老虎来说，时间仿佛被取消了，弗利萨成为一个空间中的展示物。折叠的老虎靠近弗利萨，可以看到他蓄力一击的手指和变形的指肚，看到这蜥蜴的表皮上，布满雷声一样的斑点（因战斗而疲惫）。

老虎切开弗利萨，露出他（作为蜥蜴的）鱼的耻骨。

状态结束。弗利萨的碎块飞速四散，老虎折叠的身体也重新展开，回到空间。但蜥蜴切开的骨骼上，纤维正在再生，（附着在其中一个碎块上的）眼睛也保持敏锐。

飞散的速度在放缓，部分切片再次贴合在一起。蜥蜴的切片要回到弗利萨身上。弗利萨将重新汇合、复活。

老虎于是再次紧张，重新涌出金色的气息。抬手聚起一道光线，击穿了空间，空间的穹壁上张开空泡。反复击穿。多个球状的空泡在快速移动。另一个空间在吸取这个空间的物。弗利萨的碎块撞在不同的空泡上，迅速抛向别的空间。也有碎块从一个空泡跌入另一个空泡。弗利萨跌落在漫长、瞬息的空间的纠缠中。

空泡纷纷合拢时，老虎被一阵阵的反冲掀昏过去。在他的意识中，地心引力失去了力量（此处原本就没有地心引力），时间、空间等秩序，也都涣散，变成一种软绵绵的波动。短暂的眩晕后，老虎睁开了眼睛。他看到谐振的、反光的秩序从四面八方涌来。（更大的）秩序的反冲。

真正的爆炸即将到来。一切都将变得光滑（切除空间中起皱的器官后）。（或者起皱的一切扩散到宇宙的所有地方。）

蜥蜴的尾巴在卵石间缓慢地抽离。

老虎在爆炸前瞬间移动，离开了这里。他悬停在空中，汗水顺着毛发往下坠落，看到空间的折叠处此时是一幢摩天大楼，波动从摩天大楼中部开始扩散。鼓胀的脖子。摩天大楼开始倒塌，热量在四溢。波动一直扩散到老虎面前，老虎向波动中用力地击了一拳，如击破一只乳房。或者丰满的鸵鸟蛋：表面是灰色的，却可以看见内部旋动的几何形，几何形的各个尖端似乎向所有可能的方向伸展。无限的生殖中的、鸵鸟的眼睛。

爆炸中有无数细小的蜥蜴和馥郁的鲜花。老虎放松自己的身体，让气流带着自己飞动。这爆炸仿佛是一场空中的午宴。

老虎躲过一片乌云阴晦的一面，来到白色的石膏坡，坡面如亮闪闪的海洋。他知道这只是云层的表象，它的内部饱含闪电，它的内部在沙沙作响。透明的光焰将降下温柔的暴雨，将击出一枚老虎无法握住的、光滑的电柱。

老虎看到云层上投映着一把细针的影子（仔细看才能发现），而飞机留下一行阶梯状的炸弹，已经在空中生锈。

老虎穿过这宁静的爆炸仿佛少女穿过闷热的街巷（只拧一下就滴出水来）。老虎回想起那个停电的夏天中午，一个顽皮的少年（毫无疑问，正是老虎自己）手持一条长长的芦荟叶，在街巷中追赶一辆公交车。镇上的人都去海边散步了，要到傍晚才能回来。天气像杏子一样暖，气泡旋成清凉的花瓣，不断贴在老虎的额头上，带走些许热量。老虎的芦荟之剑，仿佛一卷带鱼，一卷（并不打卷，而是绷直的）硌牙的带鱼。

在奔跑中，一只蹿出的老鼠被踢飞了。老虎只感觉脚背被什么温热的东西抚摸了一下，老鼠的影子一闪而过。

老虎终于追上了公交车。老虎登上这辆废弃的公交车，公交车只剩下了前 2/3（所以老虎直接从横截面跳上了车）。车内大部分的空间被幽暗的、热烈的、辛辣多汁的夏日植物占据。空气中有扭动的藤蔓、壮丽的花。老虎走向车头，司机在驾驶室里忧郁地抽烟，手臂靠在方向盘冰凉的弧度上（老虎觉得这个细铁圈中充满了液氮），压得有些变形。

司机将车钥匙拔下来，交到老虎手中。"上路吧孩子，只要在路上，任何愿望都会实现。"

老虎坐在驾驶室里，兴奋地捡起司机没有抽完的烟，夹在手指间。他觉得自己可以去破坏些什么，或者发现些什么。但不知道如何使劲。老虎有劲，老虎浑身上下充满了躁郁的、使不上的劲。

过一会儿，这个顽皮的少年将驾驶残破的公交车，观光客似的上路了。他将驾驶公交车，来到一条湿漉漉的公路。他要抵达一个地方。而湿漉漉的公路，是一条不证自明、坚硬的蛇。（却在一连串骨节咬合处，发出弯曲的巨响——也许是窸窸窣窣的轻声。）他也会发现，车玻璃外的景色会在视网膜上滞留切片般的图像。老虎将它称为"凝像"。道路的无限延伸中，卷曲的凝像在不断地下坠，波叠地下坠。

而此时，顽皮的少年试着点火，摸索着踩下油门。黑烟似的柴油气味，及震耳欲聋的喇叭声（由他自己按出），正迫使他成为一个成年人。

老虎与我一起坐在城市的高处。夜色中似乎有滚烫的一切，夜色中有下垂的花。我们坐在高楼屋顶的边缘，丢下烟头。没有爆炸，爆炸声在耳朵中消失了。道路行驶的汽车并没有因为我们的行为而炸成火球。

老虎是世界上最炎热的老虎。热流从城市上空而来，经过我们的身体也不停留。黑暗中，老虎像镜子一样反光。

"有几个残像被弗利萨杀掉了，我已经不是完整的老虎了。"老虎说，"真是个遗憾。"

老虎靠在我的身上，不一会儿就陷入了一场柔眠。行星的波浪让这座城市起伏如丝绒般的呼吸。老虎褐色的战斗眼镜放在一旁。他是世界上最简单、直率的老虎。

老虎的眼睛在城市的夜色中上升。老虎悬空的瞳孔亮如一个星球（瞳孔中有清晰的裂纹）。

更夜的夜晚，醒来时不知是几点几分。我发现自己身处一个封闭的、充满水的房间（像是整个房间被丢入了海中）。但我依旧可以无阻碍地呼吸，在水下呼吸。有阳台

（或者抽屉）向着逼仄的室内延伸，是一个人身体上拉开的无数个（形成节奏的）抽屉中的一个。某个词语浮现在我脑中，"深邃区"。我在这个词中看到一座塔的尖顶，或者一个玻璃多面体。有人正在弯曲身体。我知道，这是真正进入梦境前，一闪而过的切片。并没有什么特殊的意义——在数量足够之前。我在水中行走，寻找老虎。我在房间的墙壁上，发现一个眼睛大小的光滑圆孔。凑过去看，窗外是飞逝的星体：房间已被一根手指弹飞，空间与精神的胶囊被一根手指弹飞。蒸汽小船，正逃离空间中的器官。作为空间的波动或宇宙飞行器的房间仍在飞行中（悬在距地球 41.99 光年的高空）。

我看到了老虎，老虎被水的轻佻的舌尖卷入口中。老虎遥远的身体，裸露、细长，有鼬鼠般左右游动的脊背。老虎向水的深处沉去，我也跟着下潜。老虎的脑袋上有一道整齐的罅隙，梦的汁液正一股股从老虎的脑海中涌出。是老虎的梦将这个房间充满。由于我们已位于水底，老虎的梦的汁液进入水中，并没有清楚具象的形状，只能看到空间难以觉察的波动。在这间向内凹陷的密室的、梦的水底，我凝视着老虎，老虎缓慢地苏醒了。他在水底和我讲话，满口冒着气泡。他清晰地告诉我他的另一个梦（以某种偶然、隐秘的方式）。"有人平躺在甲板上呜呜抽泣，像被抢走了甜橙。"

在这个梦境里，不夜城发生了似曾相识的大爆炸。这座城市最高的塔楼（也有一种说法，是石柱）（火舌蹿动的玻璃摩天大楼）被（一只拳头）炸毁了。塔楼爆炸时，火球如轨迹弯曲的导弹，（仿佛沿着弧形的电梯轨道）降落在不夜城各处。人们只好携带上家里最重、最想丢弃、最不值得搬运的东西（有人怀抱一只猫），逃亡到城市边缘的海面上。他们同时携带着各自的惶恐不安。

人们将餐桌叠在救生艇上，钢琴叠在餐桌上，在最高处瑟瑟发抖地饮用香槟（并干杯）。周围是黑暗的海面，还有冰川。

也有人抽烟，并不断重复："吸烟有害健康。"

不夜城闪耀着钻石般璀璨的灯光，像救生艇上吹口琴的小姑娘头上的羽毛一样漂亮。岸上有人在呼救，有人则合力搬动一台大型游戏机。有人跳下水，朝救生艇的方向游来，他的衣服紧贴在身上，看起来极为滞重。他为什么不脱掉衣服再下水呢，为什么不全部脱掉呢？为什么呢？警车紧贴在马路上，把蓝色的红色的光线，旋动着从地下抽取到地面，投射在不夜城所有竖直的墙面。

有着冰川的黑暗海面，是城市的宁静地带。傍晚的时候还有人在海湾高楼的阳台上眺望这里。吹着海风，眺望这片无风景的海景。她发现这里的无物。现在救生艇上的人们发现，这里有光，是白色的光线。白光在冰与冰之间跳跃，从一块冰川折射到另一块冰川。白光照耀下，冰川像是在熠熠燃烧。

惊慌失措的人们提议，借着光线在船上打牌。黯淡的牌面在不夜城的居民之间流动（如流动在明亮的街道）。你也在他们中间。当然，你没有提出什么高见。人们边打牌边讨论新上映的电影。一部电影中，一位顽皮少年把自己变成了猛兽。他把猛兽的胃液灌入自己身体，好让自己消化猛兽们的食物。他把自己缝入兽皮。从他们的聊天中你得知，这部离奇的电影由真实故事改编。但就算电影中的故事真的（原封不动）发生在不夜城，你也不觉得奇怪。因为在不夜城，任何事情都会发生，任何事情都在发生。

有人输了牌，落入水中。一位警察也跟着跳进水里。他在水底捏着一只胖喉的蜥蜴，像捏着一把枪。

不一会儿，城市海面的泡沫消失了。（有人感到自己牙齿间充满泡沫。）海面恢复平静，有规律地跌宕如缓坡。

岸上出现了老虎之群，他们沿岸缓缓地行走着，像是这场灾难的旁观者。这些老虎的影子在岸上闪闪发光，从一只老虎中走出另一只老虎，仿佛在展开（而非重现）另一个平静的、不倦的空间。嘈杂声中的轻跃者。他们没有被不断爆发的导弹击中。有时候，导弹掉在离他们很近的地方，他们也丝毫没有受伤。你知道，总有一只老虎的脚趾上，卡着一块碎镜子，以帮助他们在空间的流逝中，清晰地交替、重排彼此（一局牌结束了，救生艇上叠送的手指正在洗牌）。

有人用即显相机拍下了这一幕。灾难结束后的明天（如果真的会到来的话），这张照片也许可以卖一个好价钱（甩动相纸的手捏着照片一角，老虎正在相纸上缓慢显现）。

小镇生活瞬景或长览

"小镇是橘色的，马上就要夜晚。"朋友说。他站在可疑的、铁皮卷成的梯子上，面对墙上的画布（距离很近，鼻尖快碰到墙壁；视线在这短距离中被抵弯）。画布肮脏、陈旧，不住地掉下灰来，又仿佛直接画在墙上，连梯子也是（……也是纹路深陷，像核桃；梯子的铁锈有橘色气味）。

"啊，是一种柔和的橘色，小镇在半睡眠的光线里。是夜晚来临前半透明的、稀疏的空气。

"锥子般地，探出一个薄荷味的女人，穿着俏皮的浴衣。她身材小巧，放松地穿过广场，像是刚从泳池出来。现在，画布上的视野很好，她的出现让视野变得更为干净。似乎只要她自己愿意，就随时可以在空气中消失。这消失的假设并不生硬，也不透出一丝狡黠。

"空气是凉的，她的双脚踩在空气里。游过泳后，皮肤表面有别致的紧张。小镇夏日的光、线、镜子，是一种微弱的气流。"

"说说那个广场吧。"我在地面上，望向朋友，"我想听见小镇更多的声音，更多的人的声音，小镇的喧嚣声——你能从画布上听到小镇的喧嚣吗？"

"当然。"朋友说，"广场位于小镇的中央，广场上有一个喷水池。似乎只在特定时间开启。喷水池上有两座雕像，奇怪的几何体的雕像。从现在的角度看，它们看起来像相叠的菱形。

"有人拘谨地穿过广场，有不止一个人穿过了广场，但都没有与刚才的女人相遇。他们先后穿过了广场。广场始终是空旷的，仿佛同一时间只允许一人通过。

"他是个拘谨的少年，一个羞涩的少年。他从广场那边的录像厅出来，显得匆匆忙忙，在柔和的橘色里回家。在家里，他的姐姐怀孕了，他的妈妈也怀孕了。穿过广场，他会继续穿过小镇集市中蜿蜒细长的铁道。"

"这铁道在没有列车经过的时候，被集市的棚顶覆盖，也被小镇居民的双脚覆盖。铁道被拢在了集市里。"我补充道，"铁道的油漆和此时小镇的空气一样，也是橘色的。"

"对，橘红色。"朋友说，"少年消失在通往集市的小路上。他也许会在集市中的露天椅子上小憩，也许会径直回家。

"然后小镇的夜晚就来了，橘色啊就要消失了，一个醉汉走向广场，他仿佛想把橘色推走。但凭着跌跌撞撞的脚步，他又能做些什么呢？何况喉咙底下还冒出热腾腾的酒嗝，像一朵热腾腾的橙花。

"某个相似的夜晚我见过他，也是在广场的街边，他坐着喝酒。广场边缘的窗口伸出一只手，递给他啤酒。他在喝啤酒的时候，会往里面加果冻。偷偷从口袋掏出，趁没人注意的时候加进去。一个有弹性的喉结通过他的咽喉。

"他是属于夜晚的，但喝醉酒后，他开始咒骂夜晚。桌面上，他肿大的关节在嘭嘭作响，发出小镇特有的声音。

"夜晚的广场上，我是说，广场边缘啤酒店外的桌旁，偶尔也会坐着几个和他相似的人，他们在夜晚形成映照。这样的情况不多。总体来说，夜晚的广场是属于他一个人的，甚至整个夜晚的小镇也是。

"彻底暗下去了。夜空中隐现光带的海。在远处的天空上，更远的地方，有一个凝滞的小点。

"可能是画布上一个黑斑，也可能是一个小孔。如果是小孔的话，我敢说，它肯定是深深凹陷的，有着轻微的斜度。与一枚不可知的钉子有关。更大的可能是，它是一个平静的点，只是点而已。但俯瞰着小镇，似乎统领着所有的不平静。

"夜晚的画布上，从小镇日常纷繁的事物中，升起一件潮湿的蕾丝。接下来是酒瓶、伤心的汤匙或者钢笔。（有人向上抛起它们。）它们都向画布上的点靠拢。然后——"朋友发出一个拟声词，有点像"哧溜"，但更短促，"这个黑斑或者小孔，就把它们全吸进肚子啦，（它们）像是进了迷宫。"

"可能倒更像吸面条。"妻子平躺在地上，躺在某种阴影里。朋友躺在她的身边，双手交叉垫在脑袋底下。

"要侧耳倾听。"妻子说，"侧耳倾听就能听见小镇的声音。"

那个时候，我们面前是一堵墙，墙的高处是一张画布。一架铁皮卷成的梯子通向这幅画。朋友站在梯子上，我站在地面上。还有游移不定的妻子。在房间里，不知为什么，我们感到对生活的渴，而我们所拥有的只有画布上的小镇。

"你有幸亲眼看到画布，就多向我们描述画布上的内容吧。"我对朋友说。他得到了权利，也得到了义务。

墙外面是什么呢？这房间在世界上的什么位置呢？我们一概不知。最有可能的是，敲开墙面就有光线照射进来，有新鲜空气，房间位于一幢建筑的最外缘。但我不太满意这个猜测，也许是不太甘心。

我更倾向于，整个世界毁灭了，我们身处地下。空气形成了一个容器，形成一个通道，形成交通工具，进入地下。空气是聪明伶俐的。空气无所不在，也无所不能。墙是空气通道的尽头。

那么一切似乎都颠倒过来了，如果墙面出现罅隙，整个房间就会被掩埋。我们占有地下仅剩的空间。

"平衡至关重要。"我说，"坚实的事物与虚无之间的平衡。"

"一个下午，女人再次穿过广场。这一次她捧着一盆仙人掌，依旧穿着浴衣。在下午梦游般穿过广场。她端正地捧着，脚步也有温和的弹力。仙人掌坚硬的影子投在地上。

"一个男人跟着她。走着走着，男人就把她扛上了肩。仙人掌碎在地面上，还有褐色的泥土。她的浴衣也掉在地上。

"但她似乎没有生气，只是在男人肩上欢快地踢腿，双手交替拍击男人的背。"

"那个少年呢？"我问朋友，"那个少年怎么样？"

"少年继续去录像厅寻找姐姐和妈妈，他弯曲的手臂穿过她们的头发、耳朵、脖颈、肩膀、手臂、腰，来到一段犹豫的弧度。他深陷在一片沙丘，热潮涌动的、即将暴雨的沙丘。

"他摸到一枚青橘子。橘子很青，一定是青得发涩、发苦。他摸到青橘表面坚硬、清澈的颗粒。他的手指像一把小刀，旋转，削着……青橘啊青橘，卷曲的青橘！

"在滚烫的时刻，在一阵阵灵巧、快乐的抽搐中，小镇被掀了起来，一个力量把小镇带到波浪的顶峰。

"少年倦意中的热，舒缓地、薄薄地扩散开去，最终在身体的各个末端，化为乌有。"

朋友终于也忍不住掉下眼泪。他走下梯子，在妻子怀里哭泣了起来。他们坐在梯子最下面一级的台阶上。

"你看到了什么？"我问朋友。

"我看到一个巨大的机器，可能有广场的雕像那么大，或者更大。"朋友说，"仍在不断变大。"

"大机器在小镇上剧烈地蹦跳，让小镇变形了。或者说，小镇飞速移动了起来。小镇双脚停留在原地，却来到了一个新的世界。这显然并非平地移动，而是一种更高级的移动。

"小镇的双脚垂下来，镶嵌在梯子上了，像我的脚一样。我不得不说，梯子，这个陷于停滞境况的运动健将！

"大机器伪装成我们的朋友。小镇的面貌被改变了。他们将一幢房子发射到空中，俯瞰这个小镇。这幢房子是观测小镇的最佳站点。（他们甚至对外售卖门票，邀请游客前来观测。）"

妻子递给我一块冰。我把冰放在手指上，往喉咙里伸，恰好能贴在小舌上。

"是大机器生产的冰。"妻子说，"小镇里啊，少年已经开始吃冰了。

"小镇里是炎热的夏天，少年躺在床上吃冰。像这样的夏天，大家都不说话。姐姐没有说话，妈妈也没有说话。"

"这片闷热的大机器，是我们曾经养过的小狗，灵活的小狗。"朋友说，他重新站上梯子，"但渐渐，小镇的战争就开始了。为了推翻一只曾经灵活、现在笨拙却统领小镇的大狗。"

"有人向两座雕像中间射击。小镇的屋顶成了停机坪。太近了，广场上挤满了人，走在我的眼睛之上。"

我的手上出现一把枪，好像是我自己从口袋里取出来的。我看到朋友在梯子上的背影，举起手臂，练习向他射击，枪声响起。但是太累了，扣动扳机耗尽了我所有的体力，我想马上休息，并在睡眠中大声喘气。

"后来呢？"我问。

"还是像之前那样，空中出现一个斑点。这个斑点中，有深深浅浅的暗色，像骤雨在其中翻动。

"穿过广场的浴衣女人，把植物种在了小孔中。也许是阔叶植物、花束，或者小灌木，叶子将小孔的边缘覆盖。

"战争中射出的铁弹，都被这个点统领了，弹道向上弯曲，落入点里。什么战争眼镜也好啊，前线杂志也好，还有《观战手册》，也都被吸进去啦。"

弹壳从朋友后脑掉下来。先是掉在梯子的横杆上，再落到地面。发出干涩的鸣声。

"战后嘛，小镇就开始重建了。"朋友说。

"一个相似的夜晚，醉汉又走向广场。在走向广场之前，他在小镇的巷子里闲逛。在这些交错的窄长巷子里，他照例拎着酒瓶，骂骂咧咧。然后在一个拐角，遇到了另一个自己。

"那是战前的他。战前他是小镇的普通镇民，战后却两手空空，成了小镇上的普通租客。他们交换着彼此的一无所有。

"他拎着酒瓶来到广场，拉开广场边缘啤酒店的椅子，坐了下来。他决心做一个身外人，好好旁观这个小镇。

"广场上有两个人正在互相搏击，这让醉汉拍手叫好。其中一个把另一个顶翻在地，倒下的人神色黯然。

"战争似乎仍在延续。夜空中的斑点，以乌鸦的姿态折转脖颈。战争并未消解，只是被击碎成了小块的夜幕。

"'爸爸。'站着的男人低声称呼。是那个少年。"

"不，我已经不喜欢这样的小镇了。"我打断朋友说，"烧了这块画布吧，不要让他们继续活下去了。"

"你为什么不自己烧呢？为什么不自己到梯子上来呢？"朋友说。

"也许因为我缺乏给出结局的勇气。"我在心里说。

朋友显得不那么乐意，但他还是点燃了画布。我不知道画布烧掉之后，小镇是否真的会毁灭。

这是一场虚与委蛇的大火，每个人都心不在焉。大火经过广场，经过雕像，却只让人的皮肤起烟。

大火在小镇上寻找着什么。大火在小镇的桥上、广场喷水池中，寻找一条能将它淋湿的河。

"小镇不该这样毁灭。"这次，妻子认真了起来，她站到画布边上，"小镇不是被强有力地摧毁的，而应该毁于塌陷。这种塌陷，应该是小镇自己决定的。

"小镇缓慢地，将这塌陷施与自身，像一个自己对另一个自己的拥抱。一个自己从背后抱住另一个自己，像一件衣服从背后披上另一个的肩膀。被抱住的人开始塌陷，向怀抱内塌陷，最后他们亏空成了同一个人。

"这个人孤零零地站着，也许可以就这样站着抽完一根烟。"

所以雨水降了下来，干净地降下来，浇灭炽烈的长梯子。小镇的一堵墙上，挂起一扇窗户，开始处理被生活烫伤的居民。居民带着伤痛，在雨水中眺望更远的远方。

倾斜的雨是一场阴影。雨水中有被踩得稀巴烂的褐色青蛙，雨水中有可疑的黑色橡胶鱼，雨水中有重新长起的花束。小镇因此潮湿又芳香。

经过小镇，一辆洒水车在雨中洒水。它的车身玻璃剔透，像个移动的小房子。洒水车在一幢楼下歇歇脚，避避雨。车身一震，又开进雨里了。

不远的地方，有人照例枪杀一些闯红灯的人、逆行的人、鸣笛的人（用无声手枪）。

在大雨里，战胜自己父亲的少年仍在寻找姐姐和妈妈，哀伤地冒犯自己。有很多种可能，一种是，姐姐和妈妈本来就是被他带走的，他将姐姐和妈妈记在小卡片上带走了；另一种是，他回家后的某一天，平静的生活里，姐姐和妈妈会突然回来；但最有可能的是，雨一直没有停，他就这样在大雨中消失了，像在生活中消失一样。

我走到大雨里，看到小镇的残骸（看到大雨里所有走神的思绪都敞露无遗）。这是一次失败的飞行。画布上的黑点变成一个镜头，垂直升降机中的镜头，望着我们的生活（长剑似的指着我的鼻尖）。它已经坏了。仍凝滞地望着，像大雨一样凝滞。大雨引起一匹马，或众多的马。一群流动的马，一群发笑的马。发笑的马穿过画布，穿过墙壁，穿过集市，奔跑在室内场所。大雨中是肢解的木马。地上满是螺丝，胀裂的、滚圆的木块，或叫不出名字的零件。是水面的漂浮物，或小镇人物无关紧要的一些分支。

搬东西的工人在雨水中工作，像一些偶然浮现的人或者事物。

比椰子更大的是商人

那么，试着给椰子商人画像：飞快地、笔尖拉出两条竖线，相当于从他的肩部向下削，一直削到脚踝。向两侧伸展出一双手臂（画出手掌，手掌沿着手臂倾斜的线条下滑，滑落到线条的末端），做出一个摊手的姿势，像是在等待拥抱，也可能在表示什么都没有。他站得放松，脚尖张开，鞋带从鞋帮上冒出，将皮鞋周围的微风一齐扎住。不戴帽子。他有一头短发，俊俏的那种，并不显得多老成。鼻子是要特别画的，尖锐，却又小，保持稳固。简单的一个短折，在面庞上突起。视觉上不可忽视，却不占据多少位置。

是年轻人。椰子商人是比椰子更年轻的年轻人，而且越来越年轻。作为年轻的商人，他是瘦的。只要站在那里，他就像印刷厂摞在一起的纸卷。纸张是致密光滑的，是优质纸张，竖直叠放得高高的。（当然，他从没去过印刷厂。）这就是椰子商人。其实他并不高，只是瘦。但有一种错觉，让人觉得他比他的实际身高更高。（也许也是错觉：他看起来比实际年龄更年轻。）

他轻微弯曲的纤细手指上，是一根纤细的烟，从指间冒出去，燃着。烟头的红斑指向某个地方，跟随他的手部动作运动。他抽烟时也是灵巧的。总是保持灵巧，让事情处在掌握之中，这就是椰子商人。

"为什么不试试荔枝呢？"荔枝商人说，"你的椰子越来越小，总有一天会缩小到荔枝那么大。"

椰子商人正坐在飞往热带的飞机上。这时，飞机飞得很低，几乎是贴着树林的树冠滑行。终于没入了热带的树林。如果对热带进行修辞，对飞机进行修辞，可以想象，它正卷起光滑肥胖的双翼，将槟榔叶、棕榈叶、蕨类和藤蔓拨开，不断拨开。阔大的树叶滚下大块的水，飞机侧过头，把双翼挡在面前。一只红脊爬行动物不知何时贴在了窗口。下意识里，椰子商人伸手去挥赶，手指碰到玻璃时吓了一跳。在迟疑中，暗自出一身冷汗。更加感到飞机空调的冷气。飞机从热带的树林穿出去，回到空中。头顶的液晶屏降了下来，放起椰汁广告。恬静美好的少女将手搭在眼睛上方，遮挡阳光，她穿着宽松舒适的衣服从沙滩上走过；另外一群泳装姑娘正在奋力起跳。飞机的玻璃窗口上，红脊爬行动物消失了，也许它也付出了一跃。阳光闪烁，飞机像是刚穿过一场夏日高空的雨。

在热带的阳光里，每个人都付出了奋力的一跃。

猛烈的阳光穿过玻璃窗口打在乘客脸上，乘客拉下挡光板。过了一会儿，阳光在遮挡与空调的冷空气中，变得温柔、波动有如线条。这样的阳光不属于热带，更像是来自亚热带。随着飞行的继续，耳膜上鼓噪的聊天声音，逐渐细碎，最后在高空中消失殆尽。只剩飞机低沉的轰鸣声与昏昏欲睡。椰子商人的眼皮合拢，快要睡着了，身体像是在下坠，一直跳到亚热带柔软的肚皮上。除了椰子，他似乎看到荔枝商人也越变越小，越过扶手爬上他的大腿，又揪着他的衬衫爬上他的肩头，最后来到他的头顶，踮着脚从行李架上摘下一颗荔枝大小的椰子。这颗椰子是青皮的，让人感到可惜，感到它可能永远不会成熟了。椰子商人抬起手，从荔枝商人手中接过荔枝大小的椰子，放在唇边咬。第一下没有咬动，只浅浅磨下一层皮，舌头涩涩的，尝起来像橄榄；再试了一次，才咬碎了，溅出汁水。快睡着的椰子商人，探出灵活的舌尖，用力探索荔枝大小的椰子的果肉，几乎把舌头割破。

在来热带以前，椰子商人已经做了十年的椰子生意。换句话说，他做了整整十年的椰子生意，才第一次来到热带。

货车再次停在仓库外面，批发商从上衣口袋取出本子，给椰子商人签字。这次退回来的椰子更多。椰子商人随意捡起一个，椰子比以前更小了。货车上的那些，也并不比手上这个更大。椰子商人望着车上堆放着的椰子，它们是没有名字的芸芸众椰。这批椰子进不了高级超市，连水果店都不愿意再卖了。

"我想去热带看一看。"椰子商人身上流下汗来，好像已经身处热带。他在仓库里转过身，面对妻子。他的妻子刚从幼儿园接孩子回家。

"就算以后不做椰子生意，也没有关系。总之想去看一眼。"椰子商人继续说。

飞机玻璃窗口外，重新出现地面的景物。视线中，色块逐渐扩大，变成密密麻麻的点、线，变成无精打采的建筑，变成行道树、立交桥和地面灰暗的指示灯，最后是褐色的峡谷。飞机在一个巨洼中着陆，跑道坎坷不平，行李在头顶不断碰撞，发出很响的声音。想必跑道的泥土已经彻底干掉，形成坚硬的沟壑。滑行的速度放缓，停止。泛起一阵轻微的麻木。热带到了。

我们取完行李，坐上了出租车。热带的出租车仍是旧款车型，车窗是手摇式的。我习惯性地摇起窗户，却忘了车内没有空调。车内是闷热的，充满难闻的气味。不知为什么，很静。我轻声重复那句话："香蕉如何？"

刚才在飞机上的时候，我明显感到他松了一口气。但他立刻就把眼睛闭上，脑袋倚着椅背，不太愿意和我说话的样子。我看着他，注视了十分钟。乘务员走过好几次，提醒大家关闭电子设备，调整座椅角度，确认行李架关闭。十分钟过去，他的睫毛动了动，从小憩中醒了过来。飞机进入了平流层。我将手伸进包里，寻找一支钢笔。

"现在，没有人看见我们了。"我依旧看着他。

"是啊，没有人看见我们了。"他又将眼睛闭上，好像要逃避什么不得了的坏事。

出租车经过一片荒地，荒地上堆满变形的椰子。多数变成了褐色，已经干了，空落落地堆放在一起。

看得出来，司机想打破沉默。他一边开车，一边向我们搭话："你们去椰子树林做什么？"

又说："见过祖先的脚印了吧？"

又说："刚才那些椰子都是巨人捏碎的。"

我们坐在出租车后座上，不置一词。

出租车开到了椰子树林。付钱时，我发现司机的手掌比我的大了很多，找给我的零钱也比平常大一些。

椰子商人也从出租车上下来。他突然精神起来，好像嗅到了空气中独特的气味。"果然是这样。"他说。

顺着他的视线看去，椰子树林上空不时蹿出一只黑鸟，向海岸线笔直地飞，一直到消失。

"仔细看，那是椰子。"椰子商人表示。

地面传来一阵阵闷响，像沉默的尖叫。椰子树林中出现一个巨大的身躯。在走出树林前，他抬起手臂，推动一下鼻尖上的眼镜。动作时不小心撞到身边的一颗椰子树。巨人走出椰子树林，在我们身边坐下。他知道椰子商人的到来，他有话要说。他们像是相识已久般交谈起来。

正如椰子商人猜测的，过去十年里，他向批发商兜售的椰子，都是巨人从热带投掷到亚热带的。

不用火车、汽车，只要巨大的推力。

"我们投掷椰子的巨人，一出生就有三千万个椰子。没有办法，无法摆脱，只能趁我们还活着的时候，向更高的纬度投掷。否则，椰子会留给下一代人。留下的椰子会越来越多。"

刚摘下来的时候，椰子是青的。在巨人手上短暂停留，被强有力地投掷出去，穿过树林，穿过纬度，穿过卷积云，穿过阵雨，穿过城市的红灯，穿过鸟群。有的椰子在飞行中成熟了，变成褐色；有的抵达亚热带仍保持新鲜；有的在空中失去了力量，沿着盛行风带落入洋流，被密集的鱼群不断拱上海面。

"我的父亲死了。"巨人说，"我继承了他的椰子。"

椰子是水果中的巨人，很少有什么水果比椰子更大。但重复的投掷抹掉了单个椰子的名字。

"原来是这样。"椰子商人想了想，"我想纪念你的父亲。"

椰子商人站在巨人身边，巨人坐在地上。椰子商人身体的一切器官都收缩了，他变成一个没有五官的纸筒。画像上所有的特征，在与巨人（作为儿子的巨人）的对比下，都被抹掉了。

"我们一生中能有几次机会，好好坐下来，认真谈论我们的椰子呢？"椰子商人继续说，"同样的，我们一生中，又能有几次赶赴热带，找到那位曾为我们投掷椰子的巨人，并记住他呢？"

椰子商人决定在热带住下。在可以预见的未来里，他都不想再回到亚热带。我们坐在去旅馆的车上。他要在热带买一辆自己的车，马上就买。这个念头甚至先于退机票，先于给他妻子打电话。

该如何称呼刚才的那位巨人？巨人之子？小巨人？小力士？眼镜巨人？与巨人聊天的时候，椰子商人掏出智能手机，想找一些建筑给巨人看——"巨人纪念馆就该修建成这样！"可手机一掏出口袋，就冒起了烟。毫无疑问，如果他取出笔记本电脑，也难逃厄运。在热带，这样精细的电子设备是很难运转的。

一切设备，无论是否有运转的可能，他们都习惯用人工代替。汽车是可以运转的，但我们搭乘的出租车其实没有发动机，而是让体形较小的巨人蜷在驾驶室，用双脚搭配车底的四个轮子，在马路上飞驰。飞机在起飞时，往往也会让巨人助推。

当椰子商人与巨人聊天时，我绕到巨人的身后，对他进行了快速、短促的击打。巨人没有因此倒下。我又百无聊赖地绕了回来。夏日广阔，椰子树林边，热带的正午静悄悄。

巨人取出一张名片，介绍一家旅馆给我们："适合亚热带游客居住。"

汽车来到了旅馆。巨人已经给我们订好高级套房，有落地窗户，带一个阳光充足的小花园。花园里有铺着木地板的露台，有一小块发亮的沙滩（那是泳池），有特制的电话亭。椰子商人可以给他妻子打电话，告诉她航班取消了，或者别的什么原因。反正他是回不了亚热带了。这个电话亭，也许是依靠传音巨人运转的。可以在露台的躺椅上晒太阳，吃一点水果。或者跳入凉爽的水中，让水面高过头顶，继续下潜，从水下观察这个世界。无关的声音，无关的色彩，一切无关的事物都被抛诸脑后。

第二天，我还没有起床，椰子商人已经把汽车开回来了。不知道这辆汽车是不是双腿驱动的。他靠在电话亭里打电话，手指在电话转盘上拨号。可能是打给他的妻子，也可能是在寻找建筑设计师，或者施工队。

我躺在旅馆的泳池边，趁阳光还不太猛烈，读一会儿书。或者在水面的浮床上好好睡一觉。

对我来说，一连几天都是这样过掉的。

而他，有时会起得更早，开车出去；有时则靠在电话亭里，打好几个小时的电话。

就这样过去了很久。有一天，我正躺在椅子上晒太阳，身上还湿漉漉的，他来和我说话。他说已经告诉妻子，自己暂时不想回家。也许几个月，也许好几年。还有一天，他说他在和妻子商量，到底要不要孩子。他们还很年轻，有很多事情要做，没必要背上这负担。最近一次他又告诉我，他订婚了，但他不那么喜欢未婚妻，他还在犹豫是否结婚。

我看到他从赤裸裸的生活中逃离，沿着与生活相反的方向奔跑，像巨人用推力与地心引力做抗争。

我看到他面前的电话转盘向右拨去，又倒转回来，如此反复。电话转盘叠在一起，在他面前越来越大。

这不正是我一直想要的吗？为何我感到了无力。

我还是无法遏制地做了梦，做了很多梦。我把自己这几天的梦告诉他。几乎每天夜里，我都会梦见巨人。他们和白天的巨人不同，黑暗中有鲜艳的味道，像盐一般鲜艳。在屋子里，他们用拳头打我的脸。每晚都是这样，每晚都是不同的巨人。或者把我拎起来，像挤果汁一样挤压我，好像我真的是一颗橙子。而他梦见汽车开进热带的黑夜，道路的一边是沙滩，是潮汐起伏的海岸线；另一边是运送水果的传送带，有细微的雨洒在水果上，传送带下冒着冷气。他把车停在路边，观察水果的运输。他没有下车，也没有说话，只是趴在方向盘上，欣喜般失声痛哭起来。

眼睛在泳池的水流下睁开，眼前模糊一片。有轻微的涩感，还有轻微的沮丧。在泳池里，我不需要呼吸。我在这之中更好地观察生活中的静物。

纪念馆的脚手架搭起来了，挂上太阳般大小的银幕，整个钢架结构像扣在地上的圆帽。椰子商人告诉我，纪念馆的灵感来源于椰子，纪念馆是扣在地上的椰子壳。建完以后，建筑外部会被涂成褐色。而纪念馆外的银幕，会用来放映和巨人有关的影片。因为巨人很大，要将巨人等效呈现出来，银幕就得很大，这样视觉效果才能很大。

相关的影片正在筹拍。关于热带，关于椰子，关于巨人，关于比椰子更大的椰子——远古之椰。自从热带开始向亚热带投掷椰子，远古之椰就逐渐消亡。它无法承受自身的大，会在空中碎掉。它也在商业之中碎掉。

纪念馆外面，还会展出巨幅艺术画。画面上我们的巨人正在哭泣，他的背后是热带蓝色的大海，他的眼里滑落热带蓝色的椰子。

关于纪念馆的名字，到底是"每一个椰子都有名字纪念馆"，还是"丰饶之椰纪念馆"，这让人很难抉择。

椰子商人原本想以巨人的名字命名。但巨人说，巨人都没有名字。父亲没有名字，儿子也没有名字。巨人不值得纪念。

建造纪念馆的这段时间，我几乎都一直待在旅馆里。我一个人待在旅馆。我想自己可以就这样在躺椅上，悲伤地躺上一整个夏天（可热带每天都是夏天）。我想，你几乎知道关于我的每一个细节。除了来到热带之后的。

我还是从躺椅上欠起身子，走进了电话亭。我给巨人打电话，辗转好几次，他终于接到了。

我问他最喜欢吃什么水果。他说，可能和你想象的不同，巨人是不吃水果的，更不用说椰子。巨人都是肉食动物，是猛兽，喜欢吃青蚱蜢。"最好蘸上香辛料。"巨人补充。

我又问他，最有丧失感的水果是什么。对，丧失感。就是最容易消亡的水果，单纯、脆弱，一折就断的水果。

"当然是生活。"电话那头笑了笑，"被折断的生活，总像空中的椰子一样，在我眼前倒放。"

他戴着眼镜，是个有文化的巨人。他懂得怎么聊天，知道如何从问题中捕捉到一个隐喻。

巨人对建造纪念馆的事情不太上心，甚至有些排斥。椰子商人叫了他好几次，他才到了现场。关于更大的巨人的死因，他也不肯提起。在椰子商人面前，他最好什么都不说。（但那天的电话后，他直接找到了我，希望我能阻止椰子商人。不可能的，我不会去阻止椰子商人。巨人还想向我透露他父亲死亡的真相。）

此时，关于巨人的巨幅艺术画已经画完了，靠在纪念馆外的墙上，准备装框。工人在纪念馆边渺小地忙碌。

"没有必要建纪念馆，在热带没有人会做这样的事情。"巨人说，"没有人这样做过。做了，也不会有人觉得重要。"

"不。"椰子商人指挥工人把银幕收起，"热带的巨人需要改变。没有人这样做，正是因为没有人改变他们。"

"我也曾在亚热带生活。"巨人带着热气坐了下来，这意味着他有更多的话要说，"正是在那里，我染上了近视。

"曾经，我也试图改变热带。从亚热带回来，我试图让椰子树弯曲，用树干自身的力量弹飞椰子。只要弯曲一次，整棵树的椰子都能弹飞。后来发现丢失率极高。

"我也试着加固椰子，好让它不在过程中破损。但是椰子更重了，这让人更加疲惫。

"这就是这个世界的坏法则，是这个世界最坏的桎梏。除了用力投掷，你没有别的办法。

"父亲、我、你、他，巨人、普通人，热带、亚热带。这一切没有什么对错，只有选择上的不同。

"有些人生活在生活里，有些人生活在对生活的改变里，有些人生活在生活的标签里。仅此而已。"

"不，巨人一定要改变。"椰子商人说。

游客的妻子将蜜桃摆放在桌上，一场茂盛的雨正经过蜜桃表面。

作为父亲的巨人从床上坐起来。他的胸膛宽而美，他当然很有力，他的身上冒着闷气。他和游客的妻子都睡着了一小会儿，他突然醒了。所以他坐起来，裸露出上半身，像是有意让身体散热。仅是坐起，他的脑袋就能碰到房顶了。他把脑袋稍微往下倾。他看到游客的妻子仍在睡着，从被子中露出侧脸，她那么好看。他看到窗外的直升机。直升机先是一个小点，传来螺旋桨抖动的声音，现在已经快挤满窗户了。扇动的气流从窗口吹进来。他伸手就可以把直升机拍下来，半边身子正好能将窗户挤碎，但是他没有。几秒钟后，像是注射水银，一枚导弹击中了他。

椰子商人打电话给巨人。"对，我的手臂肿了，整根手臂都肿了。""是吗？在热带久了都会这样吗？""不，我不会离开的，你们也别想改变我。""我会留下来，就算变成巨人也要留下来！"

我们乘着出租车（司机蜷在驾驶室里），来到机场的巨洼，来到巨人祖先的脚印。椰子商人的汽车折价卖给了旅馆。在热带的机场，飞机毫无秩序地停放，停在脚印深而坚硬的沟壑里。几个巨人蹲在机场的杂草中，他们在寻找青蚱蜢。过一会儿他们会把飞机推到空中。飞机平稳地在气流中抬升，毫无异样。没有眩晕也没有耳鸣。景物在视线里陷落，接着什么都看不见了。唯一可以预见的是，和煦、舒缓、摇荡的亚热带监狱。

"卷心菜也不错吧！你的手怎么了，被热带的蚊子咬坏了吗？"卷心菜商人说，"曾经有人对我说：'你的卷心菜太棒了！如果我们吃不到你的卷心菜，我们会死的！'后来我的腿受伤了，在床上躺了整个星期，再去送货的时候，他们真的已经死了。没错，卷心菜就是这么重要！"

卷心菜商人继续夸夸其谈，椰子商人完全没有理会。突然，飞机机舱一声脆响。椰子商人低下头来，发现自己胸口出现一个椰子般的孔洞。确实是椰子，是椰子击中了飞机。不仅仅是椰子商人，这一整列的乘客都被击穿了。又是一声脆响，边上一列的乘客也被击穿了。有的人选择当场死亡；有的人站起来，像是要寻找什么，带着胸口的孔洞走来走去。大家在这样的生活里面面相觑。只有卷心菜商人的胸口是一摊菜叶，他笑得上气不接下气。

　　而此时（或更早的时候），热带的游客正把双手伸展开去，躺在旅馆的床上，躺在稍显生硬的被子里。房间里开了空调，只有干净的木地板还带有一点温热。与玻璃窗外的热带世界截然不同。他的妻子也躺在身边，他们在午睡，他们在做不同的梦。游客梦见巨人，他看到巨人的脑袋在窗口忽隐忽现。他敢肯定，这是他们早上遇到的巨人。在景区，他们有过一面之缘，也许还合了影。但现在是在梦中，游客记不太清。巨人从窗口消失了。游客转头看看妻子，妻子也从枕头上消失了。妻子从另一个梦中跃出。最可气的是，枕头还保持着凹陷，还向上散发着身体的气味。游客再也睡不着了，他要采取行动。沿着空气中一道缓慢的弧线，他从床上跃下来，床单自动系在了他的下身。他拉开玻璃窗，从窗口跃出。外面的世界从正午变为了黑夜。巨人的影子在城市建筑的各个角落闪过。他跟从这些影子，一路追到两幢楼房的交界处。他看到了他的妻子。黑暗中，她异常美丽。巨人经过她，用影子裹走了她。她的轮廓似乎闪着光。鲜艳的、盐的轮廓。他把脖子往被窝中缩了缩，敏捷地跳上一架直升机。

再见，柠檬！我要去见海浪……

　　我又失去了一颗柠檬。我原来不知道这个世界上的柠檬是如此之少。每天我都会来这家柠檬旅馆，柠檬在水果架上整齐地排列，一动也不动，我兴奋地将手指划过它们，啊又凉又甜，哆、来、咪、发、唆、拉、西。我原地转个圈，再来一遍，哆来咪发唆拉西。手指停在哪一颗上，就是哪一颗，就是它了！我把这一颗柠檬从水果架上取下，轻轻地捏着它，柠檬真硬啊。当我取下一颗柠檬，上面的柠檬马上会滑下来，好像在玩俄罗斯方块，一竖列地滑下来，填上那个空缺。整个水果架上的柠檬都开始闪烁，Biiiiiingo！眼前的柠檬就全部消失啦！我拿着属于我的柠檬，来到收银台付款。收银台的老板是这家柠檬旅馆的老板，他开了这家旅馆，把旅馆装修成柠檬的造型，每位前来登记的旅客都可以得到一颗柠檬。在摆满柠檬的水果架边上，有个小牌子：赠品，恕不售卖！不过柠檬旅馆的一楼，还是做成了便利店的样子，灯光透彻，冷气全开，老板就坐在收银台旁，等着你拿柠檬过去付款。一颗，千万不能多拿。只要付上一整晚的房费，就能得到一颗完美的柠檬，多么美妙！我把属于我的柠檬收好，这是属于我的柠檬，又甜又凉的柠檬。我一直这样生活，柠檬的美妙持续了很久。直到有一天，我看到一个疲惫的旅人，累得身上冒烟。那天我正好在柠檬旅馆挑选柠檬，他推开门走了进来。他穿着大衣，拖着旅行箱，径直走向收银台。他把帽子脱下来，盖在收银台打印收据的机器上，询问老板这里的旅费。"喔喔喔呜呜呜嘎。"老板说，然后伸出手指：1。这家旅馆每晚的旅费是1个币。价格比别的旅馆都高，如果不是赠送柠檬，我是一定不会住这里的。但是为了柠檬，我愿意花这1个币。为了柠檬，只是为了柠檬。我还从没真正住进过这家旅馆。那个旅人看起来丝毫不惊讶，好像并不觉得贵。他把收银台上的帽子拿起，帽子下整齐地摞着一叠币。"我要住10天。"他说。然后转身向水果架后面那个深色走廊走去。当他快要消失在走廊中时，老板回过神来，叫住他："呼呼！"他忘了拿柠檬。老板指了一下水果架："哈哈。"他于是又拖着旅行箱折回来，在水果架前站定，挑选起柠檬来。他凝视了半天，终于取下一颗柠檬，捏在手上。我突然很想知道他选了一颗怎样的柠檬。我走近他，我凑向他的柠檬。他好像吓了一跳，把手上的柠檬放回水果架。天哪！从来没有人把拿下来的柠檬放回去过。最不可思议的是，他把柠檬放回去之后，水果架依旧整整齐齐，丝毫看不出他放回去的是哪一颗。"哇哇啦？！"我质问他。"那颗是苦的。"他漫不经心地回答。顺手又取下一颗，左右端详了一下，似乎是表示满意，拖着旅行箱走了。他离开以后，我陷入一阵奇怪的失落。我想知道他放回去的到底是哪一颗，那一颗为什么会是苦的，我为什么从来没有遇到过苦涩的柠檬。我的手指一遍遍地划过柠檬表面，柠檬表面的微粒又凉又甜，没有一颗是苦的。到底是哪一颗？突然我像是被盐粒割开了手指，摸到一个粗糙的小点。我摸到那个旅人放回去的柠檬了！我将那个柠檬取下，让我震惊的是，这颗柠檬背对我的那一面，完全是苦涩的，像月球浅蓝的背面。我从来没有在柠檬旅馆遇到过这样的柠檬，柠檬旅馆为何会有这么不堪的柠檬？我又取下另一颗柠檬，稍微好一些，但仍有小半是苦的。我把柠檬取下又放回去，困惑地重复着。这下好了，不管怎样我都无法找到一颗完美的柠檬了。我意识到自己失去了一颗柠檬，又一颗柠檬。每取下一颗柠檬，我就失去一颗。我在水果架前，伤心得像一只即将灭绝的恐龙。最后，我终于挑选到一颗完美无瑕的柠檬，它凉丝丝的，甜得像一阵风。我把它捏在手上，轻轻地，去收银台付款。老板知道我终于选中一颗完美的柠檬，也露出了欣慰的表情，像是为我高兴。可是，就在我掏出 1 个币的前一秒，我的手指触摸到一个粗糙的小点，一个苦涩的小点！这个完美的柠檬竟然也有苦涩的微粒，甚至，这个苦涩的微粒摸起来，比刚刚所有柠檬的苦涩加起来更苦涩。我回头看了看水果架上的柠檬，它们像摆在桌上的冰镇啤酒，瓶盖整齐，瓶身冒着冷气。我要对旅馆老板进行复仇。他为什么可以这样售卖苦涩的柠檬？为何可以这样肆无忌惮？我从口袋里掏出手枪向他射击，旅馆老板应声向后飞去，撞倒一个水果架，柠檬像海水一样倾倒在地上。老板的脑袋溅出明黄色的柠檬汁，溅得整面墙都是。我向发烫的枪口吹了口气，把枪放回口袋，可是老板又从柠檬堆中站了起来。他的脑袋上完全没有伤口。我不知道是他脑袋上的伤口快速愈合了，还是说，这是另一个老板。但这不妨碍我继续开枪。我再次把枪从口袋掏出，向他射击，他再次应声倒下，坠入柠檬之海中。柠檬越来越多了，源源不断地倾倒在地上，我的身子快被柠檬淹没。老板也源源不断地站起来，我开枪的速度甚至跟不上他站起来的速度了。有时他会一下子站起三五个，我感到有些泄气。幸好从店外冲进几个拿水果刀的帮手，帮我一起应付老板。他们一定也是被老板骗过的旅客。没错，我们都是柠檬旅馆的受害者，就差握手相认了。他们把柠檬旅馆的所有老板都劈了个遍。在这激烈混乱的打斗中，他们告诉我，老板做的坏事还不止这些。他经常把柠檬肥皂混在柠檬中，赠送给旅客，许多旅客拿回去嚼得满嘴泡沫，却毫不自知。这让我更加愤怒。可柠檬的浪潮也越掀越高，我快看不见帮手了。一个柠檬海浪袭来，我没有躲开，等睁开眼睛的时候，帮手已经不见了。我在一片宁静而忧伤的柠檬海滩上，双脚浅浅地浸在柠檬海水里，我手上的手枪变成了照相机。我看到老板变成了一个普通的游客，混迹在别的游客之中，正在给他的妻子拍照。他的妻子表情伤感，对老板说：我马上就要死了，马上！我是来寻死的，是的……但我知道我是美的，我希望你能记录下我的美，用你的照相机，记录下完美的我，完美的美，我的美……她还没有说完，一个柠檬海浪，一个比刚刚更大的柠檬海浪就卷了过来，我匆忙拍下几张照片。等到海浪过去，老板的妻子已经消失了，老板正在抢夺别的游客的照相机。因为他知道，他的妻子是美的，是完美的美，但她被柠檬海浪卷走的那个片刻是苦涩的。这苦涩正如一颗完美的柠檬上那苦涩的小点，比所有别的柠檬的苦涩加起来更苦涩。我躲到老板身后，低下头悄悄查看了我的相机，没错，我也记录下了那个片刻。我不知道这场战斗还要持续多久，但我知道这场战斗还远远没有结束，这不仅仅是我与老板的战斗，战斗规模还要扩大！我也知道，我们所有人都被那个疲惫的旅人的好品味给败坏了，他随手便摧毁了全世界几乎所有的柠檬。再见了，柠檬！我要隐匿到海浪中去，只让这苦涩的照片跟着我；告诉别人，世界由苦涩的片刻构成，连自杀都无济于事。但每晚我都不会忘记用又甜又凉的柠檬牙刷刷牙，毕竟这是我童年的美好回忆。

猴面包树与他乡

　　猴面包树掉落面包时，我总是在外地出差。当然，猴面包树不掉落面包的时候，我也并不在故乡，我在他乡。外地比他乡更远，外地是他乡的延伸。我说的不是地理距离。故乡是一块破旧的跳板，许多人都在向外跳跃，上面满是沙砾摩擦的痕迹。当我跳到他乡的时候，鞋底的沙砾落在一块崭新的跳板上。等到了外地，我几乎是一个彻底的城市人了，没有一点尘埃。我把硬币投入饮料售卖机，饮料机底部滚出听装可乐，一切就是这么简单。

　　但沙漠的慢人会给我打电话。总是不合时宜地，我的手机响了起来，是慢人，一位来自故乡的快递员。他的名字闪烁，成为我在出差时鞋底的最后一颗沙砾。

　　他又到了我在他乡的家。我可以想象到电话那边的情景。邻居家的垃圾好几天没有扔，成箱成袋地放在门口，垃圾在走廊里发臭。他们是在自欺欺人，好像门一关就能彻底摆脱臭味。慢人从电梯里走出来，走廊尽头的狗就开始叫。一定是这样的，我每天上下班的时候它也会叫。

　　慢人带着猴面包树掉落的面包，猛按我家的门铃，像是敲击电报。没有人开门，便给我打电话。"不要了，不要。"电话里我总是说，"不用再送了，你拿回去吧。"

但最后，面包还是会留在我的收件柜里。

既然如此，他就不该给我打电话了，完全没有必要。等我出差回来，自然会在收件柜里看到面包。（不知为什么，慢人总会把一整排的收件柜都弄乱。他在一堆柜子里笨拙地翻找，寻找我的柜子。为此，物业公司找过我很多次。）

或许，打电话只是为了提醒。但有时候，我明明知道收件柜中摆着面包，也会忘了去取。在城市里工作，开不开收件柜这种事情只能凭运气，并不是提醒了就有用的。在城市里，记性总是会失效。或者，有时候出差回来，面包已经烂透。这有什么办法，收件柜不是冰箱。天气热的时候搞不好更像是烤箱。

偶尔几次，是极少数的情况，面包也会直接送到我的手上。只要一打开门，我就可以见到慢人了。来自故乡的人啊。但我对他似乎没有什么感情。收下面包，照例顺手把门推上。

说起面包，我也已经提不起食欲。我们都是吃着面包长大的，我们吃了二十年面包。哪一个成年人会想继续吃面包呢？但收到面包以后，如果没有变质，我还是会好好保存起来。我会分几次吃掉。吃面包对我来说，是一种独特的事业。不管整个过程多么痛苦，必须为它设立一个仪式。我专门为面包留出一个房间，这个房间像是密室，封闭、窄小，只有顶端投下日光灯的白光。房间里有专门存放面包的冰箱，墙壁上挂着可以翻起来的桌子。我从冰箱取出面包，支起桌子，搬来椅子坐下。在这密不透气的密室，在白色顶灯之下，我开始与面包对峙，乃至交战。它静静躺在盘子中间，椭圆形，像颗大橄榄；表皮灰白，带着故乡特有的气息。我将它撬开，露出里面囊肿般的颗粒。面包让我苦思冥想。面包代表故乡与我作战，是我无法彻底击败的敌人。

猴面包树快要陷落了。得知这个消息的时候，我又在外地出差。慢人的名字出现，浮现在一片崭新的霓虹中，浮现在酒杯里。我不得不回一趟故乡。或者说，毅然决定回一趟故乡。我的心情复杂，不能确定自己真正的想法。

出发前一天，我提前下班回家。坐在家里，我不知道自己该收拾些什么，我该带什么回去？我又要回到沙漠去了，我已经多少年没有回到沙漠。我不知道自己要回去几天，不知道自己能否重新适应故乡；我也不知道自己从沙漠回来以后，是否需要时间重新适应他乡。我想带走自己在他乡的一切。不是彻底带走，只是随身携带，像提着一个公文包。但这是不可能的。没有人可以把他乡整个搬回故乡，让两者混合在一起，像混合一杯冷水和一杯热水。没有这样的可能。况且，这只是一趟临时的返乡旅程。

慢人走上楼来，敲击电报一般猛按我家的门铃。不知怎么，他也许是猜到了我会提前下班，也许只是以故乡的方式来碰碰运气。所以我什么都没有带，提前一天出发。

我坐上他的喷气式摩托，连夜回到暮色沙漠中的故乡。

脚下出现沙砾。又行进了几个小时，摩托车停了下来。我走下摩托车，双脚踩在沙面上，发出沙砾摩擦的声音。我仍是生涩的，我就这样生涩地重回故乡，向前走去，静静坐到他们中间。大家都要回来吧，都来向猴面包树告别。慢人顿了顿脚，再次上路，他要去接另一个人。

时间已经太晚了，有些人已经睡着，但我还是决定先去看一眼猴面包树。我轻轻地拍了拍他们的腿，一些人跟着站起来。我们踩在沙面上，发出摩擦的声音，来到室外的夜色里。抬头看去，可以看到沙漠的夜晚被戳满小孔，漏进潮湿的光。星光，是夜色的沙漠里仅有的潮湿。

我们去看猴面包树，得走几公里路。一路上，我与他们聊天，他们分别忙碌在他乡 1、他乡 2、他乡 3；这些听起来，像是房地产项目计划书上楼盘的名字；只要有兴趣，我们完全可以做一个他乡列表。

"你们也收到过慢人送来的面包吗？"我问。

"当然。"他们纷纷回答。

根本没必要问，或者这已是一种问好的方式，一种互相确认的方式。猴面包树一定会把面包送到每一个故乡人的手上，哪怕那人已经离开故乡很久。猴面包树不偏不倚。在猴面包树眼中，也许是没有故乡和他乡之分的。她从天上掉下来，脑袋扎进沙漠里，永远向下生长，再也没有离开过沙漠。现在，她要被起伏的沙丘吞没了，再也不会有人给我们送面包了。

让我诧异的是，他们纷纷表达了自己对面包的喜爱。沙漠上吹过夜风，我走在他们之间，似乎有些疏离。但是很快，又重新融入进去。他们说，为了保持对故乡的拒绝姿态，每次慢人将面包送到他们手上时，他们都表现出推托的态度。可慢人一转身，他们就在日历上打个勾，估算慢人下一次抵达的时间。他们与我不同。他们喜欢面包，也许从来没有不喜欢过，却装作痛苦，以此维护他们在他乡的形象。而我呢，我确确实实已对面包失去了食欲。

　　"我不相信。"有人反驳我，"回到了这里，你没有必要继续假装了。"

　　也许是这样的反驳让人尴尬，大家渐渐都不再说话。只是用脚踢着沙子，慢腾腾地在沙地上走着。

　　这样的时刻，我没有感到多少尴尬，倒是有些轻松，轻松中又带着遗憾。我回想起许多往事，想起许多我当年认为正确的事情，至今我仍然认为是正确的。我总是认同我自己。那些当年认同我的人呢，也许并不是从心底里认同，所以在今晚的夜风里，他们显出了疲态。那些反对我的人呢，却比我更早地离开了故乡，骄傲地认为自己是先行者，甚至现在都没有回来。

　　我走在人群之中，去感受他们。他们感受到的尴尬，也许只是表面的尴尬，因为他们从来不知道什么是完全彻底的敌意。他们没有严肃的敌意，他们只是快烂掉的面包。

　　就这样，大家只是行走着，彻底没有了声音。沙漠的夜晚远远没有结束。夜晚就像沙漠，是不可跋涉的，是永无边际的故乡。连发涩的脚步声都被沙漠吸收了。

在夜晚里，我们又走了一会儿。终于有人打破沉默，他讲起一个不算故事的故事，提到了一个人。不知是因为提到这个人沉默才被打破，还是他为了打破沉默才提到这个人。那个人是故乡的亡命之徒，不可捉摸的人。

他比我更早地离开故乡，他也是我当年的同伴。但我认出了他，我从未把他当成同类。离开故乡后，他可以笑着从慢人手上接过面包，拍拍慢人的肩膀，递一根烟给慢人。他不再有敌人，他不理会交战的尊严，他只在乎最后的胜利。他脱下鞋子，把鞋底的沙砾在路肩上拍掉，却又把沙砾重新扫在一起，与这些沙砾重归于好。

离开故乡不久，他就做起了面包生意。他买下一辆货车，又买了一辆小汽车。他将猴面包树的面包运送到他乡，做成面包干，做成罐头。他在他乡赚到了钱，赚到了很多钱，像一只喷射到天空中的鸟。他随时从高空坠回地面，与故乡握手。他不可捉摸，是和蔼可亲的亡命之徒。

"他有没有回来？"有人问。

"没有，因为他已经死了。"讲故事的人说，"那天我就坐在副驾驶位上。"

亡命之徒把车开在他乡的高速公路上。他被人超了车，但他仍保持着姿势，好像没有发现似的。过了一会儿，他终于把烟从嘴唇上取下来，丢到窗外。那时，车上还放着舒缓的音乐。他踩下油门不断加速。几秒钟后，汽车从路上甩了出去，横在了马路之外。甚至没有发出碰撞的声音。

"我坐在副驾驶位，没有感到疼痛。后来证明，我也确实没有受伤，就是把脚卡住了。我转头看他，发现他似乎也没感到痛。他就那样坐着，好像一点事情都没有，好像随时会把手臂抬起来，重新点起一根烟。

"只是，整个脸已经被撞烂了，像烂苹果。"

在他的讲述中，我隐隐听到一个词：平静。整个过程都是平静的，但事情又是突如其来的。事情结束，就好像没有发生过一样。车上的音乐持续播放。

"我不想痛哭，也不觉得恐怖。我没有任何感觉。我只知道事情发生了，但找不到自己与这件事的联系。

"甚至连他自己，他的尸体，也像身处这件事情之外，以烂苹果的脸旁观一切。"

这种事情讲出来，多少都有一些吓人，尤其是在沙漠的夜晚讲述。我不知道这个故事有什么特别的意义。但故事刚刚结束，我们就看到了猴面包树。猴面包树已经被埋没了大半，她曾经那么高，高到看不见树顶。现在流沙冲刷，沙丘越来越高，沙丘也越来越低，我们把沙丘踩在脚下。慢人对我说过，一组罕见的、温暖的流沙正在经过这里，也许再过一周，也许几个月，猴面包树就会彻底被吞没，陷落在沙漠的深处。

我发现猴面包树上安装了水龙头。他们对我说，这已经是几年前的事了。沙面每升高一点，就重新安装一个水龙头。只要拧开水龙头，就可以喝到树干里的水，再也不用像以前那样，用刀子剖开树干取水。

他们还给我演示了自动售卖装置，往猴面包树里投进一枚硬币，猴面包树发出动画片中人物的声音，问我们是要可口可乐，还是百事可乐。

很遥远的一声闷响，可以听到猴面包树底部滚出了可乐。但那里已经被沙子覆盖，再也取不出饮料了。

我感到意外。此时我才发现，自己确实太久没有回到故乡。沙漠很渴，我们每个人都很渴，我们离开。但我似乎并不想改变沙漠，并不是真的希望它改变，也并不认为它会改变，哪怕它真的在改变，以一种悲哀的形式改变。

慢人的喷气摩托追上了我们。我们倚靠在猴面包树仅存的树干上，等着慢人一趟一趟把我们送回去。

那天晚上，我做了一个缓慢的梦。梦见那人从车祸中站起来，脸仍是像烂掉的苹果。他显然已是一个幽灵。但他还要继续生活。他离开那辆车，拍拍裤腿上的尘土。

他一直向前走，走到沙漠里，却没有再带上一颗沙砾。他一直走到了猴面包树面前。

"沙漠是我的故乡，我却死在了海上。"他说，"我不能像我的父亲一样。"

那个幽灵，是故乡另一个亡命之徒，是故乡形形色色的亡命之徒中的一个。他是一些故乡人的混合物，混合了尴尬的、不尴尬的。当然，也混合了我。他在陈述自己的死亡，死去的人也是有权利的，死去的人也可以回到故乡。

"我的父亲是沙漠，我的兄弟是沙漠，我也是沙漠。离开故乡的时候，我的脚跟被沙漠的边缘粘住，我走得越远，脚跟被拉扯得越长，像胶。我要更远地离开它，于是我来到了海上。但沙漠不肯放开我，我的脚跟被扯得更长更细，从沙漠拉到了海面。

"我做起了航运，把面包做成面包干、罐头，运送到海水的另一边。直到有一天，我的船被海浪掀翻了。"

听到这里的时候，我好像走神了。我想起那些明明喜欢故乡的面包，却竭力维持形象的故乡人。他们与故乡达成一种默契，故乡向他们使一把力，他们也向故乡使一把力。他们在推搡，或者拉扯，但不是真的为了对抗。这种默契的平衡，让运送面包的船行驶到了海上。

在故乡和他们之间，要是谁先松手，那么另外一方就会原地摔倒，咕咚咕咚地向下沉没。

现在，每个人都在沉没中了。

"在冰冷的海水里，我向上伸出双手，你知道我在想什么吗？我在想，故乡真是废物，竟然没有一个人可以帮到我……

"去死吧，沙漠！沙漠永无边际……"

第二天中午，我们再次走到猴面包树面前，她已经快被沙丘埋没了，我们也站得更高。只有三五根干枯的枝条，在沙面上冒着，像微缩的、凝滞的旱地炊烟，时不时挂住一团翻滚的干草。幽灵转过身看到我们，"嘭"地一下跳入急掠的风中。恍然间，我以为他是猴面包树出窍的灵魂。

在沙面取一抹沙子，我们把猴面包树最后的几根枝条埋上，然后离开。最后的告别太过短暂，有些人还在赶来故乡的路上。有人像一阵烟出现在沙漠上，也有人像烟一样逃逸。没有一个集体的告别，就像没有一个集体的开始一样。

穿过沙漠的慢人，骑在他的喷气式摩托上，将已属于他乡的人，一个一个载到远方。他们都成了故乡的影子。影子投在沙漠里，像是无尽的指针走动。一直到我也坐在他的摩托车上，一直到我也变成一个影子。沙漠的风沙扑在我的脸上。

事实是，失去了故乡之后，每一处都是他乡，每一处都是新的故乡。

故乡的影子会比故乡活得更久，比事物本身活得更久。故乡作为一种时间，将永远流动。

"我是一个批判者。"我突然说。

"什么？"慢人骑着摩托。

慢人没有听清我的话，在摩托前座大喊。我拍拍他的肩膀，让他把摩托车停下。我想下来步行，趁着还没驶出沙漠，在沙地上行走，一直走到沙漠边缘。离开沙漠，我再乘上摩托，抵达沙漠之外，抵达城市，抵达他乡。

"这是一辆沙漠摩托，"慢人提醒我说，他把车速放缓了，"在沙漠里开得更快。"

"没有关系的。"

于是，慢人的车速更慢，停在沙面上。

我下了车，走在沙面上。

"我是一个批判者，"我慢慢地走着，把刚才的话重复了一遍，"一个恶毒的批判者。"

慢人不置可否，已经把车开到了前面，速度不快。我知道他一定在听。某种意义上，是他引导我张口说话。

"批判啊，一种奇怪的冲动。"我走在后面，声音在风沙中含混着，连我自己都无法听清。批判的冲动持续下去，会让人批判自己，就像沙丘总是吞没沙丘。

我在沙地上走了一段路，看到到处是滚动的草、飞到天上的门框。那些滚动的草在记忆中是很常见的。草丝几乎完全干枯，被风吹着在沙面上滚动，于是变成一个毫无内容的球。在扬起的风里，我也是滚动的毫无内容的草。又有谁不是呢？

我走在沙地上，似乎重新抵达了故乡，重新领略了故乡。但我又看到了什么？我看到的都是以往常见的事物，我看到的是自己记忆的重现。我不知道自己看到了什么新鲜的东西。我没有看到什么新鲜的东西。我并不像自己想象的那么严肃。

再走了一段路。慢人突然把车速放慢，转头对我说："你是一个批判者。"他也把我的话重复了一遍。

我吓了一跳，但还是回应了他："是啊。"

他继续说："也许，猴面包树是最好的状态。"

"什么？"我听清了他的话，我只是有一些惊讶。

"猴面包树是最好的状态。"他又重复了一遍。

这一次，我没有继续搭话，甚至没有发出声音。我只是拎着公文包，慢腾腾地走在他的后面。也许我是故意走得很慢，也许我越走越慢。其实我不清楚自己的速度。我当然不认同他的话，我想他也未必认同他自己。但我也不认同我自己，毕竟我从来都不认同我自己。

图书在版编目（CIP）数据

老虎与不夜城 / 陈志炜著 . -- 成都：四川文艺出
版社，2019.10
ISBN 978-7-5411-5461-4

Ⅰ . ①老… Ⅱ . ①陈… Ⅲ . ①短篇小说—小说集—中
国—当代 Ⅳ . ① I247.7

中国版本图书馆 CIP 数据核字 (2019) 第 195691 号

LAOHU YU BUYECHENG

老虎与不夜城

陈志炜 著

选题策划	后浪出版公司	
出版统筹	吴兴元	
编辑统筹	朱 岳　梅天明	
责任编辑	陈雪媛	
特约编辑	朱 岳	
装帧设计	李 扬	
装帧制造	墨白空间	
营销推广	ONEBOOK	
责任校对	汪 平	

出版发行	四川文艺出版社（成都市槐树街 2 号）		
网　址	www.scwys.com		
电　话	028-86259287（发行部）　028-86259303（编辑部）		
传　真	028-86259306		

邮购地址	成都市槐树街 2 号四川文艺出版社邮购部 610031		
印　刷	北京盛通印刷股份有限公司		
成品尺寸	130mm×210mm	开　本	32 开
印　张	12.5	字　数	250 千字
版　次	2019 年 10 月第一版	印　次	2019 年 10 月第一次印刷
书　号	ISBN 978-7-5411-5461-4		
定　价	49.00 元		

筹划出版 ｜ 银杏树下

出版统筹 ｜ 吴兴元 ｜ **编辑统筹** ｜ 朱　岳　梅天明

责任编辑 ｜ 陈雪媛 ｜ **特约编辑** ｜ 朱　岳

装帧设计 ｜ 李　扬　young2330793@sina.com

装帧制造 ｜ 墨白空间　mobai@hinabook.com

后浪微博 ｜ @后浪图书

读者服务 ｜ reader@hinabook.com 188-1142-1266

投稿服务 ｜ onebook@hinabook.com 133-6631-2326

直销服务 ｜ buy@hinabook.com 133-6657-3072

后浪出版咨询 (北京) 有限责任公司
POST WAVE PUBLISHING CONSULTING (BEIJING) CO.,LTD

陈志炜 著

老虎与不夜城